윤 혁
장편소설

기억과 몽상

기억과 몽상

윤 혁 지음

발행처 · 도서출판 **청어**
발행인 · 이영철
영　업 · 이동호
홍　보 · 천성래
기　획 · 이용희
편　집 · 방세화
디자인 · 이수빈
제작부장 · 공병한
인　쇄 · 두리터

등　록 · 1999년 5월 3일
(제321-3210000251001999000063호)

1판 1쇄 인쇄 · 2018년 8월 1일
1판 1쇄 발행 · 2018년 8월 10일

주소 · 서울특별시 서초구 효령로55길 45-8
대표전화 · 586-0477
팩시밀리 · 586-0478

홈페이지 · www.chungeobook.com
E-mail · ppi20@hanmail.net
ISBN · 979-11-5860-579-7(03810)

이 도서의 국립중앙도서관 출판시도서목록(CIP)은 서지정보유통지원시스템 홈페이지
(http://seoji.nl.go.kr)와 국가자료공동목록시스템(http://www.nl.go.kr/kolisnet)에서
이용하실 수 있습니다.(CIP제어번호: CIP2018022828)

기억과 몽상

차례

※ 들어가면서

1. 소설 속에서 나오는 지명, 기업체명, 학교명, 인명 중 일부는 가상의 명칭임을 밝힌다.

2. 역사적 사건, 정치적인 사건 명칭과 인명, 지명은 실명임을 밝힌다.

할아버지

1.

작년 4월에 이사 왔으니, 박철수 씨는 지금 사는 집에서 2년째 사는 셈이다. 옆집인 1102호에는 30대 중반의 젊은 부부가 세 살 된 사내아이, 여섯 살 된 여자아이와 함께 사는 모양이다. 천진난만하기 짝이 없는 두 아이는 엄마와 함께 유치원을 다녀오다가 퇴근하는 박철수 씨를 승강기에서 만나곤 한다. 그때마다 두 아이는 반가운 얼굴로 박철수 씨를 향해 소리친다.

"안녕하세요! 할아버지!"

그때마다 아이 엄마는 무척 당황하면서 두 아이를 나무란다.

"아니야, 할아버지가 아니야, 옆집 아저씨야. 할아버지라고 부르면 안 돼!"

두 아이에게서 처음 '할아버지'라는 말을 처음 들었을 때, 박철수 씨는 몹시 난처했다. 집에 와서 아내 김미경 씨에게 이야기했더니 그녀도 비슷한 경우를 당한 모양이었다. 두 아이는 김미경 씨에게도 '할머니'라고 불렀다고 했다. 그래도 박철수 씨보다 김미경 씨가 형편이 좀 나아서, 이후로 호칭이 바뀌어, 둘에 한 번은 "아줌마, 안녕하세요!"라고 한다고 했다. 박철수 씨의 나이가 아직 50대 중반이고, 손주를 보려면 적어도 10년 정도는 기다려야 할 듯하다. 장성한 자녀 둘은 도무지 결혼할 생각이 없기 때문이다.

어제 저녁이었다. 박철수 씨는 승강기 안에서 엄마와 함께 떠드는, 웃음 가득한, 옆집 아이 둘을 또 만났다. 박철수 씨를 발견한 두 아이는 반가움을 못 이기겠다는 듯 큰 소리로 소리쳤다.

"야! 할아버지다!"

그러자 민망한 듯 박철수 씨 눈치를 보던, 아이 엄마가 말했다.

"또 봐! 할아버지가 아니라니깐, 옆집 아저씨야!"

그러자 작은 아이가 엄마에게 따지듯 소리쳤다.

"아니야! 할아버지가 맞잖아!"

아이 엄마는 또 안절부절못했다.

박철수 씨가 두 아이 중에서 누나인 여자아이를 향해 먼저 말했다.

"하하, 얘들아, 엄마 말씀처럼 나는 할아버지가 아니란다. 아저씨도 아니고. 그냥, '젊은 오빠'라고 불러줘."

그리고 사내아이를 보며 말했다.

"음, 너는 나를 '젊은 엉아'라고 부르면 안 되겠니?"

갑자기 아이엄마가 "푸핫!" 하고 웃었다. 두 아이는 박철수 씨가 무슨 말을 하는지 이해가 되지 않은 듯 어리둥절한 표정이었다.

박철수 씨는, 두 아이가 아내에게는 '아줌마'라고 부르다가 자신에게는 '

할아버지'라고 부르는 이유가 뭔지를 곰곰 생각해보았다. 유달리 많은 흰 머리 때문에 그렇게 불렀음이 분명하다는 결론을 내렸다. 옆집 가족과 함께 11층에 내려 복도에서 헤어진 박철수 씨는, 귀찮더라도 두 달에 한 번은 꼭 염색을 해야겠다고, 중얼거리며 집으로 들어갔다.

2.

박철수 씨는 우리 나이로 올해 쉰여덟으로, 세 살 아래인 김미경 씨와 29년 전 결혼했다. 두 사람은 현재 스물여덟 된 아들 박정환 군과 스물넷 된 딸 박유진 양과 함께 항구도시 예낭[1]시 변두리에 위치한 34평형 아파트에 거주한다. 박철수 씨가 졸업한 대학의 학과 후배이기도 한 김미경 씨는 졸업 이듬해부터 해당 도시에 위치한 사립 중학교에서 교사로 일해 왔다. 아들 박정환 군은 대학 졸업 후 1년가량을 대학원생으로 공부하다, 지난해 지방공무원 시험에 합격하여 현재는 연수원에서 교육받고 있다. 딸 박유진 양은 사립대학 식품영양학과를 졸업한 후, 시내 제빵 학원에서 강사로 근무한다.

박철수 씨는 이름만 대면 알 만한, 우리나라를 대표하는 대기업에 다니

1) 나림 이병주(1921~1992)가 쓴 중편소설 『예낭 풍물지』의 배경이 되는 도시로, 태평양을 남쪽으로 하고 동서로 뻗은 해안선을 기다랗게 점거하곤 북쪽에 산맥을 등진 그림처럼 아름다운 항구 도시인데 행정 구역이나 법률 또는 지도에 구애받지 않는 스스로인 도시이다.

다 40대 중반에 강제로 명예퇴직 당했다. 퇴직 후 실직자로 2년을 보냈고 중소기업 몇 군데를 5년 간 전전했다. 이후 무슨 마음에선지 모 사립대학에서 5년 동안 밤낮으로 공부한 끝에 경영학 박사 학위를 받았다. 그러나 강의하는 학교가 많지 않아, 매주 이틀 정도 시간강사를 나가는 일 외엔 별반 하는 일 없이 소일한다. 박철수 씨는 친구 사무실 한쪽을 세내어 업무 공간으로 사용하며 항상 뭔가를 구상하지만 수입이 적어 아내 김미경 씨와 다툼이 잦은 편이다. 직선적인 성격 탓에 자녀와도 그다지 관계가 좋지 않다.

박철수 씨에게도 지인이라든가 친구라고 불리는 존재가 몇 있긴 하다. 가끔 그네와 만나 술을 마시며 자기 처지에 있지도 않을 듯한 울분, 이를테면 나이 드는 서러움이나 자신은 백수와 다름없는 존재라며 자격지심을 토해내곤 한다. 열 명도 될 것 같지 않은 친구 대다수는 같은 도시에 살지만 의외로 다른 지역에 사는 이도 몇 있다. 5년 간 같은 직장에 다니면서 굳어진 우정으로 20년 동안 계속 친분을 유지한 오영만 씨가 그렇다.

박철수 씨가 다섯 손가락 안에 드는 친한 친구라고 여기는 오영만 씨의 부음을 접한 날은 작년 10월 22일이었는데, 비슷한 친구 관계인 감성용 씨가 소식을 전했다. 박철수 씨와 오영만 씨, 감성용 씨 세 사람은, 지금은 외국계 그룹으로 넘어간 자동차회사가 한국 국적일 때 같은 부서에서 근무했다. 감성용 씨는 그 회사가 외국계 회사로 팔린 후에도 계속 다니면서 정년을 채웠다. 정년퇴직한 그는 자신이 백수라는 이유로 박철수 씨에게 몇 년 동안 술을 꾸준히 얻어 마셨다. 그러다가 중소기업 재취업에 성공한 감성용 씨는 박철수 씨에게 야멸차게 연락을 끊었다. 그로부터 1년 가까이 된 날이었다.

아침 일찍 박철수 씨에게 전화한 감성용 씨는 며칠 전 아파트 공사 현장에서 일어난 사고를 이야기했다. 철거하는 타워크레인이 넘어져, 휴일 작업하던 근로자 세 명이 숨지고 두 명이 다친 사고가 방송에 보도되었다. 감성용 씨는 어디서 들었는지, 그때 다친 사람 외에 사망한 세 사람 가운데 한 사람이 오영만 씨라고 말했다. 설치된 타워크레인을 해체하기 위해 기둥 구조물을 들어 올리는 사이, 타워크레인이 균형을 잃고 넘어지면서 그와 같은 사고가 발생했다는 것이다. 그날 아침, TV 뉴스에서 40층 높이 타워크레인에서 작업한 여러 명의 현장 근로자가 작업장에서 추락했다는 뉴스를 본 기억이 났다.

이틀후 박철수 씨의 휴대전화 화면에는 처음 들어보는 '오혜림'이라는 이름을 가진 이에게서 '카톡'이 날아왔다. 감성용 씨가 준 전화를 미리 받아서, '오혜림'이 딸만 둘 가진 오영만 씨의 큰딸임을 추측하는 것은 그다지 어렵지 않았다.

부음 오영만

장례식장: 단국대 병원 장례식장

발인: 10월 24일 09시 00분

장지: 천안시 추모공원

몇 달 전 오영만 씨는 박철수 씨에게 전화하여, 근무하는 전자회사에서 정년이 되지 않았음에도 단지 나이가 많다는 이유로 심한 사퇴 압박을 받았고 이후 회사를 관두었다고 말했다. 당분간 쉬면서 앞날을 준비하겠다고 전한 내용이 그때 마지막으로 통화한 기억이었다. 박철수 씨는 그가 무슨 이유로 생소한 건설 현장 타워크레인 근처에서 막일을 하게 되었는지 궁금하기 짝이 없었다.

박철수 씨는 그 시절 함께 근무했던, 오영만 씨와 친한 여러 지인에게 빠짐없이 연락하여 함께 문상가자고 권유했으나, 모두 이런저런 이유를 대며 거절했다. 감성용 씨도 그랬다. 박철수 씨는 빈소가 우리나라 동남쪽 항구도시에서 한참 먼 탓이라고 생각했다. 수도권 도시이기에 다녀오는 데 하루가 걸리니 부담스러울지도 몰랐다. 한편으로는 죽은 그와 앞으로 만날 일이 없으니, 굳이 가지 않아도 된다고 계산했으리라 추측하는 일 또한 어렵지 않았다.

3.

놀랍게도 장례식장은 텅 비어 있었다. 10년 전, 오영만 씨가 전자회사에서 과장으로 근무할 때, 그의 동생이 사고로 죽었는데 그때 장례식장은 발 디딜 틈이 없었던 기억이 났다. 정승집 개가 죽으면 문전성시이지만, 정승이 죽으면 아무도 오지 않는다는 옛말이 머리에 맴돌았다.

오영만 씨의 장례식장을 나와, 귀향하는 열차를 타고 돌아오는 박철수 씨의 심경은 복잡하기 짝이 없었다. 자신과 비슷한 그의 삶을 상기하면서 어느 순간, 크레인 사고로 그가 죽은 게 아니라 누군가에 의해 타살 당했다고 착각하게 되었고, 그럴 수밖에 없는 상황이라고 생각하다가 마침내 확신하게 되었다.

일찍이 막스 베버가, 국가 외에 해당 사회에서 합법적 폭력기구는 없다고 지적한 글을 읽은 기억이 났다. 어떤 폭력이 오영만 씨를 죽음으로 몰고 갔을까? 그렇다면 매일을 살아가는 박철수 씨에게도 유무형의 폭력을 가하는 무엇이 존재할 터였다. 죽은 오영만 씨나, 살아서 숨 쉬는 박철수 씨나 고속 성장과 이기주의가 만든 양면의 칼날이 만든 폭력의 그늘 속에서 잡초처럼 살아왔다. 절망 없는 우연한 죽음은 희망 없는 고통스러운 삶보다 낫지 않을까 하는 생각이 멈추지 않았다. 이런 의문 속에서 박철수 씨는 하루하루를 살아가고 있다.

수신자 언어

4.

박철수 씨는 1961년[2] 5월 6일 대한민국 동남쪽에 위치한 항구도시에서 태어났다. 그 도시는 한국전쟁이 일어났을 때 피란 수도였던 관계로 극심하게 인구가 밀집될 수밖에 없었다. 자연스레 도시 중심으로 위치한 낮은 산과 모든 언덕에는 빈틈없이 판잣집이 들어서, 마치 바닷가 큰 바위에 다닥다닥 조개가 끝없이 붙은 모양의 진풍경을 만들었다. 박철수 씨가 출생할 당시, 아버지 박재현 씨는 서른두 살의 나이로 막일을 하였고, 어머니 김종순 씨는 스물일곱 살 주부였다. 위로는 여섯 살 많은 형 박도수 씨와 세 살 많은 둘째 형 박이수 씨가 먼저 세상에 태어났다. 방 하나 부엌 하나로 이루어진 판잣집에서 살았는데, 수십 가구가 함께 사용하는 공동변소가 동네 입구에 자리했다. 공동변소 앞에는 사십 계단이라고 부르는 가파르

2) 1961년 1월 27일 부산항 하역 노동자 파업으로 부산항 마비. 「부산시 약사(略史)」

기 짝이 없는 계단이, 해변에서 여러 아이가 만든 모래성처럼 불규칙하게 놓여있었다. 계단을 내려가기 전에 정면에서 동남쪽을 쳐다보면 태평양을 향한 부두 전경이 그림처럼 펼쳐졌다. 10년 전인 피란 시절, 옆 동네 판자촌에는 화가 이중섭이 살았고 그도 부두에서 막일을 했다.

특이한 점은 박철수 씨가 사는 판잣집 근처의 적산 가옥에 백범 김구 선생 암살범으로 알려진 안두희[3]라는 인물이 살았다는 사실이다. 박철수 씨가 돌이 채 지나지 않았을 때, 열이 많이 나고 설사를 해대었다. 안두희는 어린아이가 콜레라에 걸렸다고 지레 짐작하여, 박재현 씨 가족이 사는 판잣집 둘레를 철조망과 철삿줄로 둘러 출입할 수 없도록 봉쇄했다. 또한 그는, 일하기 위해 밖으로 나가려는 아버지 박재현 씨에게 폭력을 가했다. 추측건대, 박철수 씨가 별 탈 없이 자란 결과를 보면 콜레라가 아닌 단순한 영양실조와 감기가 겹친 듯하다. 안두희 때문에 가족 모두가 불법 감금되자, 아버지 박재현 씨는 한 달 이상 아무런 일을 하지 못했고 가족은 굶주렸다.

후일 아버지는 고등학생이 된 박철수 씨에게, '그놈은 천벌을 받아도 모자랄 놈'라는 말을 자주 했다. 이렇듯, 박철수 씨의 삶은 태어난 이후부터 폭력이라는 낱말과 자연스럽게 어울리며 펼쳐졌다.

---

3) 백범(白凡) 김구(金九) 선생 암살범. 1949년 6월 백범을 암살하여 종신형을 선고받았으나 감형, 잔형 면제를 받았으며 정치 의혹에 김구 선생 살해 진상 규명 위원회가 발족하자 잠적하였다. 여생을 은신생활로 보내다가 끝내 배후를 밝히지 않았으며 박기서에게 피살되었다. 〈한국민족문화대백과사전〉

5.

국민학교 고학년인 박철수 씨는, 형 둘과는 달리 돌 사진 등 어릴 때 찍어둔 사진이 한 장도 없다는 사실을 도무지 이해할 수 없었다. 그즈음 다른 집도 사정이 비슷하게 못 살았지만 아무리 그래도 친구네 집을 살펴보면 집집이 돌 사진 한 장 정도는 가졌기 마련이었다. 아마도 살기 어려워서 그럴 여유가 없었다는 말이 맞을지도 모른다. 아니면 말 못할 특별한 사정이 그렇게 만들었거나.

흔히들 사용하는 '폭력'이라는 말에서, 무엇이 폭력인가를 결정하는 사실 판단에는, '부당하게 당한다'는 가치 판단이 존재한다. 대부분의 사람은 그러한 사실 판단 속에 내재한 '가치 판단'에 은연 중 동의하기도 한다. 박철수 씨가 살면서 당한 폭력은 대부분 가난이 원인이겠지만, 그보다는 가난이 만든 사회 환경이 더 큰 원인일 것이다. 무엇보다도 환경이 박철수 씨에게 준, 가장 오랜 기억은 국민학교 1학년 때 일어난 '똥 사건'과 '교과서 사건'이다.

'똥 사건' 경위는 이랬다.

1968년 12월 말, 1학년 마지막 일제고사 시간이었다. 그날따라 날씨가 무척 추웠다. 시험 시간이 시작되어 담임 선생님이 시험지를 막 나눠주려 하는데, 박철수 씨는 도저히 견디지 못할 정도로 배가 아팠다.

"선생님!"

하며 손을 들고 배가 아파서 화장실에 가야겠다고 말했지만, 담임인 여선생님은 짜증스러운 표정이었다.

"그냥 참고 시험 쳐!"

라는 신경질적인 반응만 돌아왔다. 다음은 어쩔 수 없었다. 아무리 참고 참아도 견딜 수 없어, 옷에다 똥을 쌀 수밖에 없었다. 또다시 손을 들어,

"선생님, 저…… 똥 쌌는데요."

라고 울먹이는 소리로 말하니, 교실은 순식간에 웃음바다가 되고 말았다. 화가 난 선생님은,

"당장 집으로 가!"

라고 소리쳤다. 이후 박철수 씨는 국민학교 4학년 정도가 될 때까지 숱한 아이에게 '똥싸개'라는 조롱을 끊임없이 받았다. 소심한 박철수 씨의 마음은 일찍부터 만신창이가 돼버렸다. 아니, 그렇게 되어버린 사건 자체가 박철수 씨의 성격을 소심하게 만들었는지도 모른다. '그건 네 잘못이 아니야'라고 누군가 박철수 씨에게 말해주길 바랐지만 주위 사람 모두는 무관심했고, 3년 이상 계속된, 아이들의 집요한 놀림은 매일 지속된 폭력에 다름 아니었다. 그래도 왕따와도 같은 모멸감을 꾹 참으며 꿋꿋하게 학교에 다녔다.

'교과서 사건'의 경위는 또 이랬다.

1학년에서 2학년으로 올라가는 시기인 1969년 2월 어느 날이었다. 그때는 한 학급 학생 수가 100명 정도였는데, 다른 아이 모두는 2학년 교과서를 받았지만 유독 박철수 씨만 그러지 못했다. 이유는 급우 100명 가운데 유일하게 교과서 대금을 안 내었기 때문이다. 박철수 씨는 책값을 구하러 수업 시간에도 수업 받지 못하고 수차례 학교 밖으로 쫓겨나가야 했다. 어머니는 일 나가고 집에는 아무도 없는데도 선생님은 막무가내였다. 담임은

2년제 초급대학인 교육대학을 막 졸업한, 20대 초반의 나이 어린 여선생님이었다. 한번은, '도대체 언제 책값을 낼 거냐'며 모두가 보는 앞에서 화를 내며 다그쳤다. 박철수 씨는 멍청하게도 이렇게 대답했다.

"2학년에 올라가게 되면 어쩔 수 없이 책을 줄 거라는데요."

사실 그랬다. 고의로 그랬는지 어쨌는지 모르겠지만 어머니는 책값을 안 내었다고 해서 교과서를 받지 못하는 일은 절대 없으리라고 확신했다. 국민학교 1학년 학생이 알면 뭘 알겠는가. 하늘같은 선생님이 묻는데, 들은 그대로 전할 뿐이었다. 그때 담임 선생님이 한마디 했다.

"네가 사람이냐? 악마지!"

아들에게 얼마 되지 않는 교과서 비용을 주지 않은 어머니는 폭력적이었지만, 담임 선생님이 대응한 방식도 그에 못지않았다. 교육대학을 이제 막 졸업한 스물한 살 어린 처녀가 사용한 폭력은 누가 야기했을까? 자신이 악마라니? 누군가는 박철수 씨에게 선생님의 표현은 잘못되었다고 말했어야 했다. 성인이 된 이후에도 박철수 씨는 자신이 당한 폭력에는 언제나 가치 판단이 끼어듦을 느끼곤 했다. 힘을 어떻게 사용함이 정당한지 부당한지를 묻게 되는 버릇도 그랬다.

6.

부농의 둘째 아들인 스물네 살 아버지 박재현 씨와 스무 살에 결혼한 어머니 김종순 씨는, 시댁에서 손위 동서와 함께 시집살이를 하며 신혼생활을 시작했다. 시아버지 박용우 씨는 슬하에 아들 셋과 딸 하나를 두었다. 일본에 중등학교 유학 갔다 온 장남 박병현 씨와 바로 아래 딸 박귀자 씨, 박재현 씨, 동생 박상현 씨 순이었다. 일제강점기 소학교를 졸업한 후 집안 농사일을 돕던 아버지 박재현 씨는 1950년[4] 6월 한국전쟁이 터지자, 그해 9월에 징집되어 함흥 전선으로 떠났다. 이후, 후퇴하던 영천전투에서 인민군의 총탄에 다리와 발에 총상을 입고 후송되어 울산에 급조된 미군 야전병원에서 치료를 받다 전역했지만, 총상이 경미하다는 이유로 국가유공자나 상이군인으로 인정받지 못했다.

어머니 김종순 씨의 친정은 한국전쟁이 초래한 결과로 그야말로 빈궁하고 한미하기 짝이 없는 집안이었다. 상당한 재산을 가진 친정은 오빠 두 명이 공산주의 사상에 물들게 됨에 따라 급격히 몰락했기 때문이다.

친정아버지는 후천성 꼽추로 병신이라고 불렸지만 슬하에 아들 둘과 딸 둘을 두었다. 당시 진주농업학교[5]를 나온 오빠 둘은 일제 강점기 시절부터 공산주의 운동을 한 지식인이었다. 큰오빠 김두천 씨는 남로당 경남 도당 고위급 간부였고, 작은오빠 김두익 씨는 산하 군당 간부였다. 두 살 위 언니는 일제 위안부에 잡혀가지 않기 위해 열일곱 나이에 시집갔으나 첫아이를 출산하다가 사망했다.

국군과 미군이 반격하여 낙동강 전선을 돌파하고 인천상륙작전으로 38

4) 1950년 6월 25일, 한국전쟁 일어남. 7월 6일, 부산에 한미연합해군방위사령부 설치. 7월 10일, 해군본부 대전에서 부산으로 이전. 9월 16일, 낙동강 전선에서 유엔군 총반격 개시. 「부산시 약사(略史)」

5) 현재 국립 경상대학교 전신.

선을 넘게 되자, 남한에 존재한 남로당 잔여 세력은 된서리를 맞았다. 공상적 사회주의를 꿈꾼 두 오빠 때문에 김종순 씨의 친정은 전쟁 이후 완전히 몰락했다. '빨갱이 사냥'이 시작되자, 좌익 전력을 가진 오빠 둘은 각각 산으로 피신했다.

후폭풍으로 이른바 보도연맹사건[6]이 터졌다. 이후 큰오빠 김두천 씨는 마을 뒷산에 토굴을 파고 숨었으나 작은오빠 김두익 씨는 우익에 발각되었고, 그는 즉결 재판 후 싸늘한 시체로 발견되었다. 당시 열여섯 살 어린 처녀 김종순 씨는 수많은 시쳇더미 속에서 작은오빠의 주검을 기어이 찾아내었다. 전쟁이 끝나고 휴전이 되자 큰오빠는 자수하여 2년 수형 생활 후 풀려났다. 둘째 아들이 죽고 맏아들이 감옥에 갇힌 사이, 충격으로 친정아버지는 시름시름 앓다 사망했고, 그 사이 상당한 재산을 탕진하여 동네에서 제법 살던 친정은 완전히 쇠락해져 갔다.

낙동강 하구 동네에서 상당한 지식인으로 알려진 큰오빠 김두천 씨의 삶은 전향 후에도 평탄치 않았다. 고문 후유증인지 술 때문인지, 한국전쟁 이후 10년을 힘겹게 버틴 그는 일곱 명이나 되는 자녀를 아내에게 남긴 채, 1963년, 40대 초반의 나이에 세상을 떠났다.

---

6) 국민보도연맹은 1949년 4월, 좌익 전향자를 계몽·지도하기 위해 조직된 관변단체이나, 6·25전쟁으로 1950년 6월 말부터 9월경까지 수만 명 이상 국민보도연맹원이 군과 경찰에게 살해되었다. 〈출처: 한국민족문화대백과사전〉

7.

할아버지 박용우 씨는 그 시기 대가족제도의 관습대로 자신이 소유한 전답 대부분을 큰아들 박병현 씨에게 상속했다. 남은 자투리땅 얼마간을 둘째아들 박재현 씨와 막내아들 박상현 씨에게 나누어주며 분가를 명했다. 그때, 어머니 김종순 씨는 어찌나 기쁜지 하늘로 날아가는 기분이었노라고 회고했다. 1954년까지 향리에서 농사일을 돌보던 아버지 박재현 씨는, 어떻게 하다 보니 피란 수도의 변두리 동네인 연지동에 위치한 와이셔츠 공장에 취직했다.

그즈음 사건으로 회자한 일화는 어머니 김종순 씨가 얼마나 순박하고 단순한가를 증명하는 사례다. 어머니는 그 시절 기준으로 165센티미터를 넘는 훤칠한 키와 시원한 얼굴을 한 미인이었다. 그러다가 신혼 2년째 접어드는 해에 아버지가 이혼을 결심할 정도로 큰 사건이 일어나고 말았다. 1955년도 3월 어느 날이었다.

그야말로 보잘것없는 농촌인 낙동강 하구에 자리한 시골 동네에서 20년 가까이 살다가, 도시에서 신혼살림을 살게 된 어머니는 피란 수도였던 대도시의 모든 곳이 신기했다. 남편이 아침에 출근하면 짬을 내어 시내 구경을 다니곤 했다. 한국전쟁 이후 피란 수도의 중심지는 '굳세어라 금순아'로 유명한 시장이었다.

해안에 위치한 수산 시장 건너편인 그곳은, 광복과 더불어 귀환동포가 모여서 터를 잡아 노점을 차림으로써 시장으로 형성되었고, 동란의 혼란 속에서도 활황을 누렸다. 원조물자, 구호품, 군용품이 절대 부족한 민간소

비용품과 함께 유통되어, 외제품이 판을 치는 '항구의 명동'이었다.

이제 갓 스무 살이 된 시골색시가 시내 중심지와 대형시장 이곳저곳을 구경하니 모든 게 재미나고 또 신기했다. 그때, 전차정류장에서 아주 커다란 보따리를 든, 점잖게 생긴 귀부인이 어머니에게 다가와 말을 건네었다.

"새댁, 나는 이곳에서 장사하는 사람인데 잠시만 도와주면 안 될까?"

"뭔데요?"

"잠깐 건너편 상점에 물건을 사야 하는데 5분만 이 보따리를 지켜주면 내 후사하리다."

다음 전차가 올 시간이 20분이나 남았는지라, 어머니는 흔쾌히 수락했다.

"그러세요. 빨리 오세요."

친절을 베푼 일까지는 좋았는데 다음이 문제였다.

"새댁, 이 보따리에 든 물건이 수만 원 어치거든. 혹시 해서 그러는데, 새댁이 낀 금가락지를 내게 맡겨주면, 내가 안심하고 다녀올 텐데."

비싼 물건을 생판 모르는 사람에게 맡기니 그럴 만도 하겠다 싶어, 순진하기 짝이 없는 시골 새댁은 그 자리에서 결혼 금반지를 빼주고 말았다.

20분이 지나도 두 시간이 지나도 중년부인은 오지 않았다. 설마 하는 심정에서 대형 보따리를 풀어보니, 똘똘 말아놓은 쓰레기 신문지만 가득했다. 그때야 어머니는 '눈뜨고 코 베어 간다는 말이 이런 경우구나' 하고 참담하게 깨달았다.

도시생활에 서툰 새댁은 신혼 혼수로 시댁에서 받은 금반지를 미련하게 빼앗긴 사건을 매끄럽지 못하게 처리했다. 저녁에 퇴근한 남편에게 그날 일어난 일을 이실직고하고야 말았기 때문이다. 자초지종을 들은 아버지는 무슨 속내였는지 단호한 표정으로 어머니에게 친정으로 가라고 명령했다. 그제야 사안이 보통 심각한 게 아님을 파악했지만, 순진한 새댁은 남편 명을 존중하여 짐을 싸고 친정으로 돌아갔다. 한 시절 거물 공산주의자였던 오빠는 친정으로 쫓겨 온 여동생에게 물었다.

"너 어인 일로 보따리 싸서 집에 왔니?"

"신랑이 집으로 가라고 해서요."

"무슨 일이 일어났는가?"

어머니는 오라버니에게 자초지종을 이야기했고, 이야기를 가만히 듣던 외삼촌은 이렇게 말했다.

"내가 네 남편이라도 그렇게 하겠다."

그렇지만 외삼촌 김두천 씨는 어떻게 해서라도 사태를 수습해야 한다고 생각했는지, 급전을 구해 읍내 금방에 가서 똑같은 반지를 샀다. 그리고 여동생에게 다시 짐을 싸게 한 뒤, 함께 도시 행 버스에 올랐다. 이후 박도수 씨를 필두로 해서 박이수 씨, 박철수 씨 3형제가 태어났다.

8.

일제 강점기 말기에 소학교를 졸업할 정도로 당시 기준으로는 배운 여성인 어머니였지만, 아들 셋을 대하는 태도와 언어는 거칠기 짝이 없었다. 박철수 씨가 간직한, 어머니를 기억하는 어린 시절의 일관된 기억이기도 하다. 가난하고 살기가 어려웠고 대부분 교육 수준이 낮은 시절임을 고려할 때 그냥 넘겨버릴 문제이기도 하지만, 자식을 야단칠 때,

"혀가 만발로 빠져 죽을 놈아!"

라고 하든가,

"요놈의 새끼, 칼로 배때기를 확 쑤셔버릴까 보다!"

같은 언사를 예사로 쓰곤 했다.

옆에서 지켜보던 아버지는 혀를 차면서,

"네 엄마는 너희에게 어찌 저리도 말을 모질게 하는지 모르겠다!"

며 한탄하곤 했다. 아무리 선의라 하더라도, 설사 자식이 엄마를 대하는 행동이 마뜩잖다 하더라도, 말을 풀어 해석하면 내용이 섬뜩하기 짝이 없기 때문이다. 어머니가 왜 그리 모진 언행을 할 수밖에 없었는지는 후일 박철수 씨가 어른이 되어 아이 아버지가 되고 난 후에도 이해할 수 없었다.

'수신자 언어가 갖는 우선성'이라는 말은, 발신자 언어보다 수신자 언어가 우선성을 가짐을 의미한다. 발신자가 아무리 '수고했다'는 뜻으로 '애썼어!'라고 말해도 수신자가 긍정적으로 이해하지 않으면 소용없다. 수신자 언어라는 맥락 속에서 어떤 사람이 사용한 표현이 폭력으로 인지된다면, 해당하는 표현은 발신자 의도와 무관하게 바로 폭력이 되곤 한다.[7]

아마도 어머니는 어린 시절 일찍 시집가서 세상을 떠난 언니나 총살당한 둘째오빠의 죽음이 안긴 고통, 장애인 꼽추로 평생을 보낸 친정아버지로 인해 갖게 된 창피함, 큰오빠가 주관한 공산주의자 회합 등에서 자연스

---

7) 『폭력』, 공진성, 28쪽 참고.

레 체득한 과격한 언어 습관이 가장 상대하기 만만한 자식에게 투사되었을 것이다. 아이러니하게도 자식에겐 가장 정이 많으면서도 각종 언행에서 폭력을 아끼지 않은 이가 어머니 김종순 씨였다.

9.

아버지 박재현 씨가 항상 부러워하는 친구는 고향에서 담을 낀 옆집에 사는 경용대 씨였다. 친구가 결혼할 즈음, 신부 친정에서 혼수를 많이 해온 모양이다. 해당 동네는 물론이고 이웃 마을 여러 곳까지 '굉장한 혼수'에 관한 소문이 자자하게 퍼졌다. 아버지의 부러움은 빈약한 혼수를 갖고 시집온 어머니의 인내심을 번번이 자극했다. 경용대 씨의 부인이 시집오면서 소 한 마리, 돼지 한 마리, 개 한 마리, 닭 한 마리, 리어카 한 대, 자전거 한 대 등 당시로는 파격에 가까운 혼수를 해왔기 때문이다. 한국전쟁 이후 집안이 파산 상태였던 처가의 혼수와는 비교가 되지 않았다.

그러나 아버지는 매우 균형 잡힌 사고를 하는 이였다. '로마이 신랑 이야기'가 좋은 사례가 되는데, 아들 삼 형제에게 틈만 나면 재미 삼아 이야기하시곤 했다. 그때 고향 동네에는 '로마이 신랑 사건'은 소문으로 퍼져 유명했는데, 내용은 대략 다음과 같다.

이웃 동네에 신혼부부가 살았다. 신랑은 신부 집에서 해온 부실한 혼수가 항상 불만이었다. 그때에는 '로마이'라는 양복이 유행했다. 신부는 신랑이 은근히 원했음에도 형편이 좋지 않았는지, '유행하는 양복'을 혼수로 가져오지 않았다. 로마이는 '로만(Roman) 스타일'이라는 말에서 연유된 '이중 재킷형 양복'인듯하다. 그래서 틈만 나면 신랑은, '내 친구 아무개는 혼수로 로마이를 해왔는데, 너는 뭐냐'는 식으로 신부를 타박했다. 그런데 빈도가 굉장히 잦았던 모양이다. 신부는 신랑이 가한 구박을 견디다 못해 친정 오빠에게 이런저런 내용을 편지에다 상세히 알린 다음 자살해 버렸다. 이유야 어쨌든, 사람이 죽었으므로, 동네에서 장례식이 치러졌다. 전통 장례식에서 문상객이 오면 상주는 크게 소리 내어, '어이구, 어이구!' 하며 곡을 하게 된다. 신랑이 곡하기 시작하자 분노한, 신부 오빠가 제동을 걸었다.

"이봐! 자네는 '어이구, 어이구!' 이렇게 곡하지 마라! 로마이 때문에 내 동생이 죽었으니, '로마이, 로마이!'라고 곡을 해야 맞지 않겠나?"라고 하며 신랑에게 면박 주었다.

아버지는 박도수 씨 등 아들 3형제에게 이 이야기를 자주 했다. 아버지는 로마이를 빌미로 아내를 구박한 소문의 주인공이 좀 심했다고 판단했음이 분명했다. 어쨌든 부드러운 성격의 아버지와 남자 같은 성격을 가진 어머니는 썩 잘 어울리는 편은 아니었다. 하지만 가난 탈출이라는 목표에는 한결같은 생각을 했고, 지극히 근면 검소한 부분 또한 그랬다.

행복의 나라

10.

박철수 씨가 국민학교에 다니던 그때, '충효'라고 쓰인 액자가 교실 벽에 큼직하게 붙어져 있었다. 또한, 군사정부가 각 급 학교에 주입한 이른바 '군사부일체'라는 고사 성어는 무슨 불가침의 미덕과도 같았다. 교사를 임금이나 부모와 같은 등급으로 섬기라는 내용이었다.

사실, 공자가 설파한 군사부일체라는 논리는, 그가 고대 사회에서 역할을 위해 주어진 현실을 어느 정도 받아들이지 않을 수 없는 결과였을지 모른다. 체제를 옹호하는 공자가 만든 이론은 한나라 이후 어용 유교에 절대화되어 계속 이어졌다. 2,500년 전 고대사상은 비민주 사상이 아니었음은 분명하다. 권력과 결탁한 후대 유가는 공자의 한계를 극복하지 못했기에 공자가 가르친 일면인 비판 정신과 구도 정신, 물질을 향한 초탈한 자세를 무시하고 유리한 면만 전체주의에 이용한 결과라고 볼 수밖에 없었다.

박철수 씨가 국민학교 5학년 때였다. 어느 날 책장사가 교실에 들어왔다. 그는 '세계 대통령 위인 전집'이라며 박정희, 네루, 막사이사이, 닉슨, 링컨, 장개석, 드골, 처칠, 나세르, 케네디 등 대통령 10명의 위인전기를 10권 세트로 만든 책을 선전했다. 집안 형편이 굉장히 부유하지 않으면 한꺼번에 10권 세트를 구입하기란 상상하기 어려웠다. 책을 사려면 한 권에 2천 원을 내어야 했다. 담임 선생님은, 10권을 죄다 사기 어려울 것이니 각자 한 권씩 사고 나머지 아홉 권은 급우끼리 서로 돌려서 읽으면 어떻겠냐는 의견을 제시했다. 그래도 2천 원은 국민학교 5학년생에게 매우 큰돈이었고, 감당할 형편인 아이는 반에서 한두 명에 불과했다. 분위기를 눈치 챘는지 책장사와 담임 선생님은 다시 상의하더니, 매월 2백 원씩 10개월 동안 낸다면 책을 팔겠다는 조건으로 바꿨다. 그래도 책을 사겠다는 아이는 아무도 없었다.

그러다 담임 선생님은 갑자기 "안사는 사람은 이유를 말해라"며 화를 내었다. 담임은 계속 윽박지르면서 학급 전원이 책을 사지 않을 수 없게끔 무서운 분위기를 만들었다. 박철수 씨의 경우, 용돈을 한 푼도 안 쓰고 모으면 매월 2백 원은 가능하겠다는 판단이 들었다. 울며 겨자 먹기로, 『케네디 대통령 위인전』이라는 책을 선택했는데, 그게 화근이 되고 말았다. 다음 주가 되니, 담임의 수금 방침은 애초 약정인 '매월 2백 원'에서 '매주 2백 원'으로 일방적으로 바뀌고 말았다. 책을 산 아이 모두에게 청천벽력 같은 일이었다. 판자촌 동네에서 집안 형편은 다들 뻔한데, 어떻게 매주 2백 원을 구해오겠는가? 처음 2백 원은 어떻게 마련하여 담임에게 냈지만, 문제는 다음 주부터였다. 할부 책값을 내지 않았다는 이유로 첫 주는 회초리로 종아리를 맞았고, 또 한 주가 지나서부터는 몽둥이로 엉덩이를 맞아야 했지만, 그래도 그건 시작이요 약과에 불과했다. 또 한 주가 지나니, 아침에 등교하자마자 돈을 못 낸 아이 모두는 교단 앞으로 호출되었다. 이후 한 시간 동안 옷을 죄다 벗고 발가벗긴 상태로 서있어야만 했다. 몸이 유달리 마른 박철수 씨는 창피함 때문에 쥐구멍에라도 숨고 싶었다.

따져보면 박철수 씨가 무엇 하나 잘못하지는 않았다. 착한 아이로 자라고 싶다는 희망을 누구도 보호해주지 않았다. 발가벗기지 않기 위해서는 어머니에게 이실직고하여 남은 돈을 요청해야 했지만, 어머니가 밤늦도록 삯바느질하는 형편을 잘 아는 터라 그럴 용기가 없었다. 다른 친구에게 사정을 물어보니, 그네들 집안 형편 또한 오십보백보였다. 좋은 책 한 권 읽어보라는 강권이 해당 급우 모두에게 감당할 수 없는 과제가 되고야 말았다. 그렇게 해서 지옥 같은 한 달을 어떻게 보내고 나니, 맞이하는 하루하루가 고통스러워 더 이상 견딜 수 없었다. 박철수 씨는 분함을 못이긴 채 눈물을 흘리며, 어머니에게 자초지종을 고했다.

그런데 야단을 들으리라는 예상과 달리 의외의 반응이 나와서 박철수 씨는 놀라지 않을 수 없었다.

"이 잘난 책 때문에……."

어머니는 '후유' 하고 한숨을 쉬며, 아무 말 않고 나머지 돈을 주었다. 밀린 책값을 완납하는 순간, 박철수 씨는 날아갈 기분이었지만 다른 친구 여럿은 교단 옆에서 계속 발가벗겨져 있어야 했다.

11.

30대 초반인 아버지 박재현 씨는 일용직 막노동판을 전전하는 생활을 접고 조그마한 와이셔츠 회사 공장장으로 간신히 월급 생활을 하였다. 이후, 회사가 망하자 피난민이 몰려 사는 당감동 시장의 아랫골목 길가로 이사하여 세탁소를 차렸다. 와이셔츠 공장에서 익힌 다림질 기술로 향후 살길을 모색했다. 게다가 당감동에는 누님 박귀자 씨 부부가 방앗간을 운영했다. 당시 방앗간은 웬만한 재력가가 아니면 운영할 수 없는 가게였기에, 아버지는 동네 유지인 매형이 뭔가 생계에 도움이 되지 않을까 하고 계산한 모양이었다. 세탁소는 아버지 또래의 사내 여럿이 들르는 동네 사랑방 노릇을 하다 2년 뒤에 문을 닫고 말았다. 동네 전체가 가난한 관계로 세탁소에 옷을 맡기는 이란 많지 않았기 때문이다. 다행히도 세탁소를 폐업할 무렵, 근처에 위치한 철도공작창에서 일용직 공무원을 모집하여 아버지는 그곳에 취직하게 되었다.

이후 아버지는 윗동네인 동양 고무라는 신발 공장 옆 골짜기 땅을 50평 정도 사서, 방이 세 개 달린 슬레이트집을 지었다. 셋방 방세와 철도청 임시직 월급으로 다섯 명 가족 생계는 어림없었는지, 방 한 칸만 박철수 씨 가족이 사용하고 두 칸은 월세를 놓았다. 몇 년 후 아버지는 집 뒤 빈 땅에 방이 세 칸인 슬레이트집을 한 채 더 지었다.

그리하여, 개울가에 위치한 집 바자울 안은 여섯 세대가 붐비는 다세대 주택이 되고 말았다. 세 든 입주자 면면은, 말할 일도 없이, 동양 고무라는 신발 공장에 일하는 이촌 향도 젊은이였다. 세입자 가운데에는 부부가 두

세대, 나머지는 모두 시골에서 돈 벌기 위해 도시로 몰려온 시골 처녀였는데, 그네의 학력은 대부분 중졸이었다.

박철수 씨가 국민학교 6학년이 되었을 때, 아버지는 첫째와 둘째 아들을 위해 방 하나를 추가로 사용했다. 추가된 방을 향리에서 중학교를 졸업하고 도시 공업고등학교로 유학 온, 집안 장손 박진수 씨도 함께 사용했다. 그러다 보니 박철수 씨 가족을 포함한 다섯 세대가 한 울타리에 동거하게 되었다.

박철수 씨네 가족이 사는 두 칸 방 뒤에는 부엌이 달린 골방이 하나 더 존재했다. 그곳에는 20대 중반인, 동양 고무 여사무원이 전문대학을 졸업한 건달과 동거했다. 남자는 직업이 없었고 게다가 병역 기피자여서, 처녀는 희망 없이 애인을 돌보았다. 정오가 지난 시간, 박철수 씨와 앞집 친구가 동네 공터에서 공차며 놀 때, 그가 근처에 앉아서 하릴없이 담배를 피우는 장면은 시계바늘이 정해진 공간을 움직이는 모습과 같았다.

아버지가 지은 뒷집에는 인근 시골 출신인 조광웅 씨 부부가 살았다. 양반 마을 집안의 큰아들 조광웅 씨는 신발 공장에서 성실히 일한 점을 인정받아 작업반장이 되었다. 이후 조광웅 씨는 중학교를 막 졸업한, 열일곱 살 된 여동생을 자신이 다니는 공장에 취직시켰다. 그리하여 신혼 1년 차 오빠 부부와 다 큰 처녀가 한 방에서 기묘한 동거를 하였다. 옆방에는 지리산 근처 동네에서 도시로 올라온 처녀 세 명이 자취했다. 딸이 없는 어머니는 처녀 셋이 귀여웠는지, 틈만 나면 김치를 담아주는 등 애정을 표시했다. 나이가 열아홉 살 정도인 세 처자는 이름이 강인숙, 최금련, 조판순 씨였고, 누나가 없는 박철수 씨는 눈망울이 초롱초롱한 강인숙 누나가 유달리 좋았다. 다른 옆방에는 동양 고무에서 수송 트럭을 운전하는 30대 초반 부부가 살았다.

문제는 화장실이었다. '푸세식' 변소여서, 푼 후 반 달만 지나면 금방 바닥이 지상까지 차올랐다. 아버지는 비 오는 날이면, 똥바가지와 커다란 똥통을 가져와, 집 옆 물살 센 개울에다 똥물을 퍼 버렸다. 세입자를 위한 서비스라고 생각했는지, 어머니는 변소 구석에다 가위로 자른 신문지를 철사에 꽂아 놓았다. 그곳에 쪼그려 앉아서 신문지를 쫙쫙 비비면 금방 보들보들해져서 용변 뒤처리에는 안성맞춤이었다. 그곳은 항상 붐볐다. 한 울타리 내 열다섯 명이 변소 하나를 사용하니, 매일 아침 화장실 앞에 서너 명이 줄 서서 자기 차례를 기다리기 일쑤였다. 세입자 누나가 변소에서 나온 후, 그곳에 일 보러 갈 때마다, 박철수 씨는 분뇨에 섞인 화장품 냄새가 신기했다.

자식 둔 부모 입장이었으리라. 어머니는 지리산 마을에서 온 세 처녀를 좋아했으나 그중 유독 최금련 씨만은 엄하게 대했다. 통금이 엄연히 존재했던 그때, 세 처녀 가운데 최금련 씨는 매주 두 세 번씩 귀가하지 않았기 때문이다. 그러던 어느 날 어머니는 뭔가를 작심한 듯, 세 처녀 방에 가서 그들과 열심히 대화했다. 박철수 씨는 며칠 후 부모님이 나눈 대화를 옆에서 듣게 되었는데, 내용은 이랬다.

어머니는, 최금련 씨가 같은 공장에서 근무하는 총각과 습관처럼 여관에서 자고 오는 사실을 알게 되면서, 뭔가를 가르쳐야 한다고 결심했고, 작심한 듯 최금련 누나를 불렀다.

"너 만난다는 총각과 결혼할 사이냐?"

"아니요."

"그러면 결혼 안 한 처자가 몸을 함부로 굴려도 되냐?"

"사랑하는 사이인데 어떻습니까?"

"그 녀석은 너하고 결혼 안 할 거라는데, 너는 매일 몸 주고, 그게 무슨 사랑이냐?"

"그건 그거고, 다른 문젭니다."

"얘가, 뭐라고 말하는 거니? 후일 너랑 결혼할 남자가 이걸 알면 너에게 뭐라 하겠니?"

"……"

"네 어머니가 이 사실을 알면 내게 뭐라고 할는지 두렵구나."

"……"

계속 말이 없자 어머니는 손을 들었다는 듯 말했다.

"알았다. 주제넘게 더 이상 간섭 안 하겠다. 알아서 처신해라. 하지만 그 녀석은 나쁜 놈이라는 점은 알아야 한다."

이후 어머니는 두 번 다시 최금련 씨의 외박에 관해 간섭하지 않았다.

12.

박철수 씨가 국민학교 6학년 때, 김상우라는 친구는 학급에서 유달리 성격이 순하고 해맑으며 공부 또한 잘했다. 상우네 가족은 학교 옆 시장통에서 식품가게를 했다. 이를테면, 배추, 무, 시금치 등 채소류는 물론 된장,

고추장, 춘장, 젓갈류 등을 판매하는 가게였다. 상우는 그 누구와도 잘 어울리는, 친절하고 고운 성격을 가져서 급우 모두가 좋아했다. 게다가 상우 어머니는 1973년 그해 어린이날, 모두가 가난한 시절인 그때, 시장에서 장사하는 넉넉지 않은 형편임에도 학급을 위해 단팥빵을 한 상자씩이나 사 오기도 했다.

그런데 6월 어느 날부터 상우는 학교에 나오지 않았다. 아침 조회시간, 담임 선생님은 상우가 백혈병에 걸려서 당분간 학교에 나오기 어려우며, 어쩌면 한 해 정도 휴학해야 할지도 모르겠다고 말했다. 반 아이 대부분은 백혈병이란 병이 무언지도 몰랐거니와, 아파도 감기처럼 시간이 좀 지나면 낫는 병이려니 하고 생각했다. 박철수 씨는 등하교할 때마다 상우네 가게를 빠짐없이 바라보았다. 간혹 어떤 날은 상우가 가게의 의자에 힘없는 모습으로 앉아있어서, 그를 향해 손을 흔들며 지나가는 게 고작이었다.

어느 날, 박철수 씨가 집에서 4킬로미터 정도 떨어진 성당에 가는 길이었다. 그날 역시 상우네 가게 앞을 거쳐야 했다. 상우는 가게에서 어머니 옆자리에 덩그러니 앉았는데, 몰라보게 살이 빠져 얼굴이 매우 핼쑥해 보였다. 상우는 박철수 씨를 발견하고는 매우 반가운 표정으로, '어디에 가느냐?'고 물었다. 박철수 씨는 '성당에 가는 길인데 주일학교에서 교리 시험 쳐서 일등을 했다'며 자랑했다. 상우는 박철수 씨가 부러웠는지 한참이나 쳐다보았다.

여름방학이 끝나 개학이 되었지만 상우는 계속 학교에 나오지 않았다. 시간이 흐른 10월의 어느 날 아침이었다. 조회 시간에 담임 선생님은 상우가 며칠 전에 죽었고, 화장(火葬)했다는 소식을 전했다. 박철수 씨를 비롯한 여러 급우는 세상 물정을 잘 모르는 어린아이였지만, 친구가 죽으면 장례식에 가야 한다는 정도는 알았다. 그런데 이미 화장까지 마쳤다니 앞으로 해야 하는 일은 단 한 가지밖에 없는 듯했다. 방법은 등하교 때 상우네 집 앞을 지나지 않는 일이었다. 행여 상우 어머니가 아들 친구들을 보게 되면 얼마나 마음이 아플까 하는 생각에, 모두 이심전심으로 상우네 가게 앞길을 지나가지 않았다.

이후 시간이 흘러, 급우 모두는 6학년을 마치고, 졸업을 맞이하는 이듬해 2월이 되었다. 졸업식 전날, 소집일이어서 학교에 갔는데 담임 선생님은 갑자기 죽은 상우 이야기를 꺼냈다. 상우가 죽은 후, 어느 날 상우 어머니가 학교에 와서, 상우 사진을 졸업앨범에 넣어 달라고 부탁했다는 내용이었다. 그날, 선생님이 난감해하자 상우 어머니는, '상우는 이미 세상을 떠났지만, 친구들의 기억에 남게 해 달라'고 사정해서 어쩔 수 없이 그렇게 했으니 알고는 있으라는 말씀이었다. 박철수 씨가 졸업 앨범을 펼쳐 보니, 과연 상우의 사진이 급우들과 나란히 자리했다.

상우가 세상을 떠난 후인 11월에 모두 졸업사진을 찍었으니, 앨범 제작자가 상우의 사진을 찍을 수는 없었다. 앨범 속 상우의 얼굴은 희미했고 얼굴 뒤에 흐릿한 배경이 보였다. 가족사진에서 오려낸 듯한 사진은 급우들이 사진관에서 단체로 찍은 선명한 사진과 달라서 금방 표시가 났다.

이후에도 급우 모두는 상우네 가게 앞을 계속 지나가지 않았다. 박철수 씨 어머니를 비롯한 급우 어머니도 마음이 아파서 해당 가게에서 장을 보지 않는다고 했다. 몇 달 후, 시장통에서 상우네 가족은 완전히 자취를 감췄다.

13.

어느 시점의 기억은 평생을 가도록 뇌리에 깊이 박혀, 잊히지 않고 트라우마가 되어 한 인간의 삶을 괴롭힌다. 박철수 씨가 국민학교를 졸업할 즈음에 성당에서 당한 폭행이 그랬다.

천주교 교구 산하 각 성당에서 복사(服事)[8]는 용모가 단정한 초등부 신자 아이들을 뽑아, '복사단'이라는 레지오[9]구성원을 만들었다. 하늘과도 같은 신부님 옆에서 깨끗한 복사 옷을 입고 미사를 거드는 모습이 박철수 씨의 눈에는 거룩하고 또 멋스럽게 보였다. 박철수 씨는 뭔가 좋은 일을 한다는 자부심으로, 새벽 미사나 장례 미사 등 궂은일을 가리지 않고 복사 일에 열중했다. 그때는 평일마다, 또 새벽 6시에도 미사가 열려서 신부님을 보조해야만 했다. 새벽 미사 때 복사를 서는 일은 여간 힘든 일이 아니었다. 5시에 일어나서 씻은 후 아침을 먹지 않고 곧장 성당 행 버스를 타야했기 때문이다.

물론 성당 측에서 대가가 전혀 없지는 않았다. 성탄절이나 부활절 미사가 끝나면, 수녀님은 복사단 아이 모두를 불러서 파티를 열어주었다. 정면 벽에 예수님 고상이 걸린 교리실에서 직사각형 탁자 네 개를 붙인 아주 커다란 식탁 주위에 20개 가량의 의자를 배치했고, 수녀님은 단원 20명 앞

---

8) 복사(Altar server)는 신부의 예식집전을 보조하는 평신도를 말한다. 복사는 예식 중에 식을 집행하는 신부 곁에 위치하여, 물건을 나르거나, 종을 울리거나 하는 행위를 한다. 〈출처: 『가톨릭 교리사전』 78쪽.〉

9) 로마 군대 조직을 본뜬, 가톨릭교회의 평신도 조직. '성모 마리아의 군단'이라는 뜻이다.

에다 커다란 접시를 각각 하나씩 선사했다. 단팥빵, 크림빵, 크로켓, 비스킷, 웨하스, 초콜릿, 사탕, 양갱, 젤리 등이 접시에 가득했고, 옆의 유리잔에는 듣도 보도 못한 음료인 포도 주스나 오렌지 주스, 우유가 담겼다. 내용물 대부분은 해태제과나 롯데제과 제품이어서 고급스럽기 짝이 없었다. 많은 종류의 과자는 고가이기도 하거니와 집에서는 도저히 구경할 수 없는 귀한 음식이어서, 복사단 아이 모두는 감동하며 먹었고 또 감사해 했다. 어떤 아이는 눈물을 글썽이며 오로지 이 순간을 위해서 일 년 동안 고생을 참았다는 말을 했다. 하지만 파티는 박철수 씨에게 관심 밖이었는데, 하느님이나 예수님을 위해 봉사하여 훌륭한 사람이 되는 일이 중요하지 과자 따위는 아무런 의미가 없다고 생각했기 때문이다. 그런데 상식으로 이해할 수 없는 일이 수시로 일어났다.

성탄절을 준비하기 위해 보름 전부터 20명에 가까운 아이는 저녁마다 성당에 모여 성탄미사를 예행 연습했다. 문제는 복사단을 거쳐 간 고등학생 이상의 선배가 성탄절 미사 연습을 수시로 간섭하면서 발생했다. 최 다니엘이라는 스무두 살가량 형님과 김 바오로라는 스물네 살 정도 되는 청년은 틈만 나면 성당에 와서, 연습을 지켜보다 마음에 들지 않는 아이를 때렸다. 성당 제대(祭臺)를 중심으로 사제를 옆에서 보좌하는 단체 행동에서 사소한 동작 불일치라도 발견하면, 해당되는 아이 얼굴을 손으로 잡고 사정없이 뺨을 쳤다. '신성한 성탄 미사'에서 실수하면 안 된다는 이유로 뭔가 마음에 들지 않을 때마다 때렸다. 어떤 날은 때리면서 그네끼리 웃기도 했으니, 분명 때리는 일 자체를 즐기는 듯 보였다. 신부님과 수녀님은 복사단의 연습에 관심조차 없었다. 1973년 겨울, 20명 가까운 아이는 교회가 인정하지 않은 손찌검을 당하면서도 당연히 복종해야 할 일이라 여기고 연습에 열중했다.

20명 아이 가운데 박철수 씨는 유독 동작이 굼뜬 아이였다. 성탄절을 사흘 앞둔 날이었다. 고등학교 1학년생인 복사단 단장은 말대꾸를 했다는 이유로 박철수 씨의 뺨을 한 시간 동안 때렸다. '누가 오른뺨을 치거든 왼뺨마저 내주라'[10]고 예수님은 가르쳤는데, 주님에게 얻은 배움은 어디로 갔는지 알 수 없었다. 선배라는 여러 형님은 오른뺨과 왼뺨을 치는 일만 배웠음이 틀림없었다.

한 시간 동안 뺨을 맞은 박철수 씨는 자리에 돌아와 앉아서 계속 울었다. 생전 처음으로 정신을 잃을 정도로 맞았고 부모님조차 그렇게 심하게 때린 적은 없었다. 부단장인 중학교 3학생 정승일 씨는 분위기를 환기하고 싶었는지 이렇게 말했다.

"오늘 분위기가 왜 이렇지? 이제 웃어봅시다. 여러분!"

그러나 아무도 웃지 않았다.

박철수 씨는 억울함과 분함을 누군가에겐가 호소하고 싶었다. 성당 책임자인 신부님이나 수녀님을 찾아가서, 한 시간 동안이나 맞은 일을 이야기하기로 결심했다. 어린 나이지만 말대꾸한 사실이 심하게 맞을 만한 이유였는지를 이해할 수 없었기 때문이다. 그날, 연습이 끝나자 곧장 성당 구석에 위치한 사제관에 갔지만 신부님은 출타하고 계시지 않았다. 옆 건물 수녀원 벨을 누르니 굳게 잠긴 철 대문이 열리고 할머니처럼 생긴 수녀님이

---

10) 공동번역 성서 「마태복음」 5장 39~40절.

나왔다. 울면서 자초지종을 이야기하니, 원장 수녀님은 간단하게 말했다.

"그래? 내가 단장 고 녀석을 혼낼게!"

다음 주 연습시간에는 다른 아이가 대학생 김 바오로에게 또 뺨을 맞았다. 수녀님이 뭘 어떻게 했는지 알 수 없었다. 우연이었는지 시대가 만든 필연이었는지 '하느님의 집'이라는 성당에서조차 정의(正義)는 없었다. 그날부터 어른이 된 이후까지 박철수 씨는 계속 묻지 않을 수 없었다. 문화 발전과 고상한 이념을 추구하는 종교가, 폭력을 없애기보다는 폭력을 더 확장하고, 더욱 잔혹하게 만든 원동력이 아닐까 하는 생각이 그것이다.

박철수 씨에게 폭력은 신앙이란 형태로 포장되어, 그날 일을 아무렇지도 않게 바람에 실어 갔다. 세상은 어린 박철수 씨에게 폭력에 어느 정도 무뎌지도록, 그래서 누군가가 자신을 때리는 행위를 폭력으로 느끼지 않을 것을 적당히 요구했다.

복사단 부단장 정승일 씨는 이후 성소(聖召)를 받아 신학생이 되었고, 신학대학을 졸업한 후 해당 교구의 신부가 되었다. 천주교 사제 정승일 씨는 박철수 씨의 둘째 형 박이수 씨와 급우 사이였다. 정승일 씨의 동생 정근일 씨는 박철수 씨와 가장 친한 친구로, 그날 박철수 씨가 폭행당하는 장소에서 '울지 마라'며 친구를 위로했다. 정근일 씨는 중학교에 진학하여 담임 선생님에게 당한 구타 후유증으로 자퇴했다.

14.

해가 지나 박철수 씨는 중학생이 되었다. 3년 전, 중학교와 고등학교 입시 시험이 없어져서, '뺑뺑이'를 돌려 진학할 학교를 배정받았다. 둘째 형 박이수 씨가 이른바 뺑뺑이 1세대고, 박철수 씨는 4세대였다.

박철수 씨가 중학생이 된 그해, 장형 박도수 씨는 그 도시의 국립대학교 기계설계학과에 입학했다. 둘째 형 박이수 씨는 '뺑뺑이'를 돌리는 인문계 고등학교에 갈 실력이 되지 못해 공업고등학교에 입학했다. 일용 노무직 공무원 아버지가 받는 쥐꼬리 월급으로 세 명 아들의 공부 뒷바라지를 하는 일은 결코 쉽지 않았다.

그 시절, 군사 정부가 만든 지방 공과대학 육성계획에 따라 해당 도시의 국립대학교는 기계설계학과나 조선공학과가 집중 육성 대상이었다. 장형 박도수 씨가 기계설계학과에 떡 하고 합격하니, 동네의 부러움을 독차지하게 되었다. 그 시절, 도시 하층민에게 대학이란 언감생심이었지만 자식을 키워 대학에 보내면 부모뿐만 아니라 자식 또한 미래가 바뀔 것이라고 막연하게 기대했다.

그 도시에 사는 사람에게도 막연하게 대학 서열이 존재해서, 스카이로 부르는 서울대와 두 사립대가 나라에서 좋은 대학이라는 사실 정도는 알았다. 가장 좋다는 서울대 정도는 아니어도 다음 서열인 두 사립대만큼 그 도시의 명칭을 딴 국립대학교도 괜찮은 학교라고 자평했다. 한국전쟁 기간 동안 전국 각지에서 피란 온 우수 인재가 다녔고, 물가 비싼 서울 유학이 어려운 인근 지역의 절대다수 학생이 그 국립대학교에 몰렸기 때문이기도 했다. 대다수 가계 형편이 절대 빈곤 시절이어서, 소를 팔아야만 서울 유학을 엄두 내는 형편이었다. 공부 좀 한다는 수재는 서울대로 갔고 집안이 가난하고 서울대가 아슬아슬한 학생은 모두 그 학교로 진학했다.

일용직 공무원 봉급으로 아들 세 명의 학비를 충당하는 일이 불가능하다고 깨달은 부모님은 물불 가리지 않고 닥치는 대로 일했다. 아버지는 마당 한쪽이 비었다는 사실을 오래전부터 아까워했다. 어느 날 아버지는 벽돌 한 손수레, 슬레이트 몇 장, 모래 반 수레, 시멘트 몇 포를 구해다가 키 낮은 움막 같은 구조물을 짓기 시작했다. 완성된 건물을 '돼지우리' 또는 '돼지 움막'이라고 불렀는데, 부모님은 구포시장에 가서 새끼돼지를 두 마리 사서 그곳에서 키웠다. 아버지는 매일 아침 일찍 일어나 양동이를 들고 동네 시장을 돌면서 식당에서 버린 음식 찌꺼기를 모아서 들고 집으로 돌아왔다. 돼지 사료를 구하는 일환이었다. 노동과 삶이 주는 수고에 지친 아버지는 퇴근 때 소주 한 병을 구입하여 도시락 가방에 넣어 오셨다. 늦은 저녁, 혼자서 김치 조각과 함께 드신 후, 고단한 하루를 정리하셨다.

어머니도 그에 못지않아서 할 만한 부업을 모조리 찾았고 쉼 없이 일했다. 이웃한 시골 시댁의 전답에서 재배하여 그곳 시장에서 팔다 남은 잉여 농산물을 가져와 동네 시장에 내다 팔았다. 그렇게 시작한 부업은 수예 뜨기, 그물 짜기, 플라스틱 슬리퍼 밑창 긁기로 이어지다 종국에는 '다라모시'라는 수익 높은 돈놀이로 귀착했다. 두어 살 난 박철수 씨를 등쳐 업은 채 광목 보따리를 머리에 이고 낙동강 강변인 고향 동네 시골길을 쉼 없이 누빈 어머니의 경험은 돈 되는 일에는 물불 가리지 않게 만들었다.

공들여 키우는 장남 박도수 씨를 제외한 두 형제도 어머니가 하는 부업에 동원되었다. 어린 박철수 씨는 옆에서 주된 조수로서 어머니를 도왔다. 고기잡이 어구(漁具)이자 소모품인 어업용 그물을 짜는 일은 항구 도시 전역에서 돈벌이를 찾는 주부가 만나는 주된 부업이었다. 굵고 가는 여러 종류의 면사나 합성사, 나일론사를 업주에게서 공급받아서 집에서 그물을 짰다. 실을 실패에다 감아 둥근 공처럼 만드는 일, 공처럼 만든 실몽당이에서 나온 실을 망침이라는 대나무 칼에 끼워 넣는 일, 다 짠 그물에다 '레때루'라고 불리는 라벨을 붙이는 일 등이 어린 박철수 씨가 해야 하는 일이었다. 어머니는 그물의 몸통격인 중심 줄을 미리 벽에 쳐둔 못에다 팽팽하게 붙들어 놓고, 그곳에 맞춰 망침을 날개 방향으로 펼쳐서 그물을 완성했다. 늦을 때는 자정이 지날 때까지 일이 계속되었다. 전기불이 없었으므로 촛불이나 카바이드라고 불리는 가스 불을 켜고 일해야만 했다. 완성된 그물을 발주처에 납품하는 일 또한 간단치 않은 노동이었다. 어머니는 커다란 대야에 고봉밥처럼 올려 담은 그물을 머리에 이고, 박철수 씨는 나머지 부산물을 옆구리에 끼어들고 4킬로미터 이상 가는 먼 공장까지 걸어갔다.

1972년 이후 원양어업이 부진하여 그물 경기가 나빠졌다. 어느 날부터 어머니는 '딸딸이'라는 일거리를 머리에 잔뜩 이고 집으로 돌아왔다. '딸딸이'는 플라스틱으로 만든 슬리퍼를 지칭하는 경상도 속어로 해당 슬리퍼를 신고 걸으면 신발과 바닥이 부딪히는 '딸 딸 딸……' 소리가 난다고 해서 붙여진 이름이었다. PVC라고 불리는 플라스틱 가루를 슬리퍼 모양으로 제작된 금형이 설치된 사출기에 투입하고 열을 가하면 딸딸이가 완성되었다. 완제품으로 시장에 팔리기 위해서는, 사출 과정에서 금형 밖으로 삐져나온 부분을 칼로 도려내야 제대로 된 슬리퍼로 인정받았다. 줄 톱 끝부분을 대각선으로 잘라 날을 벼리면 칼이 만들어졌고 완성된 칼로 금형 밖으로 삐져나온 부분을 곱게 잘라 다듬으면, 사출기를 나온 플라스틱 덩어리는 슬리퍼가 되었다. 과정에서 삐져나오고 튀어나온 부분을 잘라주고 다듬는 작업이 어머니와 박철수 씨가 해야 하는 일이었다.

슬리퍼 다듬는 작업을 하느라 모자가 새벽까지 나란히 밤을 새운 날도 많았다. 최종 마무리는 비닐봉지에 완성품을 넣어 공장까지 들고 가는 일이었는데, 그 또한 그물을 납품할 때와 다름없었다. 박철수 씨가 중학생이었으나 어머니는 아직 공부할 때가 멀었다고 생각했는지도 몰랐다. 아니면 박철수 씨 스스로가 집안일을 도와야 한다는 생각을 하여 그랬는지.

'다라모시 오야'라는 낱말은 일한사전을 찾아봐도 나오지 않는 말이지만 '계주(契主)'로 번역해야 적당할 듯하다. 박철수 씨가 국민학교 고학년 때와 중학교에 다니는 동안, 어머니에게는 '다라모시 오야'라는 별명이 따라다녔다. 어머니는 슬리퍼를 다듬다가도 틈이 나면 동네 아낙을 모아 계를 붇는 일을 했고, 그 모임에서 계주 역할을 했다. 어머니의 어린 시절, 공산주의자 회합에서 어깨 너머 체득한 논리적인 언변은 동네사람을 쉽게 설득했고, 계원은 쉽게 모였다. 높은 이자 수입은 어머니에게 본업이 되고 말았다. 벌어들인 수입은 세 아들에게 들어갈 학비가 되었지만, 안타까운 결과는 세상살이가 주는 수고를 깨닫게 했다.

15.

1975년 박철수 씨가 중2 때 일이다. 집 뒤 작은 언덕에는 형관이라는 친구가 살았다. 형관이는 나이로 따지면 박철수 씨보다 한 살 형이었고, 학년도 한 학년 높았다. 그렇지만 어릴 적부터 앞뒷집에 살다 보니 친구로 지내는 사이였다. 형관이는 편모슬하에서 네 살 위인 형과 함께 세 명이 한 가족으로 살았다. 형관이는 성격이 좋아 이웃친구 누구와도 친하게 지냈으며, 형관이 어머니 또한 선량한 심성을 가진 분이었다. 형관이 손위 형은 고등학생으로, 유달리 키 크고 덩치가 건장했다. 형관 어머니는 봉제 하도급 일을 받아서 생계를 꾸려나갔다.

그러던 어느 날 형관네 집에 여러 사람이 찾아오는 빈도가 잦아졌고, 이후 동네에서 흉흉한 소문이 돌기 시작했다. 날마다 형관네 집에서 악다구니 소리치는 사람 여럿은 다름 아닌 채권자였다. 남편 없는 혼자 몸으로 아들 둘을 중학교와 고등학교에 보내며 생계를 도맡은 형관 어머니에게 재정 문제가 생겼고, 빚이 눈덩이처럼 커지자 자력으로 해결할 수 없는 사태에 빠지고 말았다. 형관 어머니는 박철수 씨 어머니와도 친한 이웃이었기에 얼마간 빚을 진 상태였다. 요즘 돈으로 환산한다면, 몇 백만 원 정도가 아닐까 한다. 사건이 터지고 보니, 동네에서 어머니 말고도 여러 채권자가 등장했다. 소문을 들은 어머니는, '아들 교과서도 못 사주면서 모은 돈인데' 하며 형관네 집으로 달려갔다. 바로 뒷집이었으므로 하루에도 몇 번씩이나 찾아가서 빚 독촉을 했다. 친한 이웃이기에 그간 쌓은 친분으로 자주 호소하면 다만 몇 푼이라도 빚을 건지겠거니 하고 확신했기 때문이다.

그러다 문제가 터져버렸다. 여러 사람의 빚 독촉에 시달린 형관 어머니가 갑자기 사망하고 말았다. 경찰이 오고 의사가 검시하는 과정에서 사인은 고혈압 때문에 발생한 심장마비로 밝혀졌다. 동네 사람들에게 하루에 수십 번씩 빚 독촉을 당한 형관 어머니가 받은 극심한 스트레스는 보지 않아도 뻔한 일이었다. 빚 독촉을 한 여러 이웃은 갑자기 공황 상태에 빠져버렸다. 앞으로 빚을 어떻게 받을까 하는 걱정은 아예 사라졌다. 사람이 죽었기 때문에 도덕적으로 이미 죄인이 되어버린 탓이었다.

형관네 먼 친척 어른이 와서 이틀 만에 쓸쓸한 장례를 치르고 동네는 다시 조용해졌다. 그런데 다시 문제가 발생했다. 고3인 형관이 친형이 술 취한 상태에서 박철수 씨 집 앞에서 주먹과 발로 대문을 차며, 차마 입에 담을 수 없는 갖은 욕설과 행패를 부리기 시작했다.

"이 개 같은 놈들아! 우리 엄마 살려내라!"

그가 그렇게 주장하는 점은 나름대로 타당한 면이 있었다. 컵 속, 물이 넘치는 현상은 항상 마지막에 떨어진 한 방울 때문이다. 마찬가지로 형관 어머니에게 빚 독촉한 사람 가운데, 맨 마지막으로 찾아간 사람이 박철수 씨의 어머니였기 때문이다. 채권자 가운데 다른 사람이 마지막에 그랬다면, 그는 해당하는 집에 가서 똑같은 행동을 했을 것이 틀림없었다. 고등학생인 그는 만취한 상태에서 박철수 씨네 집 대문 앞에서 밤새도록 울부짖었다. 아버지를 비롯해 어머니, 아들 셋 등 박철수 씨네 가족 모두는 침묵할 수밖에 없었다.

이후 형제는 친척 집에 입양되어 동네 사람의 시야에서 사라졌다. 골치 아픈 일을 안고 살다가도 시간이 흐르면 잊게 된다는 사실은, 인간 뇌 구조가 만든 망각이 선사하는 장점일지도 모른다. 몇 달이 지나고 박철수 씨는 중3이 되었다.

등굣길 아침 시간, 콩나물시루처럼 꽉 찬 시내버스였고 안내양은 온몸으로 사람을 계속 밀어 넣었다. 아귀 소굴과 같은 공간 안에서 친구를 비롯한 아는 사람을 만나게 되는 일이 상례였다. 집 근처 정류소에서 버스를 타고 다섯 정거장 정도 갔을까. 다음 정거장에서 내리기 위해 사람 사이를 비집고 출입문 쪽으로 정신없이 움직이는데, 누군가 박철수 씨의 손을 꼭 잡았다. 따뜻하고 부드러운 손…… 누군가 하며 자신의 손을 잡은 이를 쳐다보니 형관이었다. 박철수 씨보다 한 학년 위인 형관이는 명문 상업고등학교 교복을 입고 있었다. 순간, 박철수 씨는 표현하기 힘든 죄책감 때문에 온몸이 마비된 듯 멍하니 그를 쳐다만 보았다. 형관이는 박철수 씨가 가진 생각을 모두 안다는 듯, 온화한 미소를 지으며 우연한 만남을 반가워했다.

형관이…… 이형관인지 김형관인지 조차도 기억에 희미하지만, 그 잠깐 동안이 어린 시절의 친구 형관이와 마지막 만남이었다. 형관이가 그날 차갑고 냉랭한 표정을 지었다면, 평생 무거운 마음으로 살지는 않았을지도 모른다.

16.

큰아버지 박병현 씨는 딸 둘에 이어서 아들 둘을 슬하에 두었다. 사촌누이 둘은 숙모인 박철수 씨의 어머니와 아주 친해서, 과년하여 결혼을 앞둘

즈음에는 세상사에 관해, 허물없이 속내를 주고받는 사이가 되었다.

둘째누이 박묘선 씨가 먼저 말했다.

"숙모, 숙모는 자식 세 명을 왜 그렇게 불평등하게 대해요?"

"뭐가 그렇다는 말이야?"

"언니나 내가 볼 때는 숙모에게 자식은 하나뿐으로 보여요. 큰아들 도수를 왕처럼 귀하게 키우는 건 좋은데, 나머지 두 명은 뭐예요? 저 녀석들도 신경 좀 쓰세요."

이어서 큰누이 박무선 씨가 말했다.

"숙모, 두 애는 허름한 옷차림, 땟국 줄줄 흐르는 얼굴, 기죽은 모습 하며 꼭 거지같아. 소고기나 돼지고기를 사면 쟤 둘에게는 먹여 본 적이 있나요? 5원짜리 동전이라도 용돈을 한푼 주나요? 도수는 부잣집 아이처럼 깨끗하고 단정한데 저 두 아이는 뭔데요? 없어도 너무 없어 보이잖아. 쟤 둘은 삼촌과 숙모 사이에서 태어난 자식이 아닌가요?"

두 사촌누이 눈에는 어머니가 행하는 자식 대우가 차별이고, 부당하게 비쳤다. 어머니는 자신이 늙으면 장남이 당신을 부양하리라고 생각했기 때문에 장남을 귀하게 키워야 한다고 굳게 믿었고 세상을 떠나는 날까지 한치도 의심하지 않았다. 그렇지만 세상일이나 어머니의 미래는 본인이 원하는 방향으로 흐르지 않았다.

17.

박철수 씨가 중3 때 일이다. 그 도시 황령산 언덕 아래 위치한 학교는 매우 권위적인 일가족이 운영하는 사립학교 재단 소속이었다. 교사 가운데는 이사장 가족은 물론이고 이사장의 친척과 친구가 많았다. '지성으로 배우고, 지성으로 일하고, 지성으로 공부하자'는 교풍은 평범했으나 재단 이사장은 학교 내에서 신이나 하늘과 같은 존재였다. 그 시절, 학교마다 흔하게 보이는 이순신 장군 동상 대신에 이사장의 아버지인 학교 설립자 동상이 교정 중앙에 떡하니 자리를 잡았다.

박철수 씨의 기억 속에 남은, 두렵기 짝이 없는 사건은 사회 시간에 일어났다. 사회 선생님의 몸무게는 100킬로그램이 족히 넘을 듯했다. 학생 사이에서는 덩치가 무척 큰 사회 선생님에 관해 말이 많았다. 이사장의 조카라고 누군가 그랬고, 교사 자격증이 없다는 소문도 있었다. 어느 날, 중간고사가 끝난 후 선생님은 시험 채점한 답안지를 교탁에서 나눠주었다. 급우 한 명이 선생님이 채점한 답안지를 받고 점수를 확인한 후, 손으로 구기며 자리로 들어갔다. 성적이 좋질 않았기 때문인데, 그 순간 사회 선생님의 표정이 무섭게 변했다. 들어간 아이를 교단 앞으로 나오게 해서 수업이 끝날 때까지 주먹과 구둣발로 때렸다. 끔찍한 장면을 앉아서 구경할 수밖에 없는 급우 모두에게 무섭기 짝이 없는 시간이었다. 아이가 맞다가 쓰러졌는데도 계속 때렸다. 선생님이 날린 강한 펀치를 견디지 못해 쓰러져서 두 손을 모아 잘못했다고 빌었지만, 발길질과 주먹질은 계속되었다.

박철수 씨가 그런 사건을 처음으로 목격하지는 않았다. 국민학교 4학년 때도 비슷한 일을 보았기 때문이다. 쉬는 시간, 두 아이가 싸우는 모습을 발견한 담임 선생님은 쌍벌죄를 적용해서 둘을 회초리로 때렸다. 그걸로 끝났는지 알았는데, 다음날 한 아이의 할머니가 교실로 찾아와 수업하는 선생님에게 따졌다.

"싸움은 저 애가 먼저 걸었는데 어떻게 우리 성현이를 저 애와 똑같이 벌줘요!"

격하게 손가락 짓을 해가며 한참 동안 따진 할머니가 교실을 나가자 담임 선생님은 성현이를 교탁 앞으로 불렀다. 그는 국민학교 4학년생을 옆에 두고 윗저고리를 벗고 손목시계를 풀었다.

박철수 씨가 느끼기에는 끔찍하기 짝이 없는 가혹 행위였지만, 두 사건 모두 그럴 수밖에 없는가 보다 하며 마음속으로 받아들이고 말았다. 부당함을 어쩌지 못하고 받아들여야 하는 시대였으므로 아무도 선생님의 행동을 이상하게 생각하지 않았다. 원래 학생이란 맞으면서 배우는 존재라는 공감대가 일제강점기 때부터 사회 저변에 자리 잡았기 때문인지도 몰랐다.

그런 의미에서 '폭력에서 폭력성을 결정하는 사실은 폭력을 사용하는 자가 아니라, 폭력을 당하는 대상자'임이 분명했다. 사람마다 신체와 정신이 가진 힘이 다르기 때문에 그런 게 아닐까 한다. 연약한 신체와 정신은 강한 신체와 정신에 훨씬 쉽게 파괴되곤 한다. 폭력을 폭력으로 규정하는 이는 폭력의 사용자가 아니라 폭력을 당하는 피해자이기 때문이다.[11]

고1 때 박철수 씨 역시 교사에게 이유 없이 맞은 사건을 경험했다. 교련

11) 『폭력』, 공진성, 23쪽 참고.

시간에 20분 정도 '차렷 자세'로 교련 교사에게 빰을 맞았다. 당시, 교련 선생님은 두 가지 부류였다. 영관 또는 위관급 제대 장교 부류와 부사관으로 제대하여 '교련 보조교사'라는 직함을 가진 부류였다. 총검술과 제식훈련을 가르치는 하사관 출신 교련 선생님이 박철수 씨에게 이유 없이 폭력을 가한 이유는 애매하기 짝이 없었다. 단지 '눈빛이 기분 나쁘다'는 말도 되지 않는 이유였다. 사춘기를 심하게 앓던 박철수 씨는 며칠 동안, '죽고 싶다'는 생각을 끝없이 했다. 다음 교련시간, 같은 성당에 다니는 급우가 박철수 씨와 같은 이유로, 같은 강도로 구타당하는 장면을 본 후, 그간 계속해온 '죽고 싶다'는 생각을 버렸다.

18.

비슷한 폭력 사건의 하이라이트는 고2 때였다. 독일어 선생님은 '이빨'이란 별명을 가졌는데, 대문니가 유달리 커서 지어진 별명으로, 책을 많이 읽은 지적인 선생님으로 소문나 있었다. 해당 선생님을 통해 박철수 씨는 헤르만 헤세, 괴테, 토마스 만, 니체, 칸트, 하이데거 등 유명 문학인과 철학자를 알게 되었다. 뿐만 아니라 헤겔이나 마르크스, 프로이트와 같은 독일 철학자가 세계 역사를 변화시켰음도 배웠다. 굉장한 독서력을 가진 해박한 분이었지만, 깡마른 몸매에 어울리게 성격 또한 시니컬했다. 선생님은 유독 박철수 씨가 속한 학급에서 수업할 때마다 지나치게 화와 짜증을 많이 내며, '이 반은 구제 불능이야!'라는 발언을 자주 했다.

그날, 선생님께 의견을 표출한 친구는 평소에도 의협심이 많은 편으로, 그만의 소신이었는지 아니면 무모했는지 그만이 독야청청 왜 그랬는지 모르겠다. 학급을 대변한, 말 한 마디가 독어 선생님 때문에 풀죽은 학급 분위기를 바꾸는 데 일조하리란 생각을 한 모양이다.

"선생님! 유독 저희 반에만 심하게 하시는 것 아닙니까?"

라고 항의했다.

의견을 들은 독일어 선생님은 갑자기 얼음 같은 표정을 지었다. 한참 숙고하다가 선생님은 이렇게 말했다.

"반장도 아닌 네가, 무슨 자격으로 건방지게 이렇게 따지나? 너, 앞으로 나와!"

선생님은 말을 마치자마자 손목시계를 풀었다. 겉저고리도 벗었다. 선생님이 책을 많이 읽었다고 해서, 대학원을 졸업할 정도로 많이 배웠다고 해서, 인품은 그에 비례하지 않는다는 사실을 박철수 씨는 그날 깨달았다.

폭력에는 정당성이 없는 폭력과 정당성을 갖춘 폭력이 존재한다. 그래서 무엇이 폭력인지 묻는 사실은, 가진 힘이 정당성을 갖추었는지를 묻는 일이 아닐까 한다. 물론 파괴적인 힘일지라도 정당성을 갖추었다면 폭력이라고 부르지 않을지도 모른다.[12] 그날 독일어 선생님이 보여준 행동은 정당성이 없는 힘만이 폭력이라는 확신을 주었다.

마구잡이식 구타는 한 시간 가까이, 쉬지 않고 계속되었다. 수업이 끝난 후 생각해 보니, 선생님의 행동은 사리에 맞지 않고 교육적이지도 못했다.

---

12) 『폭력』, 공진성, 26쪽 참고.

학생과 동등하지 않은 교사라는 우월한 지위에서 일방적으로 가한 폭력이니 비겁하기까지 하다는 생각이 들었다. 두 가지 얼굴을 한 짐승이 감정을 추스르지 못해 행한 만행일 뿐이라는 생각이 들었고, 사실이 그랬다. 그날 사건이 계기가 되어, 박철수 씨는 교사라는 장래 희망을 버렸다. 커서 절대 하고 싶지 않은 일에 교사를 올렸다.

19.

국민학교에서 중학교, 그리고 고등학교를 졸업할 때까지 박철수 씨에게 학교란 괴물인지도 몰랐다. 학교는 폭력을 제도로서 뒷받침하는 공인된 장소로밖에 보이지 않았다.

중학교 1학년이 끝나갈 무렵이었다. 국어 선생님이 병가를 내어 결근했고, 새로 부임하신 총각 선생님이 해당 수업 시간을 대신했다. 160센티미터가 될까 말까 한 키에 단아한 얼굴을 한, 귀공자처럼 생긴 20대 후반의 젊은 선생님이 교실 문을 열고 들어왔다. 선생님은 한 시간을 지극히 개인적인 일화와 한담으로 적당히 보냈는데, 내용은 아래와 같다.

그 도시가 고향인 선생님은 모 고등학교에 재학 중일 때 청소년 문예지 《학원(學園)》 문학상[13] 에 응모하여 '장원' 상을 받았다. 이후 서울의 예술대학 문예 창작과에 특차 입학을 하게 되었고, 그곳에서 교수로 근무하는 서정주나 김동리 같은 내로라하는 문인에게 지도받았다. 대학 졸업 후 교사직에 몸을 담았는데 처음으로 부임한 곳은 경상북도 산촌에 위치한 사립여자고등학교였다. 총각 선생님이어서 그랬는지 아침에 출근하면 교무실의 선생님 책상 위 화병에는 항상 싱싱한 꽃이 꽂혔다. 누가 꽃을 가져왔는지는 모르지만 학생이 그랬다는 사실은 틀림없었다.

어느 무더운 여름날이었다. 누가 갖다 두었는지, 그날은 꽃 대신 책상 위에 커다란 수박 한 덩어리가 놓여있었다. 그때 함께 출근한 교사가 수박을 보더니,

"이게 뭐고? 시원하겠는데!"

하며 주먹으로 수박을 '펙!' 깨어서 조각을 나누어 출근한 주위의 교사에게 이리저리 배분했다. 나이 어린 여학생이 한두 시간을 걸어야 등교가 가능한 거리에서 무거운 수박을 들고서 여름날 얼마나 힘들게 등교를 했을까를 생각하니 마음 아프기 짝이 없었다.

그러나 시골 학교에서의 국어 교사직은 오래 가지 못했다. 학교 재단 측에서 끊임없이, 부당한 잡부금을 학생에게 받도록 강요했기 때문이다. 교직원 회의 자리에서 선생님은 교장의 멱살을 잡고 흔들면서 소리쳤다.

"당신이 과연 교육자야? 부끄럽지도 않아!"

---

13) 1972년 12월 2일 자 경향신문에는 제16회 '학원문학상' 입상자 명단이 게재되었다. 학원문학상은 당대 유명한 청소년 문예지 《학원》에서 주최한 문학상이었다. 학원문학상 출신 작가로는 소설가 황석영, 최인호, 시인 이제하, 황동규, 정호승 씨 등이다.

이후 사표를 쓴 선생님은 고향에 위치한 사립학교 재단 소속의 중학교로 자리를 옮기게 되었다.

그 정도 이야기를 마칠 때, 수업 종료 벨이 울리고 '맴질' 수업이 끝났다. 다음날, 학교 이사진 아들인 급우 한 명이 선생님에 관련한 정확한 정보를 안다며 교실 뒤에서 수군거렸다. 어제 땜빵 수업한 국어 선생님은, 대학 다닐 때의 시위 경력과 빨갱이 사상 같은 문제 때문에, 군대에 가지 못한 병력미필자라고 했다. 그렇기 때문에 우리 학교 같은 별 볼 일 없는 학교로 튕겨왔다고 말했다.

그로부터 3년이라는 시간이 흘렀다. 고교 입시 평균화 4년차인 박철수 씨는 '뺑뺑이'를 돌려 고등학교 배정에 임했다. 이른바 명문으로 불리는 공립 고등학교에 가기를 원했지만, 다닌 중학교와 한 울타리에 자리한, 같은 재단의 고등학교로 진학하게 되었다.

고등학교 첫 수업은 국어 시간이었는데, 교실 문을 열고 들어온 국어 선생님은 다름 아닌 중학교 때 '맴질 수업'을 한 그 선생님이었다. 같은 사학 재단이었기 때문에 2년 전에 고등학교로 발령받았던 것이다. 선생님은 3년 전의 신사와 같은 귀공자 분위기는 이미 사라지고 큼직한 몽둥이를 든 채 학생을 무차별 타작하는 '별종 파이터'로 변신한 상태였다. 2~3학년 선배에게 들은 선생님에 관한 평은, '개성만 대단하고 실력은 별로인 교사'라는 의견이 다수였다. 매를 들고 진행하는 강압적인 수업 분위기와 참고서를 그대로 읽어대기만 하는 수업 진행이 이유였다.

1년이 지난 1978년, 고교 2학년, 9월 어느 날이었다. 국어 시간은 체육 시간 다음 교시로 편성되어 있었다. 그날, 3학년 선배가 응시해야 하는 대학입시 체력장[14] 시험을 2학년인 박철수 씨의 급우 여러 명이 대신 치렀다. 선임 교사인 체육 선생님의 특별지시였는데, 교장 선생님의 지시를 받았음은 명약관화한 사실이었다. 전체 과목 성적이 서울대 합격 수준이더라도 체육 과목에서 점수가 깎이면 서울대 입학은 허사가 되기 때문이었다. 몸이 약한 3학년 선배가 치러야 할 체력장 시험을 체력 좋은 2학년 급우 몇 명이 대신했다. 지금 이런 일이 벌어진다면 신문과 방송에 대문짝만하게 다뤄질 만한 '부정'이겠지만, 그땐 관례처럼 진행되었다. 340점 만점인 예비고사에 체육 점수가 20점이나 배정되었고, 공부 잘하는 학생은 대부분 몸이 허약했다. 체육 점수만 만점을 받는다면 서울대 입학은 훨씬 수월해짐은 자명했다. 서울대 입학생을 몇 명 배출했느냐는 결과가 시내 고등학교 서열 평가 기준이었다.

그날도 체력 좋은 급우 몇 명이 '애교심'이라는 명목으로 3학년 대신 턱걸이와 1,000미터 달리기 등을 응시했고, 이후 땀을 뻘뻘 흘리며 교실에 돌아와 국어 수업을 준비했다. 수업 시작종이 울리자 교실 문을 열고 들어온 선생님의 표정은 비장하기 짝이 없었다. 대리 시험을 친 급우들은 더운 날 1,000미터 달리기를 한 후여서 얼굴은 상기되었고 땀을 흘려서, 누가 보더라도 금방 표시가 났다. 선생님은 해당하는 급우를 일일이 지적하며

---

14) 문교부(현 교육부)는 1971년 중·고등학교 3학년을 대상으로 체력검사를 실시하여, 이를 바탕으로 1972년부터 상급학교에 진학하고자 하는 중·고등학생을 대상으로 체력장제도를 실시하였다. 점수 및 등급 구분은 6개 종목 측정치를 종목별로 20점 만점의 절대기준평가를 실시했다.

교단 앞으로 나오라고 지시했다. 여섯 명 정도였을까? 선생님은 윗도리를 벗고 와이셔츠 소매를 올린 후 본격적인 '타작'에 들어갔다. 야구 선수가 타석에서 풀스윙을 하듯, 온몸에 힘을 모아 해당 학생을 때리기 시작했다. 곳곳에서 신음이 터져 나왔다. 이유 없이 맞는 급우 입장에서는 억울하기 짝이 없었다. 체육 선생님의 지시에 따랐을 뿐인데, 칭찬은커녕 복날 개처럼 맞는다는 사실은 부당하기도 했다. 한 시간 동안 매질은 계속되었다. 선생님이 남자 고등학교에서 몇 년간 쌓은 매질 내공으로 해당 학생 모두는 묵사발이 되고 말았다. 지켜보는 급우 입장에서는 동료가 맞아야만 하는 상황이 도무지 이해되지 않았다. 그때 선생님은 절규에 가깝게 소리쳤다.

"어른들이 잘못하면 너희들은 그게 잘못되었다고 왜 말하지 못하는 거야! 젊은 놈들이 이렇게 썩어 있어도 돼!"

잘못된 일을 국어 선생님이 교장 선생님에게 이야기해서 바로 잡아야지, 무고한 학생을 마구 때리는 사실을 박철수 씨는 도저히 이해할 수 없었다. 사회나 기성세대는 누군가에 폭력을 가함으로써 다른 사회 구성원에게 자신을 과시했다. 어쩌면 자신만이 가진 위엄을 내세우고자 학생을 희생물로 삼았는지도 몰랐다.

며칠 후 시행된 중간고사에서 선생님이 출제한 문제로 전 학년이 국어 시험을 치렀다. 박철수 씨는 타 과목보다 유독 국어에 흥미가 많아 성적 또한 출중했다. 박철수 씨는 그날 선생님이 낸 문제 하나는 답이 세 개가 나오는 애매한 문제라며 이의를 제기했다. 여러 권 참고서를 자세히 살펴본 후, 선생님의 답안이 오답임을 조목조목 주장하며 나름대로 반기를 들었다. 선생님은 처음에는 완곡하게 자신이 출제한 문제가 옳음을 설명하다가, 박철수 씨가 끈질기게 오류를 입증해내니 또다시 고함을 쳤다.

"내가 맞다고 하면, 그게 맞는 거지. 왜 말이 많아! 맞고 싶어?"

20.

박철수 씨는 미술 실력이 뛰어나서 국민학교 때는 그림 잘 그리기로 도시 전체에서 유명했다. 소년 동아일보나 소년 조선일보가 주최한 전국 사생대회에서 몇 차례 최우수상을 받았으나, 중학교에 진학하면서 적성을 살릴 수 없었다. 미술을 공부하기 위해서는 값비싼 화구와 미술을 전공한 전문가가 가르치는 학원 수업이 필요했는데, 박철수 씨의 집안 형편으로는 그런 공부를 꿈꾸기조차도 어려웠다. 용기를 내어 가족에게 미술공부를 하고 싶다는 이야기를 하자 돌아온 반응은 비웃음뿐이었다. 작은형 박이수 씨가 먼저 말했다.

"니가 그림 잘 그리는 거와 미술은 다르잖아?"

이어서 귀하게 자란 큰형 박도수 씨도 말했다.

"미술? 웃기네. 되다 않은 자식!"

아버지는 두 아들의 막무가내 식 태도가 못마땅했는지, 뭔가 설득을 하려 했다.

"철수야, 미술을 배워서 뭐할 거야? 극장에서 간판 그리려고? 아니면 만화방 주인? 그냥 학교 공부 열심히 해서 좋은 회사 취직해서 행복하게 살아야 할 생각을 해야지. 그림쟁이는 항상 춥고 배고프단다."

시큰둥한 반응만이 돌아왔다. 세상은 변하는데 농업사회에서 통용되는, 가족의 생각과 기대를 충족하는 선택만이 박철수 씨가 가야 할 길이었다. 자신이 아닌 가족의 기대를 의식하고 그 기대를 충족하는 삶을 살아가면 불필요한 갈등을 없애고 선택에 대한 부담감에서 벗어날지도 몰랐다. 한편으로 박철수 씨가 자신으로 존재하지 못하며 살 수밖에 없음은 앞으로의 삶에서 필연이기도 했다.

목표가 사라진 박철수 씨였지만, 매주 토요일마다 성당에서 다양한 친구를 만나는 일은 그나마 위안을 주었다. 성당 고등부 학생 사이에서는 공부에 관한 이야기는 되도록 하지 않는 분위기였다. 모두 마음에 드는 여학생에게, 또는 남학생에게 잘 보이려고 노력했고 그곳에서는 교구에서 제작한 성경교재만을 읽었다. 사춘기의 중심인지라, 누가 누구를 좋아한다는 소문은 기정사실이 되었다. 고등부를 담당하는 기가 센 젊은 수녀님은 매주 단 하루 토요일에만 성당에 오기를 주문했지만 고등부 학생 대다수는 지시를 보란 듯 무시했고, 학교 수업 후에는 성당 교리실에 매일 출근하다시피 했다. 시교육청에 속한 '교외 지도반'이 중고생의 이성 교제를 단속할 정도로 엄격한 사회 분위기였지만, 예외로 교회나 성당은 해방구였다. 어쩌면 꽉 짜인 학교생활에서 유일한 안식처인지도 몰랐다. 그런 와중에서도 학년 사이의 위계가 엄격해서 3학년 남자 선배는 입시공부를 하지도 않는지, 틈만 나면 성당에 나와서 후배를 때렸다. 특히 남자 상급생은 야구 방망이로 남자 후배를 가르치려 들었다.

"고등부가 잘 돌아가지 않는다!"

어느 날, 3학년 선배는 박철수 씨가 고등부 활동을 열심히 하지 않는다며 '빳따'로 때렸다. 예수님에게 배운 사랑을 외치다가 후배에게 돌연 폭력을 가하는 행위는 이해하기 어려웠다. 게다가 학교 성적이 좋지 않은 박철수 씨 입장에서는 뭔가 돌파구가 필요했다. 성당에 다녀야 할 이유가 없어졌다는 편지를 가장 친한 친구에게 썼고, 그날로 그곳에 발을 끊었다.

그러나 고교 1학년 동안 학업을 도외시한 관계로 박철수 씨의 학교 성적은 엉망이었다. 학기 초, 상위권이던 성적은 어느새 중하위권을 벗으나 최하위권 근처에 자리 잡았다. 담임 선생님은 성적이 나쁜 박철수 씨에게 실망했는지 눈조차 마주치려 하지 않았다.

그러던 어느 날이었다. 수업 시간임에도 공부에 정신을 쏟지 않고 딴 짓하는 학생이 많은 모습을 발견한 나이 많은 국어 선생님은, 공부에 흥미가 없으면 명작소설이라도 꾸준히 읽으라고 권했다. 자신이 담당하는 수업시간만이라도 허락하겠다고 선언했는데, 그러면 공부를 향한 자신감이 생긴다는, 선생님만의 소신이었다. 그렇게 얻은 자신감을 발판으로 남은 시간, 공부에 매진하면 서울대를 제외한 모든 대학에 어렵지 않게 들어간다는 논리가 선생님의 지론이기도 했다. 뒤처진 성적을 만회할 별다른 대안이 없던 박철수 씨는 이후 여섯 달 동안 소설만 줄기차게 읽었다. 학교 앞 서점 구석에 자리한 '삼중당 문고'는 박철수 씨를 위해 존재하는 듯 보였다.

심훈 「상록수」, 「영원의 미소」, 「직녀성」, 이광수 「사랑」, 「무정」, 「흙」, 「유정」, 톨스토이 「부활」, 「안나 카레리나」, 헤르만 헤세 「데미안」, 「지와 사랑」, 뒤마 「몬테 크리스트 백작」, 「삼총사」, 김내성 「비밀의 문」, 「청춘극장」, 손창섭 「비오는 날」, 안수길 「북간도」, 뮐러 「독일인의 사랑」, 버크 「갈매기의 꿈」, 레마르크 「서부전선 이상 없다」, 손소희 「남풍」, 김동인 「감자」, 「젊은 그들」, 강신재 「임진강의 민들레」, 「젊은 느티나무」, 김동리 「무녀도」, 「황토기」, 지드 「좁은 문」, 프랑소와즈 사강 「슬픔이여 안녕」, 「브람스를 아세요?」, 괴테 「젊은 베르테르의 슬픔」, 모파상 「여자의 일생」, 황순원 「나무들 비탈에 서다」, 「소나기」, 이병주 「관부연락선」, 「지리산」, 헤밍웨이 「노인과 바다」, 「무기여 잘 있거라」, 펄벅 「대지」, 「나뭇잎 떨어져도 대지는 살아있다」, 크로닌 「천국의 열쇠」, 이효석 「메밀꽃 필 무렵」, 「벽공무한」, 채만식 「태평천하」, 박종화 「금삼의 피」, 미첼 「바람과 함께 사라지다」…….

21.

박철수 씨는 고등학교 2학년 겨울방학을 맞았다. 장형인 박도수 씨는 국립대학 기계설계과를 졸업하고, 그 도시에서 멀지않은 섬에 위치한 대기업 조선소에 입사했다. 그는 토요일이면 연안부두에 정박한 배에서 내려 친구를 만나 술 마신 후 집으로 왔고, 일요일 저녁이면 부두에서 배를 타고 회사로 돌아갔다. 공고를 졸업한 둘째 형 박이수 씨도 인근 도시에 자리한 대기업 조선소 제도사로 취직하여 야간대학에 다니게 되었다. 부모님이 고생한 보람 탓에 고등학생 박철수 씨를 제외한 형 둘은 무난하게 사회 밑바닥 계층을 벗어나고 있었다.

문제는 학교 성적이 좋지 않은 박철수 씨였다. 체질이 약골인 데다 중학교 때는 어머니 부업을 돕느라 공부를 소홀히 할 수밖에 없었고, 설상가상으로 불량 급우가 가하는 폭력에 시달리곤 했다. 게다가 고1 때는 사춘기를 유달리 혹독하게 겪었고, 공부 대신 성당에서 시간을 보낸 탓에 학교 성적은 엉망이었다.

고2가 되자 박철수 씨는 심각한 고민에 빠졌다. 앞으로 무엇이 되어 어떻게 살아야 할 것인가에 관한 번민이었다. 주변 친구를 살펴보니 모두가 의사, 법관, 공인회계사, 군인, 교사, 기업인 등 나름대로 뚜렷하게 목표를 설정한 상태였다. 학교 선생님 대다수는 가르치는 학생이 서울대학교나 그 도시 이름의 국립대학교에 몇 명 진학하느냐에만 관심을 가진 듯 보였을 뿐, 학생 개인 적성과 연결된 학과를 정하는 데는 도무지 무관심해 보였다. 수업 시간에 틈을 내어 의견을 주는 분도 간혹 계셨지만, '집이 부유한 경우'에는 문학이나 사학 등 인문대가 괜찮겠고, '가정 형편이 어려운 집'인 경우에는 상과대나 법대가 좋겠다는 충고 정도가 고작이었다.

급우 대다수는 공부에 미친 듯 매달렸다. 시골에서 유학 온 한 친구는 전국 고교생 평가시험에서 늘 1등을 했다. 선생님은 별 이변이 없는 한 서울대 문과 수석이 예상된다고 말했다. 치과의사가 목표라는 다른 친구는 지나치게 공부한 관계로, 코피를 줄줄 흘려서 항상 파리한 얼굴로 수업에 임했다. 고2로 넘어오면서 박철수 씨는 어쨌든 열심히 공부하여 반드시 좋은 대학에 가야겠다고 생각했고, 급우 모두가 예외 없이 열심히 공부하는 분위기는 마음을 모질게 만들었다. 박철수 씨는 일기장에다 이렇게 썼다.

'어떻게 하든지 최선을 다한 후에 결과를 두려워 말자. 늦었다고 생각할 때가 가장 빠를 때다. 남이 모르는 눈물을 흘릴수록 열매는 빛난다…….'

철로변에서 노동하신 아버지와 부업에 매달린 어머니가 땀 흘려 일해 번 돈으로, 부모님은 동양고무 공장 뒤편에 양옥집 한 채를 지었다. 가족은 새

집으로 이사했다. 새집은 바둑판처럼 정돈된 골목 안쪽에 자리했다. 박철수 씨가 공부하는 방에는 새벽까지 항상 불이 켜졌고, 그 또한 코피를 흘려서 항상 얼굴이 창백했다.

22.

그렇게 시간이 흘러 고3 후반기인 1979년 10월이 되었다. 18년간 지속한 군부 정권 청산에 결정적인 영향을 끼친 사건이 벌어졌다. 사건은 그 도시를 상징하는 국립 대학교 학생들의 교내 시위에서 시작되었다. 시위는 해당 도시 전체와 옆 도시까지 확산하였지만, 계엄령이 떨어졌고 20일경에 공수부대라 불리는 계엄군의 무력 진압으로 소강상태에 빠졌다. 계엄군이 두 도시에 진주했으나 며칠 후 10·26사태가 일어났다. 권력을 오래 잡으면 부패하는 사실은 필연인지 몰랐다. 폭력으로 정권을 잡았고, 근면했으나 웃지 않는 대통령은 딸보다 어린 여자와 술을 마시다 부하의 총에 맞아 죽었다. 반면교사였다. 막내둥이 대머리 아저씨는 사부님에게 배운 솜씨를 잊지 않고 그대로 사용했다. 그것이 죄가 되는 사실을 아는지 모르는지, 그는 '구국의 일념'이라며 총을 들고 일어났다.[15]

고교 3학년 때인 1979년 12월 중순 즈음이었다. 급우 가운데 몇 녀석은

15) 1979년 12월 12일, 전두환과 노태우 등을 중심으로 한 신군부 세력이 정승화 육군 참모 총장 등을 불법적으로 강제 연행하고 군권을 장악하면서 시작된 군사 반란이 발생했다.

자습시간이면 교단에 올라가, 혜은이가 부른 '제3 한강교'라는 노래를 불러댔다.

'이 밤이 지나면 첫차를 타고 이름 모를 거리를 헤맬 거예요' 부분 다음에 '하!'라는 후렴을 목청 높이 불렀다. 답답했는지 어떨 때는 몇 명이 교탁에 나와,

"각하 정신 차리십시오. 이런 놈과 정치를…… 이 버러지 같은 놈아!"

하며 대머리 장군이 뉴스 시간에 보여준 '중간발표' 말투를 흉내 내며 목소리를 높였다. 녀석들은 얼마 후 기약 없이 헤어지리라는 사실을 모르는 철부지였다.

수출하기 위해서 머리칼도 팔고 오줌과 회충도 파는 시절이었다. 사회 시간, 박철수 씨는 '한국적 민주주의'를 외우고 또 외웠다. 김영삼 아저씨가 야당 총재 자리에서 축출되고 의원직에서도 제명된 날은 대학입학 예비고사를 며칠 앞둔 날이었다. 하교 버스를 타는 시내 중심가에는 공수부대 군인이 계엄군이라는 이름으로 완전무장 상태로 늘어섰다. 그해, 겨울바람은 차가웠고 와중에 박철수 씨의 10대는 쓸쓸하게 저물어 갔다. 몸이 좋지 않은 박철수 씨는 숨 쉴 때마다 계속 헛구역질을 해댔다.

아티반, 전체주의 정권 시절, '중단 없는 전진'이라는 국가 슬로건 아래 세상은 '머리가 나쁘면 몸으로 때우라'는 농경사회가 만든 강령을 주입하곤 했다. 졸음을 참기 위해 '아티반'이라는 잠 깨는 약을 수시로 복용한 박철수 씨는, 구역질과 함께 목에서 피가 나는 만성기관지염을 앓게 되었다. 박철수 씨가 인생 내내 달고 다녀야만 하는 병으로 이어졌다.

23.

1979년[16] 연말이 지나고 1980년 1월로 넘어갔다. 박철수 씨는 이미 대학입학 예비고사와 본고사를 치르고, 고교졸업과 입시 결과 발표를 며칠 앞두게 되었다. 유달리 감성이 뛰어난, 같은 반 친구 두 명과 완행열차를 타고 동해 바다로 떠나기로 했다. 그해 유행한, 송창식이 부른 '고래 사냥'이라는 노래가 준 영향도 컸다. 박철수 씨는 대학 예비고사 시험을 치르는 중에 지나친 긴장으로 인해 기절하여 시험을 망쳤고, 게다가 본고사를 평소 실력만큼 치지 못했다고 생각했으므로 시험결과 발표는 두렵기 짝이 없었다. 하늘이 무너져도 솟아날 구멍을 바라는, 막연한 기대 하나로 버티고 또 버텼다.

무작정 떠나기로 한 이유는, 그래도 입시에서 벗어났다는 해방감과 앞으로 살아야 할 날을 향한 막연한 두려움 때문이기도 했다. 기차는 시내 중심지 서면에 위치한 부전역에서 출발하여, 울산과 포항을 거쳐 마지막에는 강릉에 도착하는 완행열차였다. 그곳에 가서 '신화처럼 숨을 쉬는' 고래를 만나자는, 그야말로 황당하기 짝이 없는 계획이었다. 철없는 초급청년 세 명은 배낭에 간단한 옷가지 몇 점을 넣고, 만 원짜리 지폐 서너 장을 쥔 채 열차에 몸을 맡겼다. 여행을 떠난다고 했지만 기실, 학교 수학여행을 따라간 외에는 아무런 경험이 없는 처지였다. 완행열차인 비둘기호가

16) 1979년 10월 16일, 부산민주화운동 발생. 11월 26일, 전국 야간통행금지를 24시~04시로 환원. 「부산시 약사(略史)」

도시 시내 중심부와 끄트머리인 해운대를 지나 좌천역이라는 바닷가 시골 역에 도착할 즈음이었다.

승객을 모두 태웠음에도 불구하고 열차는 출발하지 않고 계속 정지했다. 열차가 고장 났다든지, 다른 기차를 보내기 위해 잠시 멈춘다는 식의 차내 방송 또한 없었다. 그때 바라본 차창 밖 플랫폼에는 열차 차장과 승객 한 명이 승강이를 벌였다. 열차에서 강제로 하차 된 승객은 10대 후반 정도로 보이는, 뚱뚱하고 키 작은 청년이었다. 유달리 선한 눈매를 한 그는, 짧은 스포츠형 머리와 허름한 점퍼를 입은 채, 작은 보퉁이 하나를 든 상태였다. 무엇 때문에 청년은 무임승차를 했고, 차장은 빈 좌석이 많은 열차임에도 눈감아 주지 않았을까? 차창 밖 광경을 구경하는 대다수 사람은 궁금증 속에서 장면을 계속 주시했다. 강제로 하차 된 청년은 다시 열차에 올라타겠다는 애절하고도 간절한 눈빛을 차장에게 보내며 계속 승차를 시도했다. 그러다가 깜짝 놀랄만한 광경이 벌어졌다.

연이은 열차탑승 시도가 계속 저지되자, 청년은 차장에게 항의라도 하듯 입은 옷을 하나씩 벗기 시작했다. 앗! 이럴 수가…… 열차 안에서 창밖을 지켜보는 승객 모두는 탄성을 지르고 말았다. 허름한 점퍼를 땅바닥에 내던지고 스웨터를 벗고 상의 속옷까지 벗으니 금방 나신이 되었는데, 놀랍게도 큼직한 젖가슴이 적나라하게 드러났다. 이어서 그는 차장이 저지할 틈조차 주지 않고 곧바로 바지와 팬티까지 벗고 알몸이 되었다. 청년은 남자가 아닌 여자였다. 당황한 차장은 무전기로 역사에 근무하는 역무원을 불러 담요를 가져오게 했다. 차장과 역무원은 담요로 여자의 몸을 감싼 채, 강제로 역 구내로 끌고 갔다. 잠시 후 열차는 아무 일도 없었다는 듯 출발했다.

친구 둘과 박철수 씨 사이에는 몇 분 동안 침묵이 흘렀다. 이윽고 친구 한 명이 입을 열었다.

"무엇이 저 사람으로 하여금 저런 행동을 하도록 만들었을까?"

박철수 씨와 친구 둘은 열아홉에서 스무 살로 넘어가는 애송이였지만, 나름대로 소설 같은 추측을 해보게 되었다. 두 명 눈치를 보던 박철수 씨가 입을 열었다.

"그녀는 나이가 스무 살 전후이고 무슨 이유인지 모르지만, 정신박약 또는 지적장애인 듯하다. 아마도 보호 시설이나 가정에서 어린 시절부터 숱한 성폭행을 당했을지도 모르지. 그래서 반복되는 괴롭힘을 견디다 못해, 그곳을 무작정 탈출하여 자유로운 곳으로 가려 무임승차를 했을 테지. 그러나 승무원에게 들켰고, 강제 하차가 주는 의미는 예전에 살던 장소로 되돌아가야 한다는 공포가 되고 말았다. 그녀는 온전한 정신상태가 아니지만, 이전의 지옥과 같은 곳으로 가지 않기 위해서는 뭔가 반대급부를 제공해야 한다는 사실을 알았고, 그 답은 성(性)을 제공하는 일이었겠지. 위기를 헤쳐 나갈 때마다 그랬고, 오늘도 저렇게 행동해야만 한 게 아닐까?"

박철수 씨가 급조한, 되지도 않은 소설 같은 이야기를 묵묵히 듣던 다른 친구가 입을 열었다.

"이제 우리는 고등학교를 졸업하고 어른이 되어 넓은 세상으로 나가야 하겠지. 우리가 앞으로 살아갈 세상은 행복한 나라인지 궁금하기 짝이 없다. 이렇게 잔인하게 움직이는, 험난한 세상은 참으로 무섭구나."

그해 겨울, 강릉에 도착한 애송이 셋은 노래 가사에 나오는 '신화처럼 숨

쉬는 고래'를 만나지 못했다. 세상을 향해 다가간 셋에게 보이는 것 모두가 돌아앉았는지도 몰랐다. 세상살이는 험하고 인간은 이기적이며 기성세대가 만들어 놓은 사회의 틀은 만만치 않다는 사실을 처음으로 깨달은 날이기도 했다. 엄동설한 겨울날 무작정 옷을 벗어젖혀야 한 소녀가 만난, 험한 세상을 자신도 나아가야 함을 알지 못했다.

담임 선생님은 학생이 지망하는 대학의 원서를 써주지 않았다. 공부를 아주 잘하는 학생 넷은 서울대로, 다음 성적을 받은 학생 여럿은 그 도시 이름의 국립대 원서를 써주었다. 아버지가 의사이거나, 경찰서장, 고위 공무원인 집에서는 부모가 학교에 찾아와서 선생님에게 따졌다.

"연, 고대가 안 되면 서울에 있는 대학 원서를 써주세요! 지방 국립대? 선생님이 아이의 장래를 책임질 거요?"

그런 경우에 담임 선생님은 두말 않고 부모가 원하는, 서울에 위치한 대학의 원서를 써주었다.

함께 고래를 잡으려 동해로 떠난, 열아홉 살 철부지 셋은 기성세대가 만들어 놓은 기준에 따라 각자 적성에 맞지 않는 학교와 학과를 선택해야만 했다. 그리고 세 명 모두, 원서를 넣은 대학에 떨어지고 말았다.

24.

1980년[17], 박철수 씨는 누가 볼까, 새벽과 늦은 밤에만 집 밖으로 나갔다. 앞과 끝이 전혀 보지 않는 미래를 생각하며 한숨만 짓다가 한 해가 또 지났다. 악몽이라고 해도 또 이런 악몽이 어디 있을까 하는 생각만 하면서 시간을 보냈다. 바깥세상은 또 다른 악몽이 벌어졌다. 총 맞아 죽은 대통령의 자리를 차지한 부하 군인이 광주에서 수백 명의 무고한 사람을 살상했다는 소문이 퍼져갔다. 박철수 씨가 알지 못하는 바깥세상은 시끄러웠다. 주한 미군방송인 AFKN TV를 틀면, 화면에는 광주 시내를 배경으로 한, 연기 나는 건물 앞에 군대 탱크가 여럿 모인 장면이 보이곤 했다.

재수생 박철수 씨는 혼자서 노래를 불렀다.

접어드는 초저녁, 누워 공상에 들어 생각에 도취했소. 벽의 작은 창가로 흘러드는 산뜻한 노는 아이들 소리. 아아, 나는 살겠소, 태양만 비친다면, 밤과 하늘과 바람 안에서. 비와 천둥의 소리, 이겨 춤을 추겠네. 나는 행복의 나라로 갈 테야.

숨을 쉬었지만 세상이 어떻게 돌아가는지를 전혀 알 수 없었다. 살아도 인간으로 존재하는 상태가 아닌 듯 느꼈다. 그렇게 해서 지옥과도 같은 한 해가 지났다.

---

17) 1980년 5월 18일, 광주민주화운동 발생.

부끄러움

25.

이듬해인 1981년, 박철수 씨는 장형 박도수 씨가 졸업한, 도시를 상징하는 국립대학교에 입학했다. 하지만 기쁜 마음은 잠시 뿐이었고, 입학 후 한 달 정도 지나니 생활과 진로에 의문과 회의가 밀려왔다. '지금 살아가는 이유는 대체 무엇이지?', '학문은 진리와 일치하는가?' 등 내면에서 넘치는 질문은 끊임없이 이어졌다. 학과, 동문회, 동아리 등에서 열어준 잦은 환영회와 회식은 박철수 씨를 술독으로 빠뜨려 무절제한 방탕으로 이끌었다.

정국은 안정되지 못했고, 정체를 알 수 없는 이들이 카메라를 들고 교내 구석구석에 포진했다. 얼핏 지나칠 때는 학생처럼 보였지만 어딘지 이상한 모습이어서 학생이 아니라는 생각이 대번에 스쳤다. 이후 5월이 되자, 캠퍼스 고층 건물마다 '군부독재 타도하자!'라고 쓰인 전단이 바람에 날렸다. 건물 벽 대자보에는 '행동하지 않는 양심은 악의 편이다'는 글귀가 유달리 눈에 띄었다.

한 해 재수를 하고 입학했으니, 그간 대학 생활에 관련한 여러 가지를 주워들은 내용이 많아 학교생활에서 신기한 내용은 없었다. 학과 교수는 학과를 졸업하면 무엇이 된다는 전망을 제시하지 못했다. 그저 '우리 학과 출신이 행정고시에 두 명 합격했고 대기업에도 세 명 합격했다, 취직은 자기가 노력하기 나름이다'는 모호한 수사로 일관할 뿐이었다. 이어서 '이상한 짓'을 하다 걸리면 용서하지 않겠다는 폭언도 잊지 않았다. 그것이 '시위'와 관련된 내용이라는 사실을 파악하는 데는 시간이 오래 걸리지 않았다. 교수의 강의에서 학문 때문에 고민한 흔적을 찾을 수 없었다. 원서를 번역하여 그대로 줄줄 읽어대는, 판에 박은 강의는 지루했고, 시대정신이 묻히지 않아서 먼 나라 이야기처럼 들렸다.

교수 일곱 명 중에 박사 학위를 가진 이는 한 명이었고, 나머지 세 명은 30대 초반 나이로 석사를 이제 막 취득했다고 했다. 학생이 '교수님'이라 불렀지만 두 명은 대학원생티를 갓 벗는 참이었다. 그런데, 박사 학위를 가진 학과장이라는 이는, 강의를 하지 않고 무슨 처장이라고 하며 학교 행정 업무만 해서, 졸업하는 날까지 얼굴 한번 볼 수 없었다.

26.

유명 대학 철학과를 자퇴했다는 스물 네 살 된, 고교 동창의 누님은 학교 앞에서 주점을 운영했다. 박철수 씨는 그곳을 제 집처럼 드나들며 새로운 친구를 사귀게 되었다. 주점은 '의식을 가진 학생이 찾는 술집'으로 운동권

학생 대다수에게 소문나 있었다. 독문학과 소속의 고등학교 선배는 그곳에서 박철수 씨에게 자신의 후배를 소개했다. 선배는 학교 운동권 내에서도 성골(聖骨)로 알려진 이였다.

선배가 박철수 씨에게 소개한 이는 그가 운영하는 동아리에 속한 직계 후배로 철학 공부를 많이 했다고 소문난 이였다. 상과대학에 다니는 철학도가 술 마시는 박철수 씨에게 물었다.

"박형이 술을 마시는 이유는 무엇입니까?"

예상하지 않은 질문을 받으니 박철수 씨는 갑자기 허를 찔린 기분이었다. 스물한 살 인생을 살아보니 그랬다. 알지 못하는 무엇이 드러나면 굳이 아는 척하지 말고 정면 돌파하는 진솔함이 정답이었다. 모르면 모른다고 해야지 틀렸다고 말할 필요는 없어야 하며, 최대한 솔직한 면은 타인이 갖지 않은, 자신만의 장점이 된다고 생각했기 때문이다.

"하, 그건 잘 모르겠소. 그러니 제가 물어보겠습니다. 철학도 형이 술을 마시는 이유는 무엇이오?"

박철수 씨는 자세를 낮추고 그에게 같은 질문을 되물었다.

"부끄러움을 잊기 위해서지요."

또다시 허를 찌르는 답변에 박철수 씨는 놀라지 않을 수 없었다.

"어떤 부끄러움 말이요?"

"술 마시는 부끄러움 말입니다."

스물한 살 때였으니 말술을 마셔도 끄떡없을 시기였다. 대단한 사상가를 만났다는 기쁨을 뒤로하고 그와 헤어졌는데, 얼마 지나지 않아 그가 가진 밑천을 알게 되었다. 그가 말한 '부끄러움을 잊기 위하여'라는 말의 의미는 고3 때 일어난 12·12 사태와 다음해 광주 민중 항쟁이라 불리는 유혈 군사 내란과 연관된 듯했다. 또한 교내 구석구석에 포진한 사복경찰을 어쩔 수 없이 참고 지나쳐야 한 상황과도 무관하지 않았다. 학생 대부분은 그러한 사회 분위기 속에서 침묵을 강요당했다. 지도교수는 학생에게 '쓸데없는 짓'을 하면 용서하지 않겠다고 재차 공공연하게 협박했다. 그런 말을 듣고도 아무 말 없이 참아야 미덕이었다. 비굴한 미덕 뒤에는 좋은 학점을 얻으려는, 인내를 빌미로 몇 푼 장학금이라도 받아서 가계에 도움을 줘야겠다는, 가난한 학생만의 피로함이 숨어있었다.

그런데 '부끄러움'이라는 말이 어디서 나왔는지를 알고 난 후에, 박철수 씨는 참담한 심정이 되어버렸다. 철학도는 생텍쥐페리가 쓴 소설 『어린 왕자』에 등장하는 어린 왕자와 주정뱅이 대화를, 함께 술 마시는 상대에게 빠짐없이 인용하며 우롱했다. 박철수 씨는 대화 내용을 모르고 놀라워했기 때문인데 '무식함'에서 연유한 참담함이었다.

1980년대 초반, 대한민국 군부가 자행하는 독재는 극을 향해 달렸다. 학교 잔디밭에 학생 몇 명이라도 앉으면 근처에 누군가가 눈치 보며 이야기를 엿듣곤 했다. 십중팔구 사복을 입은 보안 부대 사병이거나 사복경찰이기 마련이었다. 학과 사무실이나 학생회 사무실은 밤에 누군가가 자물쇠를 뜯고 책상을 뒤진 흔적이 남기도 했다.

27.

박철수 씨가 대학 2학년이 된 1982년[18] 늦은 봄이었다. 남학생에게는 이수하지 않으면 학교 졸업을 하지 못하는 '필수 과목'이 존재했는데, '교련'이라는 과목이 그랬다. 유신 시대 고등학생은 남녀를 불문하고 군사교육을 받았다. 대학교에서는 남자만 받았는데 2년 동안 매 학기에 3학점씩 '교련' 과목을 이수해야만 했다. 고3 겨울방학 때부터 반년 넘게 애지중지 기른 머리카락을 '스포츠형'으로 깎고, 병영에 들어가 열흘 동안 군사훈련을 받았다. 병영집체훈련에 불참하면, 학교는 교련 학점을 'F'로 처리했고, 정부는 해당 학생을 곧바로 징집했다. 때문에 당장 군대에 갈 각오를 한 사람이 아니면 훈련을 거부할 수가 없었다.

대학에 와서 학군단이라는 곳에서 교련 과목을 배워보니, 고등학교 교련 시간에 배운 '총검술', '각개전투', '제식훈련' 등 대부분 같은 내용이었다. 굳이 다른 점은 1, 2학년 때마다 빠짐없이 군부대에 입소해서 받아야만 하는 '병영집체훈련'뿐이었다. 강압적인 분위기에서 통제된 생활을 하며 군사 훈련을 받는다는 점은 당시 지성인이라고 자부한 대학생 입장에서는 치욕스럽기 짝이 없었다.

전년도 1학년 때는 인근 도시에 위치한 향토사단에서 열흘 동안 병영집체훈련을 받았다. 학내에서 발생한 잦은 시위 때문에 위정자나 고위 장성이 스트레스를 받았는지 몰랐다. 입소한 군부대 교관이나 조교 모두는 교

18) 1982년 3월 18일, 부산미문화원 점거 방화사건 발생. 「부산시 약사(略史)」

육받으러 온 학생에게 본때를 보이기로 작심한 듯했다. 구보나 각개전투 등 훈련에서 체력이 약해서 뒤처지는 학생에게 '얼차려'라고 부르는 기합은 기본이었다. 군인이 아닌 학생 신분임에도 '이 새끼, 저 새끼' 욕설은 물론이었고 빰을 때리거나 각목으로 심하게 구타하는 일도 예사였다. 군사 정부 때였고, 가해자 또한 군사 정부의 하수인이기 때문에 불가피했다고 말할지도 모르겠다. 이를테면 일제강점기 때, 일제에 빌붙은 협조자가 자기 행동의 부당성을 애국으로 착각해서 행동하는 식이었다.

그곳에서 두고두고 잊지 못할 치욕은 병영집체훈련 학생에게 지급한 군복이었다. 학생 모두는 등판에 페인트로 '삼청교육대[19)]'라고 찍힌 군복을 발견하고 경악했다. 각개전투 등 과격한 훈련을 하는 훈련병에게 지급되는 허드레 옷을 생각 없이 지급하다 보니 일어난 촌극으로 받아들이기는 어려웠다. 병영집체훈련 진행 군인은 평범한 대학생 모두를 자신이 '사회악'으로 규정한 삼청교육대 대상자처럼 다뤘다. 그렇다면 군부대에서 교육받는 대학생 모두는 '사회악'이란 존재로 규정되어야 했다. 기실, 사회악이란 개인이 감당할 수 없는 폭력과 적당한 말장난으로 나라를 삼킨 군부와

---

19) 1980년 8월 4일, 국보위는 각종 사회악을 단시일 내에 효과적으로 정화하여 사회개혁을 이룬다는 명분 아래, '사회악 일소를 위한 특별조치' 및 '계엄포고령 제19호'를 발표, 폭력배와 사회풍토 문란사범을 소탕하고, 이를 죄질에 따라 순화교육, 근로봉사, 군사재판회부를 병행하여 뿌리를 뽑겠다고 선언했다. 1981년 1월까지 4차에 걸쳐 6만 755명을 체포했다. 피검거자는 4등급으로 분류되어 A급 3,252명은 군법회의 회부, B급과 C급 3만 9,786명은 각각 4주 교육 후 6개월간 노역, 2주 교육 후 훈방조치, D급 1만 7,717명은 경찰에서 훈방되었다. 삼청교육 입소자 중에는 억울하게 검거된 사람도 많았다. 1988년 국정감사 당시 국방부 보고에 따르면 교육 중 54명 사망자가 발생했다. 〈출처: 한국근현대사사전〉

그에 기생한 가해자가 아닌가 하는 질문이 박철수 씨의 머릿속에 쏟아졌다. 말로만 듣던 삼청교육대가 실제로 존재하고, 그곳에서 '병영집체교육'이라는 명목으로 학생은 군사훈련을 받아야만 했다. 군부라는 괴물 때문에 더러운 벌레가 되어버렸다고 생각하니 자괴감은 형언할 수 없었다. 오히려 '정화 대상'인 가해자가 입어야 할 옷을 공부하는 학생에게 입히니 코미디 속에 사는 세상이었다.

박철수 씨의 동료 가운데 일부는 왕처럼 군림한 군인 출신 전직 대통령이 죽으니, 부하 군인이 정권을 잡아도 어쩔 수 없다고 판단하기도 했다. 폐쇄된 사회 속에서 선진 민주주의 실상을 몰랐기 때문이다. 그러나 부당성을 외치는 시민을 총칼로 진압했다는 사실은 아무리 생각해도 용납할 수 없었다. 역사에서 전체주의 정권이 선량한 시민을 잡아 가두고 폭력을 가해 죽음에 이르게 한 경우는 허다했다.

1982년 봄이었다. 학교 학군단에서 전세 낸 열차는 병영집체훈련 학생을 태우고 도시 중앙에 위치한 역에서 서울 신촌역으로 향했다. 신촌에서 다시 갈아탄 열차는 경기도 파주로 향했다. 목적지는 9사단이라고 부르는 백마부대였다. 열차 차창에 금촌역과 파주역이라고 쓰인 표지가 보였으며, 금방 그곳을 지나니 문산역에 도착했다. 박철수 씨 일행은 난생처음 전방부대에 발을 딛게 되었다. 북한군이 수시로 출몰하는 지역에서 맞이하는 철책 근무는 공포심을 유발시켰다.

학교의 전체 입소 인원이 연대 병력 규모였으므로, 사단 소속 장교 수십 명이 차출된 듯했다. 각각 40명으로 구성된 입소 대학생 소대를, 사단 전체에서 차출된 ROTC 출신 중위가 직접 지휘했다. 그네의 세련된 말투와 깨끗한 매너는 향토사단에서 만난 2년제 사관학교 출신 장교와 차이를 금방 느끼게 했다. 병영집체훈련 대상 학생은 현역 기간병과 함께, 무장한 상태로 철책선을 '경계'하면서 열흘을 보냈다.

1년 전 향토사단에서와는 달리 신품 군복과 깨끗한 보급품을 지급했다. 식사 또한 후방 부대와 차원이 다른 고급 식단이어서, 과연 전방은 우대받는 곳이구나 하는 생각을 갖게 만들었다. 열흘 동안 간단한 구보, 국군도수체조와 같은 가벼운 훈련을 했지만, 지난 해 향토사단에서처럼 욕설과 모욕을 주거나 때리지는 않았다. 박철수 씨가 소속된 소대를 맡은 ROTC 출신 중위는 '여러분과 같은 수준의 병력을 지휘한다면 전 세계에서 가장 우수한 부대를 만들 자신이 있다'는 말을 했다.

하루는 해당 경계 지역의 대대장인 중령이 내무반에 와서 교육생 전체와 대담 시간을 가졌다. 다음날은 대령 계급장을 단 연대장이 와서 전날과 같은 시간을 보냈다. 육사를 나왔다는 두 지휘관은 학생 모두에게 뭔가 양해를 구하고 타이르는 투였고, 온화한 말씨를 사용했다. '나라가 조용해야 북한이 쳐들어오질 않고, 정치 안정이 나라가 발전하는 첩경이니 학생은 면학에만 집중했으면 좋겠다'는 말이 요지였다. 육체가 괴로우리라는 걱정과 달리 열흘은 금방 지나갔고 퇴소하는 날이 왔다.

얼룩무늬 교련복에다 요대와 각반 및 머플러까지 맨 차림을 한 입소 대학생 전원이 문산역 광장에 도열했다. 이윽고 사단 군악대가 나타나서 무슨 '팡파르' 같은 곡을 연주했고, 그러자 검은 안경을 착용한, 별 두 개가 달린 모자를 쓴 장군이 등장했다.

ROTC 출신 소대장이 요구한 주문은 이랬다. 사단장이 학생 전원에게 일

일이 악수를 청할 예정이니, 장군이 내민 손을 꼭 잡지 말고, 가볍게 잡힌 상태에서 우렁차게 관등 성명을 외쳐야 한다고 수차례 당부했다. 원기왕성하고, 절도 넘치게, 손 잡히는 순간 '교육생 박! 철! 수!' 하며 고함으로 외치는 식이었다.

몇 백 명에 달하는 학생과 악수가 끝나자 사단장의 훈시가 시작되었다.

"전체 차렷! 사단장님께 경례!"

"백마!"

실로 부끄럽기 짝이 없는 순간이었다. 공부해야 할 학생에게 독재자는 '국가'라는 명목으로 '복종 표시'를 요구했다. 받아들이는 이 대부분은 폭력을 폭력이라고 느끼지 못했다. 인간이 폭력에서 벗어나 스스로 안전을 도모하고자 수립한 사회 질서가 오히려 인간을 소외하는 것은 분명했다. 처벌이나 절멸 대상인 사회 질서 밖 인물, 즉 타자를 만들어내는 순간이었다.

훈시가 끝나면 박철수 씨 일행은 열차를 타고 학교로, 집으로 가게 될 예정이었다. 적어도 국가의 명령인 병역의무로 입대하기 전까지는 '군대'라는 낱말을 잊고 생활해도 될 터였다. 시국 안정이 만드는 국가 발전을 역설한 장군은 말미에 이렇게 말했다.

"제군! 질문 없나?"

'제군'이란 말은 통솔자나 지도자가 여러 명의 아랫사람을 문어로 조금 높여 이르는 이인칭 대명사다. 자기 부하가 아닌 학생 집단에게 제군이라니? 그때였다. 대개 그런 자리는 조용하게 끝나기 마련인데 아무도 예상하지 못한 일이 벌어졌다. 학생 가운데 누군가가 손을 번쩍 들었다.

"질문 있습니다!"

"뭔가?"

"군부는 왜 정치에 참여하는 겁니까?"

도열한 예하 장교는 물론이고 학생 전체는 갑자기 쥐죽은 듯 조용해졌다. 그러다 조금씩 웅성거리는 소리가 박철수 씨 뒤편에서 들려왔다.

"아, 저런 질문을 왜 하지? 쓸데없는!"

이라는 탄식도 나왔다. 또 한쪽에서는,

"저놈 때문에 행여 집에 늦게 가게 되는 건 아닌가?"

하는 푸념도 튀어나왔다. 웅성거림은 커져만 갔다. 그러나 사단장이 내뱉은 신경질 넘치는 고함 한마디는 술렁거리는 좌중을 즉시에 제압했다.

"뭐야! 학생은 본분인 공부만 하란 말이야!"

질문한 학생 또한 만만하게 물러나지 않았다.

"그러면 군인은 왜 본분에 충실하지 않은 겁니까. 본분인 나라를 지키는 일만 하면 되지 않습니까?"

도열한 학생은 다시 웅성거리기 시작했다. 웅성거리는 내용은 전과 같았다. 그러나 곧 조용해졌다. 장군이 내지른 연이은 고함 때문이었다.

"공부만 하란 말이야! 알겠어? 자네! 개인적으로 꼭 한번 찾아와. 속 시원하게 설명해 줄 테니까."

퇴소식은 끝났고, 학생 모두는 열차를 탔다. 질문한 학생은 박철수 씨의 급우였는데 그는 어떤 방식으로도 장군을 찾아가지 않았다.

28.

아버지 박재현 씨는 술과 담배를 즐겼다. 그럴 만도 했다. 자신도 모르는 사이에 건강이 극도로 악화되어 갔으나, 가족 누구 하나도 눈여겨보지 않았다. 아버지에겐 취미 생활 또한 없었으므로 삶이 주는 기쁨 또한 부재했다. 술과 담배는 그나마 활력소가 되어 아버지의 삶을 지탱하는 기둥이 되었다.

아버지는 감기 등 사소한 질병으로 몸 상태가 좋지 않을 때마다, '죽겠다'며 고통을 호소했다. 그때마다 어머니와 세 아들은 '건강염려증'이란 병에 걸려서 생긴 엄살이려니 하고 무심히 넘기기 일쑤였다. 평생 노동만 하신 아버지는 웃통을 벗으면 보디빌더를 연상케 하는 탄탄한 근육질 몸매를 가지셨고, 매일 별 무리 없이 25도가 넘는 진로 소주를 한 병씩 드시곤 했다. 가족 모두는 그런 아버지에게 건강 문제가 발생할 수는 없다며, 변변찮은 상식으로 확신했기 때문이다.

어느 날, 아버지는 출근하다가 길가에서 쓰러져 의식을 잃고 말았다. 일터인 철도청 객화차 사무소의 부근인 당감동 남도 교회 앞길이었다. 마침 교회에 가는 젊은 아가씨가 장면을 목격하고 경찰에 연락하는 도움 덕택에 급히 구급차가 오고 병원으로 이송되었다.

"담배 한 대 내봐라."

아버지는 한마디 말을 내뱉을 때마다 수술 부위의 통증 때문에 고통스러워했다.

"예? 무슨 말씀이신지요?"

"니가 담배 피우는 거 벌써부터 알고 있었다. 한 대 피워야겠다."

박철수 씨가 스물한 살이 된 해, 무더운 여름날이었다. 그곳은 천주교 교구 산하 성분도병원 병실 앞뜰이었다.

박철수 씨는 그해 대학에 입학하여 가족 몰래 담배를 피우기 시작했는데, 아버지는 이미 알고 계셨던 것이다. 길에서 쓰러진 아버지는 말기 간암 진단을 받았고, 의사는 길어야 3개월이라며 시한부 삶을 선고했다. 혹시 하는 마음인 가족의 요구로 수술을 했으나, 의사는 개복(開腹) 후 가망이 없다며 수술하지 않고 절개 부위를 즉시 접합하고 치료를 포기했다. 아버지는 수술 후 이틀 동안 의식을 잃고 말았다. 어머니를 비롯한 가족 모두는 아버지가 낙심할까 봐 병이 위중하다는 사실을 숨겼다. 그러다 모처럼 깨어나서 병실 앞을 힘들게 거동하다, 부축하는 막내아들 박철수 씨에게 하신 말씀이다.

"너, 나에게 솔직히 말해야 한다. 진짜 내 병명이 무엇이고, 낫기는 한다더냐?"

박철수 씨는 가족끼리 말 맞춘 데로 거짓을 말할 수밖에 없었다.

"별것 아닌 병이랍니다. 수술했으니 한두 달 지나서 완치되면 퇴원하시면 되구요."

"하아, 정말 그런가?"

몇 마디 주고받은 짧은 순간이 아버지와 나눈 마지막 대화가 되고 말았다. 철없는 박철수 씨는 사흘 전 간암 수술을 받은 아버지에게 담배에다 불을 붙여 건넸는데, 아버지는 엄숙할 정도로 진지하고 소중하게 피우셨다.

53세인 아버지는 그로부터 1주일 후에 세상을 떠나셨다.

생전에 무신론자였던 아버지는 세상을 떠나기 1주일 전에 세례를 받으셨다. 어머니와 박철수 씨가 다니는 당감 성당 주임신부인 오수영 신부님이 병원에 오셨다.

그날, 신부님은 옆에 자리한 박철수 씨와 어머니에게 '본인이 거부하지 않느냐'고 재차 물었고, 아버지는 이불 속에서 몸을 일으키고 세례를 받았다. 아버지가 세상을 떠나고 무덤에 묻힌 후, 신부님은 주일미사 강론 시간에 장례 미사 때 이미 강론한 내용을 다시 되풀이했다.

"그분이 탁주 한잔하자고 제게 여러 번 청했는데, 바쁘다는 이유로 응하지 못해서 내내 마음에 걸립니다."

신부님은 이후 경남 밀양시 삼랑진읍에 위치한 부랑자 복지시설인 '오순절 평화의 마을'에서 사목하다 은퇴했다.

아버지의 장례식이 끝난 후 사후에 발생하는 각종 마무리는 박철수 씨의 몫이었다. 장례식 후 어머니는 몸져누웠고, 형 둘은 각자의 직장인 조선소로 돌아갔다. 마침 방학이어서 사망신고 등 각종 행정 처리를 그해 성년이 된 박철수 씨가 해야 했다.

며칠 후, 아버지의 직장에서 퇴직금을 받아가라는 연락이 왔다. 아버지가 근무한 철도청 객화차사무소 행정반은 방 구석구석이 온통 기름때에 찌든 곳에다 오래된 책상 대여섯을 놓아둔, 그야말로 초라하고 허름한 장소였다. 사무실 입구에 앉은 양복 입은 남자에게 아무개씨의 아들이라고 말하니, 모두들 하는 일을 멈추고 박철수 씨에게 다가와서 손을 잡고 위로해주었다.

"안됐다. 네가 막내아들이구나……. 좋은 대학에 입학했다고 박씨가 그렇게 좋아하더니만."

박철수 씨는 아버지가 직장에서 남긴 마지막 흔적인 퇴직금을 받고 사무실을 나섰다. 철로변에는 검은 얼굴을 한 초췌한 중년 사내 여럿이 8월의 검붉은 태양 아래 시커멓게 기름 범벅이 된 채 담배를 피우며 땀을 식히고 있었다. 남루한 일터와 그들의 초라한 모습 속에서 아버지가 견뎌야만 했던, 고단한 삶이 겹치면서 박철수 씨는 눈물을 흘리고 말았다.

29.

아버지가 세상을 떠난 다음 해 연말이었다. 학기말 시험을 끝내고 겨울방학이 시작될 무렵에 박철수 씨는 자의 반 타의 반 휴학계를 제출할 수밖에 없었다. 그해 3월, 미문화원 방화사건[20]이 터졌고 학교 분위기는 살얼음판처럼 변했다.

박철수 씨가 비밀리에 속했던 '스터디 동아리'에 관한 정보가 정보기관에 넘어가면서, 학교에 계속 다닐 수 없는 상황이 되고 말았다. 박철수 씨는 독문학과에 다니는 고등학교 선배와 그가 만든 동아리 후배 여럿과 친하게 지

---

20) 1982년 3월 18일, 부산 고신대 학생인 문부식, 김은숙, 김화석, 박정미 등은 미국이 신군부 쿠데타를 방조하고 광주학살 용인을 비판하면서 부산미문화원에 잠입하여 방화하고 '미국은 더 이상 남조선을 속국으로 만들지 말고 이 땅에서 물러가라'는 내용을 담은 유인물을 살포했다. 그러나 방화 과정에서 부산미문화원 안에서 책을 보던 동아대생 장덕술이 사망했다. 〈출처: 브리테니카 백과〉

냈다. 자주 만나서 토론하고 때로는 술도 함께 마시다 보니, 자신도 모르는 사이에 해당 지하 동아리 멤버로 인정받게 되었다. 멤버 가운데 스스로 '의식을 가진 이'라고 떠들며 다닌, 동갑내기 동료는 술을 매우 즐겼다. 늦은 밤, 학교 뒤편 하숙촌 포장마차에서 사건이 터졌다.

그날 그는 친구와 술 마시다 '독재 타도', '미군 철수', '파쇼 제거' 등의 용어를 거칠게 내뱉다, 인근에서 서성이던 건장한 사내 둘에 끌려 아무도 모르게 사라졌다. 그는 무슨 '공사'라고 불리는 군부대 내 골방에서 며칠 동안 취조 받았고, 와중에 심한 구타를 견디지 못하고 동아리 멤버를 죄다 불어 버린 모양이었다. 자백한 명단에는 이름만 얹어 놓고 모임에 잘 나가지 않는 박철수 씨도 포함되었고, 학과로 연락이 간 듯했다. 학생 모두가 '어용교수'라 부른 지도교수는 '단도직입적으로'라는 말을 사용하며 입대를 종용했다. 별다른 대안이 없는 박철수 씨는 한숨을 쉬며,

"알겠습니다."

라고 짧게 대답했다.

30.

그해 시국이 그랬는지 휴학계를 제출하면 즉시 나온다는 입영통지서 '영장'이 박철수 씨에게 도착하지 않았다. 병무청에 찾아가서 알아보니 이듬해 7월 말에 입대 예정으로 정해진 듯했다. 박철수 씨뿐만 아니라 함께 휴학한 동료 여럿도 마찬가지였다. 육군 소장 전두환 씨가 쿠데타를 일으

켜 정권을 잡는 과정에서 광주 민중 항쟁이 발생해서 그 결과로 나라 전체는 끓는 솥과 같았고, 학내 움직임 또한 그랬다. 강제로 입대시킬 대학생은 많고 국방부가 소화하는 능력은 한정되어서 제때 입영 못하는 병목 현상이 이어졌다. 박철수 씨는 무려 9개월가량을 빈둥거리며 허송세월해야만 했다.

그래도 시간은 흘러, 입대 보름 전인 7월 초순이 되었다. 동아리 멤버 가운데 유달리 술을 좋아하는 후배는 박철수 씨와 비슷한 시기에 방위병[21]으로 입대 예정이었다. 학교 내 외진 곳에서 남모르게 만나『자본론』,『러시아 혁명사』,『전환 시대의 논리』 같은, 시대가 규정한 불온서적을 공부한, 끈끈한 사이였다. 후배는 박철수 씨와 같은 학년이었지만 고등학교 한 해 후배여서 박철수 씨를 선배로서 깍듯하게 대했다. 그는 장동건보다 잘생긴 외모에 훤칠한 키와 조각 같은 외모를 가졌고, 게다가 모두가 인정하는 달변가였다. 그는 현역으로 입대하는 박철수 씨에게 미안했는지 보름에 한 번꼴로 술을 청했다.

1년 전에 아버지가 간암으로 세상을 떠나고 편모슬하에서 입대를 앞두어서 가엾다고 생각한 듯했다. 만나는 친척이나 이웃 어른마다 적잖은 용돈을 주어서 몇 십만 원이나 되는 거금을 박철수 씨가 쥐었을 때였다. 주

---

21) 방위병(防衛兵)은 1969년부터 1994년까지 존재하던 대한민국의 전환, 대체복무제도로 보충역으로 입영하여 기초군사교육을 마친 후 향토방위 업무를 수행하는 군부대(향토사단), 예비군 중대, 경찰관서, 파출소, 시, 군, 구청, 읍, 면, 동사무소를 집에서 출퇴근하면서 복무하도록 한 제도이다. 1995년 1월 1일, 방위소집제도는 상근예비역 및 공익근무요원이 신설되면서 폐지되었다. 〈출처: 한국민족문화대백과〉

머니 사정은 넉넉하고 달리 바쁜 일 또한 없었다. 둘은 자주 들른, 동네 시장통 단골 술집을 벗어나 시외버스를 타고 도시 위쪽의 동해안에 자리 잡은 진하해수욕장이란 곳으로 가기로 했다. 탁 트인 바다, 끝없는 태평양 바다의 끝자리, 시골에서만 만나는 풍성한 경상도 인심, 도시 사람은 그곳을 흔히 '서생 진하'라고 불렀다.

그해는 우기가 유독 길었고, 그날도 아침부터 가랑비가 내렸다. 돈은 많았고 입대할 날은 며칠 남지 않았다는 이유로 그날만은 죽을 때까지 원없이 술을 마시기로 둘은 다짐했다. 횟집에서 정오부터 비싼 농어회를 안주 삼아 점심 대신 마시기 시작한 술은 새벽 네 시까지 이어졌다. 저녁 일곱 시쯤 되었을까? 둘은 소주를 여덟 병까지 마셨다고 확인했다. 자리에서 일어선 후배는 박철수 씨의 손을 잡더니 문득 다른 술집으로 자리를 옮기자고 말했다.

"형, 총각 딱지를 떼야 할 건데."

"하하, 웃기지 마라."

"그러면 형, 아까 후회 없이 마시다 죽자고 했잖아?"

"그건, 그렇지!"

스물세 살짜리와 스물두 살짜리 애송이가 알면 뭘 알겠는가? 게다가 둘은 '민중 해방', '민주 쟁취', '독재 타도' 등을 위해 목숨을 바치자고 나름대로 맹세한 터였다. 시골 해수욕장에는 '그렇고 그런' 퇴폐 술집은 눈을 씻고 찾아보아도 없었다. 그래도 어떻게 찾다가 비틀거리며 기어들어간 곳이 다방이었는데, 소위 말하는 '퇴폐 찻집'이었다. '커피, 위스키, 인삼즙, 맥주, 아가씨 항상 대기'라고 쓰인 안내문이 보였다. 문을 여니 서른 살은 족히 되어 보이는 늙은 아가씨 두 명이 껌을 씹으며 심드렁하게 앉아서 중년 사내를 기다리는 듯했다. 종일 마신 술로 기실 둘은 실신 비슷한 상태였지만, 박철수 씨는 용기를 내어 병맥주를 큰 병으로 열병이나 주문하는 대단한 호기를 부렸다. 술을 주문하자마자 예의 아가씨 두 명이 '쪼르르' 옆에 와서 앉았다. 후배는 마지막으로 선배 예우를 다하려는지, 둘 중에 키 큰 아가씨를 박철수 씨의 옆에 앉게 지시했다.

만취했지만 화제는 뻔했다. 마르크스 그리고 엥겔스와 레닌, 로자 룩셈부르크가 어쩌니 하다가 그마저도 밑천이 동나버렸다. 왜냐하면 그날 온종일 쉬지 않고 떠들었기 때문이다. 박철수 씨 옆에 앉은 아가씨는 마음껏 술을 축내다가 지루했는지 동료 아가씨를 향해,

"이 총각, 오도바이하고 목소리가 똑같아."

라고 말했다.

그러자 앞에 앉은 아가씨가 박철수 씨를 보더니,

"아, 그러네!"

하며 맞장구를 쳤다.

'오도바이'가 뭐냐 하면, 바닷가 마을 찻집에 자주 오는 동네 건달의 별명인 듯했다. 그는 한여름에도 가죽점퍼를 입은 채 오토바이(auto bicycle)를 타고 다니며 동네 술집을 기웃거리는 모양이었다. 어쨌든 취한 둘은 맥주 열병만 마시기로 한 계획을 바꾸어 추가로 스물네 병, 한 상자를 더 마시기로 했다.

술로 인해 곤드레만드레 된 둘은 몸에 가득 찬 수분을 배출하기 위해 화장실에서 함께 소변을 봤다. 후배는 박철수 씨에게 이렇게 술만 마실 게 아

니라 아가씨 손이라도 한 번 만져봐야 한다고 말했다. 그래야 앞으로 몇 년 할 군대생활이 덜 지루하지 않겠느냐는 그야말로 '말도 되지 않는 논리'로 떠들었다. 다음 그림은 이랬다. 후배는 제 옆에 앉은 아가씨 손을 잡으며 나름대로 노련하게 분위기를 잡았고, 박철수 씨는 꼴에 선배라고 품위를 지키려고 그랬는지 옆자리에 앉은 아가씨 등짝을 후배 몰래 어루만졌다.

두 사람 대화 속에 '며칠 후 입대'라는 화제가 계속 나왔다. 둘의 얼굴이 너무 어렸는지, 산전수전 모두 겪었을, 서른 살 전후의 찻집 누님은 헤픈 웃음을 끝없이 날리며 박철수 씨를 향해,

"히히! 이 총각, 한 시간 동안 내 등짝만 만지네."

하며 웃었다.

창밖에는 바다 냄새가 풍기며 비가 왔고 파도 소리가 들렸다. 하늘에는 어둠과 구름 때문에 별은 보이지 않고 그냥 캄캄하기만 했다. 민박집 창밖에는 습기 속에서 여름비가 줄기차게 내렸다. 모기향 때문에 죽은 모기가 떨어져 흡사 낙엽처럼 수북이 쌓여갔다. 며칠 동안 내린 비에 씻겼는지 바다는 수정으로 만든 거울처럼 맑은 느낌이었다. 바다 위로 빗줄기는 연신 퍼부었고 번개까지 쳐서 바다는 비와 빛으로 넘실거리는 축제의 들판 같았다. 박철수 씨는 술 마시다 말고 고개 돌려 시선을 바다로 향했다. 모기장 안에서 담배를 피우던 후배도 박철수 씨처럼 멍하니 바다를 바라보았다. 무슨 이유인지 박철수 씨는 갑자기 서러운 감정이 들면서 눈물을 쏟고 말았다. 억수처럼 쏟아지는 빗방울이 파도에 부딪혀 물거품을 이루었다. 바람은 계속 불어 빗물과 함께 창을 때렸다.

이렇게 비루하게 살아간다는 사실이 꿈인지도 모르겠다는 생각이 들었

다. 박철수 씨는 자신이 꿈을 꾸며 파도를 본 것일까? 아니면 꿈속의 나비가 박철수 씨가 되어 이 서러운 시간을 보내는 것일까를 생각했다. 우리가 사는 현실은 운명이라는 소용돌이 속의 먼지에 불과한 것일까? 현실과 꿈이 구분되지 않는 미망 속에 헤매는 것은 아닐까? 이유 같지 않은 이유가, 이유가 되어 폭풍 속에서 꽃이 피고 화양연화 같은 시절에 덧없이 꽃이 지는, 턱없는 현실이 벌어지기 때문이다.

31.

입대하는 날이었다. 대문을 나와 어머니에게 인사하고 장형 박도수 씨와 악수하고, 무슨 이유인지 옆에서 생글거리는 큰형수에게도 인사를 하며 집을 나선 날은 1983년 7월 21일이었다. 그날부터 인근 도시에 위치한 군부대 내 신병 교육대 6주 훈련이 시작되었다.

아버지가 갑자기 돌아가셔서 받은 충격은 크고 오래 갔다. 원래부터 약골인 데다 천붕이라는 충격적인 사건으로 인해 거의 한 해 동안 술에 절어서 살다 보니 체력은 밑바닥까지 간 상태였다. 게다가 전방 부대보다 일반적으로 훈련 강도가 낮다고 평가받는 향토 사단은 예상을 비웃기라도 하듯 교육 군기가 엄하고 고되기 짝이 없었다. 한여름 절정에 이른 무더운 날씨는 그야말로 한 인간을 벌레처럼 나약하고 보잘 것 없는 존재로 만들었다. 매일 4~5킬로미터 구보는 기본이었는데 일사병에 걸린 서너 명은 항상 대오를 이탈하여 낙오되거나 실신했다. 해당 훈련병은 대가로 심한 구타와 얼차려를 받기 일쑤였고 훈련에서 떨어져 나가는 서너 명 속에 박철수 씨가 항상 포함되었다. 훈련소에 입소할 때 박철수 씨의 몸무게는 75킬로그램이었으나, 퇴소할 때 45킬로그램이 되고 말았다. 박철수 씨가 무사히 훈련을 마친 일은 기적에 가까웠다.

훈련 2주째에 접어들자 박철수 씨는 무릎통증으로 제대로 걸을 수 없었다. 훈련 중에 교관이나 조교는 흔히 '선착순'이라고 부르는 얼차려를 주었다. 동료를 앞질러 뛰어야 자신이 추가로 고통을 받지 않는다는 살아남기 '기합'을 받을 때부터 박철수 씨는 몸에 이상이 오기 시작했다. 참다못해 조교에게 고통을 호소한 결과, 사단본부 옆 도시에 위치한 국군통합병원에서 외진을 받게 되었다. 군의관은 퇴행성관절염으로 사료된다는 판정을 내리면서, 훈련병은 별 방도가 없으니 약을 먹고 훈련을 견디라며 진통제 20알을 주었다. 피 터지고 알배고 이 갈린다는 사격술 예비훈련이나 유격 훈련을 받을 때는 극심한 무릎 통증으로 인해 차라리 죽고 싶다는 충동마저 느끼게 되었다.

국가는 자연 상태인 인간이 가진 야생 폭력성을 기껏 길들였다가, 그렇게 길들여진 사람을 다시금 폭력에 익숙해지도록 군대에서 훈련시켰다.[22] 조교는 훈련병을 때리면서 말했다.

"너네도 고참이 되면 나처럼 때리게 된다! 원망하지 마라."

훈련소 막사에서 만난 70명으로 구성된 소대 훈련병은 다양하기 짝이 없는 인간 군상이었다. 명문대 대학원생부터 야간 카바레에서 노래를 부

---

22) 『폭력』, 공진성, 49쪽 참고.

른 무명 가수, 막노동판에서 맨몸으로 노가다 하는 노동자까지, 다양한 청년이 국방의 의무라는 족쇄를 해결하기 위해 새롭게 폭력과 친해졌다.

훈련소 입소 후 내무반에서 각자 자기소개를 하는 시간이었다. 박철수 씨보다 나이가 일곱 살이나 많은, '영감'이라는 별명을 가진 이는 이름만 대면 아는 대학에서 박사 과정을 밟다 입대한 이였다. '영감'은 다섯 살 때 사고로 인해 한꺼번에 조실부모했다고 자신을 소개했다. 예술전문대학을 졸업했다는 포크계열 가수는 인기 절정인 여성 탤런트와 동기동창이라고 자랑했다. 제비족을 자처하는 어느 청년은, 무모증 여자와 육체관계를 가지면 3년 동안 재수가 없다는 속설을 이야기하면서, 앞으로 3년이라는 군대 생활이 걱정된다고 말했다.

지옥 같은 6주 훈련이 끝나자 퇴소식이 이뤄졌고 가족과 면회시간이 두 시간 가량 주어졌다. 그런데 훈련병 가운데 절반 정도는 가족이 면회를 오지 않았다. 대부분 먹고살기 힘든 생계 문제 때문에 짬을 내기 어려운 시절인 탓이었다. 6주 신병훈련이 끝났다고는 하지만 여전히 박철수 씨의 무릎은 정상이 아니었다. 걷는 것은 그런대로 가능했지만, 구보할 때는 흡사 바늘로 찌르는 통증 때문에 제대로 뛸 수가 없었다.

당뇨병을 앓아서 실명 직전 상태인 어머니 김종순 씨는 면회를 위해서 김밥, 통닭, 사이다, 삶은 계란 등을 가방에 싸서 장형 박도수 씨와 함께 훈련소에 왔다. 어머니는 두 시간 내내 안쓰러운 표정으로 음식을 전혀 들지 못했다. 항상 그러하지만 인생에서 행복한 순간은 원래 오래가지 않는 법이다. 언제 그랬냐는 듯, 연병장 옆 잔디밭에서 이뤄진 면회 시간은 금방 흘러가고 말았다. 연병장 단상에서 "신병! 전체 집합!"이라는 마이크 소리가 들렸고, 박철수 씨는 가족과 헤어져서 신병이 도열할 연병장으로 뛰었다.

그런데 몇 발자국 움직이다 보니 무릎 통증으로 인해 제대로 뛰어지지 않아 계속 절룩거리고 말았다. 순간, 뭔가 이상한 느낌이 박철수 씨의 뒤통수에 머물렀다. 뒤를 돌아보니 어머니는 아들이 절룩거리는 모습을 계속 지켜보며 주먹 같은 눈물을 흘리고 있었다. 근처에서 모자가 이별하는 장면을 지켜보던, 일곱 살이나 나이 많은, 신병 동료 '영감'이 박철수 씨에게 소리쳤다.

"인마! 뒤돌아보면 어떡해? 어머니가 계속 우시잖아!"

퇴소식이 끝나자 트럭 열 대는 신병을 싣고 기차역으로 향했다. 조교의 말을 들어보니, 열차 안에서 신병이 배치될 부대를 통보해 준다고 했다. 9월 초순, 기나긴 여름이 드디어 끝나 가는지 그날따라 태풍주의보가 내려져 바람은 세차게 불었고 가랑비가 부슬부슬 내렸다. 트럭이 역전에서 멈추니 군악대가 도열하여 환송곡을 연주했다. 아쉬움 때문인지 안타깝기 때문인지 면회 온 가족 대부분은 곧바로 귀가하지 않고 역까지 이동하여, 병정이 집결한 광장으로 모여들었다. 한 순간이라도 귀한 아들의 얼굴을 다시 보고 싶다는 간절한 소망 때문이었다.

혹시나 하여 박철수 씨는 그쪽으로 시선을 돌렸지만 퍼붓는 비 때문에 인파 속의 어머니를 찾을 수 없었다. 조교는 불같은 호령을 내질렀고, 명령에 쫓겨 줄서서 열차를 타려는 순간이었다. 병력이 움직일 때마다 친지가 모인 인파 속에서는 탄식과 같은, 안타까운 함성이 뭉쳐서 들려왔다. 부모님이 제각기 아들 이름을 불러대는 애타는 목소리였다.

군악대는 '이별의 노래(Anniversary Song)'라는 곡을 연주했다. 비는 계속 내렸고, 부모와 가족이 부르는 안타까운 여러 함성은 커져만 갔다.

32.

신병훈련소에서는 물론, 제대하는 그날까지 박철수 씨는 생각했다. 국가란 개인에게 폭력을 일삼는 존재에 불과하지 않은가? 폭력의 원천은, 국가가 실제로 독점해야 하는 무엇은, 다름 아닌 국민이 가진 신체가 아니던가? 국가가 국민의 신체를 징집할 때, 그리고 폭력의 원천인 국민의 힘을 이용할 때, 비로소 국가는 폭력을 독점했다. 이제는 박철수 씨 자신이 폭력의 도구가 되고야 말았다.[23]

육군 이병 박철수 씨 일행을 태운 열차는 앞으로 근무해야 할 사단이 위치한 도시에 도착했다. 일행은 더플 백을 메고 사단본부 보충대에 머물렀고, 이후 연대본부로 갔다가 최종 목적지인 대대로 가야 했다. 박철수 씨는 훈련소에서 함께 교육받은 동기 세 명과 함께 최종 목적지인 대대로 향했다. 일행을 인솔하기 위해 연대에 도착해서 버스 터미널에 데려온, 상병 계급장을 단 '전령병'은 시외버스 기사와 차비 때문에 계속 싸워댔다. 상병은, '육군 규정'에 따르면 전입 신병이 내야 하는 차비는 무료이므로, 차비를 내지 않겠다고 주장했다. 반면에 버스 기사는 그딴 거 모르니까 버스를

23) 『폭력』, 공진성, 48쪽 참고.

타려면 무조건 차비를 내라고 했다. 실랑이가 30분 이상 길어지자 동기 한 명이 상병에게 조심스럽게 의견을 말했다.

"상병님, 저희가 훈련소 때부터 가진 돈이 얼마 있으니, 알아서 차비를 내면 안 되겠습니까?"

그는 신병 네 명을 노려보며,

"이, 씹새끼들! 군기가 빠졌네. 너네들 부대에 가면 죽여 버릴 테니 그렇게 알아!"

하며 겁을 주었다. 세련된 토종 서울 말씨지만 눈매에서 살기가 도는 얼굴, 무엇이 그를 저렇게 만들었을까 생각을 하니 박철수 씨는 덜컥 겁이 났다. 버스 기사가 계속 승차를 거부하자, 결국 신병 넷은 상병 몫의 차비까지 내고 버스에 올랐다.

버스를 타고 두 시간가량 지나니, 기사는 종착지에 가까워졌다고 알려주었다. 대대는 연대 옆에 위치한, 작은 도시의 방직공장과 포도밭이 끝없이 펼쳐진 시골 마을에 있었다. 다인면 버스정류장에 내려서 한 시간을 또 걸으니 부대 정문이 보였다. 일원에 사는 사람은 그곳을 '다인부대'라고 불렀다.

늦은 밤이었다. 부대 정문 위병소에서 입초 근무 서는 이가 박철수 씨를 비롯한 신병 일행에게 군기를 잡았다. 어둠 속에서 그가 쓴 투구를 보니 일병 계급장이 달렸는데, 역시 눈매가 매서웠다.

"신병들, 우리 부대에 전입한 소감을 말해봐!"

동기 세 명은 '좋은 부대이니 열심히 하겠습니다'는 투로 각각 우렁차게 답을 했지만 박철수 씨는 얼떨결에 이렇게 대답하고야 말았다.

"담담합니다!"

위병은 갑자기 두 손바닥으로 박철수 씨의 가슴을 '퍽' 밀치며 소리쳤다.

"뭐, 담담하다고? 이 새끼 봐라!"

이미 밤 열 시가 넘은 취침시간이었지만 막사 안에는 대다수 사병이 자지 않았다. 내무반 벽에 간이 스크린을 설치하여 '도라 도라 도라'라는 전쟁 영화를 시청했다. 큰 소리로 '전입 신고합니다!'를 외치려 하자, 주번 부관 완장을 찬 병장이,

"그냥, 들어와."

라고 말하며 제지했다. 박철수 씨를 비롯한 신병 네 명은 매고 온 더플백을 침상 끝 마루 한구석에 몰아넣고, 내무반 구석에 매트와 모포를 깔고 몸을 눕히니 금방 잠이 들었다.

이튿날 아침, "기상!" 소리에 잠을 깨니 아침 점호가 시작되었다. 군가를 부르고 연병장을 네 바퀴 돈 후 세면하기 위해 내무반으로 줄지어 이동했다. 그때 하사 계급장을 단 내무반장이 전체 병력을 탄약 창고 뒤로 가도록 명했다. 인적이 드문 장소였다. 내무반장과 제대를 몇 주 앞둔 하사 한 명, 말년 병장 몇 명은 행사에 참석하지 않고 곧장 내무반으로 돌아갔다. 탄약 창고 앞에 병사 전원이 도열하자, 병장 한 명이 앞으로 나오더니,

"내 밑으로 전체 엎드려뻗쳐, 이 새끼들아!"

라고 고함쳤다. 박철수 씨를 포함한 신병 네 명도 잽싸게 '엎드려' 자세를 취했다. 그러자 다른 병장 한 명이 신병 네 명에게 오더니 부드러운 목소리로,

"너네는 일어서!"

라며 열외 시켰다. 전날 전입한 신병이니 그랬을 것이다. 하사 두 명과 병장 네 명이 엎드린 병력 40명가량에게 배와 가슴을 구둣발로 구타하기 시작했다. 축구선수가 골대 앞에서 공을 찰 때처럼 전력을 다해서였다. 뻥! 뻥! 뻥!

인당 10회 정도였을까. 구둣발로 배와 가슴 부위를 가격했는데 맷집이 좋은 이는 끝까지 버텼지만, 대부분 두세 번 맞다 극심한 고통을 이기지 못하고 땅바닥으로 뒹굴었다. 고참 병장 몇은 쓰러진 인원만을 따로 모아서 야전삽으로 엉덩이를 차례차례 때렸다. 박철수 씨와 신병 셋은 진행되는 장면을 보면서 부들부들 떨었다. 그렇게 자대 생활이 시작되었다.

매주 한 번씩, 같은 방식으로 단체 구타는 일정한 행사가 되어 진행되었다. 저녁 점호가 끝난 후 일직 장교가 상황실로 돌아간 후에 내무반 문을 잠근 상태에서 내무반장이나 고참병이 행사를 진행하는 경우가 가장 많았으나 '집합'으로 간주하지는 않았다. '병장 전체'가 주체가 되거나, '상병 전체'가 주관하지 않더라도, 선임자 누군가가, '내 밑 애들 집합해!'라는 말을 하곤 했다. 법 위에 존재하는 '집합'이란 말을 들은 아래 기수는 전달자가 되어, '집합……' 하며 귓속말로 대상자를 모았다. 행사는 병장이 상병을 모아서, 고참 상병이 아래 기수인 상병과 일병을 모아서, 고참 일병이 아래 기수 일병과 이병을 모아서 때렸다. 윗선에게 맞은 갑절로 아래 기수를 때렸다.

집합 행사는, 아래 기수 대표자가 일행을 정렬시키고,

"차렷! 집합 준비 끝!"

하며 때리는 기수 대표자에게 정식으로 보고한 후에 이뤄졌다. '부대가 잘 안 돌아간다'든가, '분위기가 나쁘다', 또는 '간부나 고참에게서 말이 나온다'는 이유로 구타가 이어졌다. 뺨을 때릴 때가 많았지만, 대부분 뺨을 때린 후 엎드리게 해서 구둣발로 가슴과 배를 찼다. 계속해서 각목이나 야전삽으로 엉덩이를 때렸다. 장교나 간부가 찾지 않는 부대 내 으슥한 곳, 이발소나 비품 창고, 취사장, 퇴근하여 아무도 없는 중대장실도 유용한 집합 장소였다. 심지어 진중(陣中) 교회 내에서도 집합이 이루어졌고 예외 없이 폭력은 난무했다. 정신없이 맞으면서 박철수 씨는 어느 책에서 읽은 내용이 기억났다.

고문이 일어날 때 고문 하수인 또는 사형장에서 사형 집행인이나 전쟁 속 추격자는 자신도 언젠가는 그런 대상자가 되리라는 가능성을 아는 상태다. 그렇기 때문에 그는 불안감을 떨치기 위해 더욱 폭력적으로 바뀐다. 죽음이라는 불안에서 벗어나고자 남에게 폭력을 행하고, 자신도 폭력으로 인해 고통당할 사실을 두려워한 나머지, 더욱 더 철저한 폭력 하수인이 된다…….

매주 일요일 오전 열 시에는 이웃 동네 목사님을 모셔와 부대 내 진중 교회에서 예배 행사를 가졌다. 불교를 믿든, 천주교를 믿든 누구 하나 열외를 인정하지 않았다. 아이러니하게도 후임 사병을 무참히 때리는 고참병이 군종병으로서 찬송가를 부르며 예배 사회를 보았다.

다인부대는 한적한 시골이어서 주변에 몇몇 방직공장 외에는 끝없이 펼쳐진 포도밭뿐인, 외딴 지역에 위치했다. 지역 내 예비군과 방위병 훈련만 하는 부대로 기간병은 50명에 불과했다. 하지만 대대장인 중령을 비롯하여 중대장, 참모 등 위관급 장교 10명과 직업군인인 부사관 5명 등 편제는 일반 전투부대와 같았다. 일병 박철수 씨는 '일빵빵' 소총수가 주특기지만 상황실에서는 작전장교 지시를 받아야 하는 작전서기병이었고, 예비군 훈련 기간에는 조교 역할을, 중대장 밑에서는 중대원으로 사격과 구보를, 면사무소나 예비군 중대에 근무하는 방위병 집체교육을, 주·야간에는 위병소와 탄약고 보초를 일정 시간 담당하는 등 여러 장교의 지시를 받았다. 간부 모두는 인력이 정식으로 편재된 부대와 동일하게 대우받기를 원해서, 몇 안 되는 사병 입장에서 '사병노릇'하기란 버거웠다. 뭔가가 마음에 차지 않은 장교는 내무반장이나 고참병에게 '애들 똑바로 교육하라'고 힐난했고, 결과는 곧장 '집합'으로 연결되었다.

33.

모진 첫겨울을 보낸 후, 병영에서 처음으로 맞이하는, 4월 어느 봄날이었다. 일병 박철수 씨는 몇 달 동안 계속해서 '말뚝 근무'를 섰다. 부대 정문인 위병소, 무기고, 탄약고 등 보초 근무를 할 때 온종일 말뚝처럼 존재한다고 해서 '말뚝근무'라고 불렀다. 중대장이 만든 근무명령서가 존재했지만, 작전과나 인사과, 군수과 등에서 행정 업무하는 고참병은 당연하다는 듯 보초 근무에 나가지 않았다. 해당 근무 시간에 교대 병력이 도착하지 않으면, 근무하는 후임병은 말뚝이 되어야만 했다. 교대 근무자가 오지 않아서, 하루 세끼를 거른 채 경계 근무를 계속하는 경우는 다반사였다. 주간 두 시간, 야간 두 시간 해서 도합 네 시간 근무가 원칙이지만 후임병에게 정시 근무가 지켜지는 경우란 없었다.

박철수 씨는 주로 아침 6시부터 10시에 끝나는 아침 위병 근무를 서야만 했다. 부대 위병소 앞은 왕복 2차선 도로지만 통행차량이 끊이지 않아서 교통경찰처럼 부대 앞 도로 교통정리도 함께 했다. 부대가 위치한 도시 외곽 곳곳에 방직공장이 밀집된 상태였으므로 아침이면 통근버스가 줄지어 다인부대 앞을 지나갔다.

몇 달 동안 하루도 빠짐없이 부대 정문 앞에서 말뚝 근무하는 안경 쓴 군인을 누군가 눈여겨본 모양이었다. '한국야시로'라는 로고가 그려진 버스가 부대 정문 앞을 지나갈 때였다. 차 안에서 돌멩이 하나가 위병 근무하는 박철수 씨 앞에 '툭' 하고 떨어졌다. 얼마 후, 돌멩이를 싼 종이를 조심스레 펴보니 두 문장으로 이뤄진 메모가 보였다. '매일 아침, 오빠를 버스에서 지켜보는 여자입니다. 아래 주소로 편지 주세요.'라는 내용으로, 주소는 버스에 쓰인 공장 이름이었다.

다음날, 박철수 씨는 '누군지 모르지만 이렇게 연락하게 되어서 기쁘다'는 내용의 편지를 썼다. 고치고 또 고친 편지를 저녁에 퇴근하는 방위병을 통해 부대 밖 우체통에 넣어 발송했다. 이틀 후 박철수 씨에게 답장이 날아왔다.

'통근할 때마다 부대 정문에서 근무하는 오빠를 바라보는 일이 내가 살아가는 기쁨이에요. (중략) 자주 편지를 해도 괜찮겠어요?'라는 내용이었다. 편지 속 글씨는 국민학교 저학년처럼 비뚤비뚤했고 맞춤법과 띄어쓰기는 엉망이었다. 박철수 씨는 이유가 수줍은 탓이라고 마음대로 생각했다. 박철수 씨는 자신을 매일 지켜보는 여성이 누군지 정체가 궁금했다.

그렇게 편지를 두어 번 주고받던 어느 날이었다. 전령병이 휴가를 가서 누군가 문서수발 일을 대신해야 하는 관계로 박철수 씨는 부대 밖으로 외출하게 되었다. 군청에 서류를 전달한 후에도 한 시간가량 여유가 남았다는 사실을 알게 되었다. 박철수 씨는 급히 버스를 타고 편지의 주소지 공장으로 향했다.

면회실에서 공장 경비 아저씨에게 김영순 양을 면회 왔다고 용건을 말했다. 그는 박철수 씨를 아래위로 훑어보더니 누군가에게 전화를 걸어,

"김영순 양에게 군인 한 명이 면회 왔다."

고 전달했다. 이어서 주어진 면회 시간은 15분이라고 재차 강조했다. 박철수 씨는 나이 스무 살 정도 되는 순박한 시골 처녀를 상상하며 상대를 기다렸다. 약 10분이 지나니 면회실과 공장을 연결하는 문이 열렸는데 경비는 박철수 씨에게 '당신이 찾는 사람이 왔다'고 말했다. 순간 박철수 씨는 자신과 눈이 부딪친 여성을 대하고는 '억' 소리를 지를 만큼 깜짝 놀라고 말았다.

나이는 많아 봐야 열네 살에서 열다섯 살 정도, 키는 140센티미터가 겨우 될까 말까 하는 매우 마르고 창백한 얼굴을 한 어린 소녀가 서있었다. 누렇게 뜨다 못해 하얗게 된 얼굴을 한 야윈 소녀가 겁먹은 모습으로 박철수 씨 앞에 다가왔다. 박철수 씨는 당황스러움에 온몸이 굳어지는 느낌이었다. 그런데 놀라움이 가시기도 전에 웅성거리는 웃음소리가 들렸다. 소녀와 같이 근무하는 것으로 짐작되는 3~40대 아주머니 대여섯 명이 재미난 구경거리라도 생겼다는 듯 면회 장면을 훔쳐보았다.

당황스러웠지만 이미 엎질러진 물이었다. 박철수 씨는 소녀에게 자신이

편지의 주인공임을 밝혔다. '볼일 때문에 근처에 온 김에 이렇게 면회 신청을 했다'고 입을 열었다. 이어서 '갑자기 이렇게 불쑥 찾아와 놀라게 해서 미안하다'고 첨언 했다. 소녀가 아무런 반응이 없자 '어쨌든 만나서 반갑다'고 말하기도 했다. 소녀는 홍당무 얼굴을 한 채 흡사 벙어리처럼 안절부절못했다. 그러는 사이 나이 많은 여자 여럿이 만든, 주변의 웃음소리는 더 크게 들렸다. '어떻게 이런 일이 내게 일어나는가' 하는 생각만이 박철수 씨의 머릿속에 가득찼다. 주어진 15분 면회시간 중에서 5분을 채우지 못하고, 어색한 표정으로 일관한 소녀는 스스로 면회실을 떠났고 박철수 씨 역시 곧장 공장 정문을 나서야 했다.

사흘 후, 부대로 편지가 왔다. 물론 야윈 얼굴의 소녀에게서 온 편지였다. 총 네댓 줄로 이루어진 짧은 편지 내용은 이러했다.

'오빠, 그날 오빠가 가고 난 뒤 마음이 많이 아팠어요. 오빠를 그렇게 보내고 난 후, 나는 내가 참으로 죄가 많은 여자라는 생각이 들었어요.'

편지를 읽은 박철수 씨는 한참 동안 생각했다. '죄가 많은 여자라니……' 부모에게 한창 사랑을 받고 대가로 응석을 부려야 할 나이며, 유행처럼 라디오가 전하는 팝송에 귀 기울여야 할 또래였다. 무엇이 어린 소녀를 저 지경으로 만들었을까?

이유는 가난 때문이었을 것이다. 많아 봐야 중학교 저학년일 소녀가 공장에서 일하면서, 정서적으로는 3~40대 중년 여성이 된 상태였다. 어린아이 입에서 스스로가 '죄가 많은 여자'라니 기가 막힐 노릇이었다.

그날 저녁, 긴 보초 근무를 마친 박철수 씨는 한참 동안 고민하다 편지를 썼다. 『펄 벅(Pearl Buck) 자서전』에서 읽은 내용을 기억해 내었다.

'젊은이여 자신이 무능하다는 생각에 스스로를 절망의 구렁텅이에 빠뜨리는 일이 없도록. 영순, 우리가 노력하면 언젠가는 행복의 나라에서 살게 되겠지.'

통근버스는 매일 아침 부대 앞을 지나갔고, 박철수 씨 또한 아침마다 말뚝처럼 위병 근무를 했다. 이후 두 번 다시 편지는 오지 않았다.

34.

병역 의무가 정말 신성한 일이었다면 군대에 제 발로 갈 사람이 많았을지도 모른다. 가정과 사회는 남성에게 취직과 직장에서 성공을 강요하는 분위기를 만들었다. 개인은 구타에 맞선 공포감과 자유 박탈에 반대한 거부감 등 복잡한 감정을 억누르고 자신이 행한 선택과 권리를 사회적 성공을 위해 희생해야만 했다. 박철수 씨는 다른 사람이 영위하는 세상살이도 자신이 생각한 내용과 크게 다르지 않으리라고 생각하곤 했다.

다인부대는 모든 비리를 생성하고 재창출하는 '인간 시장' 자체였다. 40대 후반 나이의 갑종장교 출신 대대장은 지역 군청에 근무하는 전화 교환수의 정부(情夫)라는 소문이 돌았다. 군청 근처에 근무하는 예비군 중대장이 흘린 소문은 대대장과 교환수가 주고받은, 두 사람만의 농밀한 대화를 감청한 부대 통신병 몇이 재차 확인했다. 대대장 참모인 ROTC 출신 중위 여럿은 하숙하는 면 소재지 인근 처녀를 꼬여 모조리 주워 먹었다는 소문도 돌았다. 그러니까 총각 장교 몇 명이 동네 처녀 모두를 '작살'내었다는 사실은 지역 사정에 밝은 예비군 '읍대'와 '면대' 중대장 사이에서는 기정 사실이기도 했다.

동원예비군 숫자를 산출하고 결정하는 행정병 병장이 집 한 채 살 돈을 장만해서 제대했다는 소문은 구체적인 액수로 전해졌다. 의사나 변호사, 개인사업자에게 1주일 동원교육을 면제시키고 받은 대가였다. 뿐만 아니었다. 방위병 교육을 전담하는 단풍 하사는 방위병을 괴롭혀 매주 토요일 외박 때마다 여자를 제공 받았다고 소문났다. 규정상 면사무소나 동사무소 소속 방위병은 월 1회 부대에 들어와서 훈련을 받아야 하는데 괴롭힘을 당하지 않기 위해 훈련을 담당하는 조교에게 조직별로 뇌물을 바치곤 했다. 부대 출석 여부를 조작하기란 쉬웠다. 해당 업무를 담당하는 행정병은 매일 피우는 담뱃값과 휴가비도 상납 받았다. 비록 지휘관이나 당직 장교 등 관리자가 존재하지만, 관리력이 미치지 않는 곳마다 폭력과 비리, 욕설과 무질서가 이어졌다.

그렇지만 누구 하나도 처벌받지 않았다. 직업 군인은 근무 기간이 끝나면 타 부대로 떠났고, 기간병은 아무런 처벌도 받지 않고 무사히 제대했다. 그곳은 원래 그런 곳이고, 세상일은 또 그렇게 세팅되어 진행되었다.

35.

항공회사가 인천에 설립한 대학교에 다니다 입대한 조기태 씨는 박철수 씨와 함께 신병훈련소에서부터 다인부대까지 함께 동고동락한, 이른바

'군대 동기' 세 명 가운데서 특히 친한 친구였다. 신병교육 훈련 중에 아버님이 별세하는 아픔을 겪은 그는 독실한 크리스천이면서도 술을 마시고 담배를 피우는 괴짜였다. 그는 상당량의 독서를 하는 외에도 정의감과 의협심이 유달리 강했다. 박철수 씨와 조기태 씨는 둘 다 안경을 착용했는데, 박철수 씨가 테가 큼직한 뿔테 안경을 썼고, 조기태 씨는 모서리가 유달리 날카로운 인상을 주는 금속 안경테의 안경을 착용했다. 그래서 둘에게 붙은 별명이 '부엉이와 독수리'였다. 안경테 모양이 너무 커서, 날카로워서 붙은 별명이었다.

둘은 수많은 고생 끝에 제대를 한 달 앞둔, 그야말로 떨어지는 낙엽에 부딪혀 다칠까 노심초사하는 말년 병장이 되었다. 그러나 아무리 '갈참'이라 하더라도 야간 경계 근무에서 열외란 없었다. 부대 내 탄약고나 위병소 보초 근무는 대개 고참병 한 명과 후임병 한 명이 조를 이룬 2인 1개조로 편성되었다. 그렇다고 해도 누가 접근하는지를 감시하는 경계 근무는 후임병 한 명이 전담하기 마련이었다. 제대 말년에는 아무래도 근무 강도가 약해져서 경계에 관심 없이 그저 요령껏 딴짓하며 시간을 보내곤 했다. 박철수 씨가 제대를 몇 주 앞두게 되니 부대에는 신병 훈련소를 마친 이등병 몇 명이 전입했다. 여러 신병은 예외 없이 박철수 씨와 같은 근무조로 편성되길 원했다. 왜냐하면 박철수 씨는 후임병을 괴롭히지 않을 뿐만 아니라, 근무시간 대부분 졸기도 하는 등 매우 적당히 근무하는 고참병에 속했기 때문이다.

그날 병장 박철수 씨와 근무한 김필호 씨라는 이등병은 서부 경남에 위치한, 충절로 상징되는 도시 출신이었다. 후임병 사이에서는 별명이 '말(馬)'

이라고 불리는 모양이었다. 여러 후임병은 그의 물건이 유달리 커서 그런 별명이 붙었다고 했지만, 선임병 대부분은 명칭이 주는 의미를 알지 못했다. 비교적 큰 키에다 뚱뚱한 몸매여서 전형적인 시골 촌놈 스타일인 그는 뭐랄까, 사극 드라마에 나오는, 힘 좋은 머슴처럼 생긴 인상이었다. 특이하게도 코에 점처럼 생긴 사마귀가 붙어서, 선임병은 그를 '코사'라고 불렀다. 고향에서 공업고등학교를 졸업하고 별반 하는 일 없이 놀다가 입대했다고 했지만, 멍청해 보이면서도 능글맞은 눈빛이 특이했다.

어느 날, 야간 보초 근무는 이등병 김필호 씨와 병장 박철수 씨가 같은 조로 편성되었다. 말년에도 빠질 수 없는 보초 근무는 매우 길게 느껴졌기에, 지루해진 박철수 씨는 생각 없이 이등병 김필호 씨에게 한 마디를 툭 던졌다.

"너, 여자 친구 있냐?"

그런데, 의외의 답변이 나왔다.

"진저리나도록 많이 경험해서 이젠 관심이 없습니다!"

도대체 무슨 말인지 박철수 씨는 궁금해졌다. 그런데 자세한 이야기를 들어보니 기가 막혔다. 김필호 씨는 공고 졸업 후 취직하지 못해 백수로 시간을 보내는데, 그런 처지에서 여자를 사귀려 하니 쉽지 않았던 듯했다. 그러다 자신이 사는 동네 인근에 위치한 대학교 앞에 가니 수없이 많은 여대생을 발견하게 되었다. 근처에 위치한 다방에서 1년을 죽치며 살다시피 했는데 헌책방에서 법학 개론 한 권을 사서 옆구리에 끼고, 서울대 법대생이며 휴학 중이라고 자신을 소개했다. 그러다 목표한 여대생과 친해지면 한 명씩 각개격파 하여 '갖고 놀았다'고 말했다.

이야기는 놀라웠다. 김필호 씨는 자신과 관계한 여대생이 자그마치 200명이 넘는다고 떠들었다. 야간 보초 근무 중에 후임병의 가당치 않은 무용담을 들은 박철수 씨는 경악했다. 그는 평범하다기보다는 아주 못생긴 외모에 무식함이 뚝뚝 흘러내리는 천박한 말투를 사용했다. 박철수 씨는 그에게 어떤 매력이 있기에 수많은 여대생을 유혹했을까 하고 자문하지 않을 수 없었다. 서울대 법대에 다니는 예비 판검사라는 거짓말 때문이라는 결론은 어렵지 않았다. 깊은 밤, 야간 보초 근무를 마친 박철수 씨는 내무반에 돌아와 잠을 청했으나 쉽게 잠은 오지 않고 씁쓸함은 더해만 갔다.

그렇게 밤이 지나고 아침이 밝았다. 무슨 일을 했는지 박철수 씨는 군대 말년임에도 정신없이 바쁜 가운데서 행정반에서 예비군 교탄 사용계획을 짜는 조기태 씨를 만났다. 갑자기, 전날 밤 보초 근무 때 들은 이야기가 생각났다.

"결국은 녀석이 200명이나 되는 여대생의 정조를 짓밟았다는 이야기인데. 어떻게 이런 일이 가능하지?"

이야기를 듣던 조기태 씨는 갑자기 붉으락푸르락 표정이 변해갔다. 대화 도중에 급기야 내무반으로 달려가더니 큰 소리로 김필호 씨를 불렀다.

"코사! 이리와! 이 나쁜 자식!"

조기태 씨는 입대 전에 무슨 무술 체육관에서 전통 궁중무술을 익힌 유단자였다. 전광석화와 같은 펀치는 김필호 씨 면상을 무수히 타격했다.

"이 나쁜 새끼, 네가 논개를 200명이나 잡아먹고도 이 땅에서 무사할 줄 알았어?"

목적이 정당하다면 수단은 아무래도 될까? 논개는 나라를 지키기 위해

왜군 장수를 안고 물에 뛰어든 구국의 상징이다. 조기태 씨가 소유한 불타는 정의감에 이등병 김필호 씨는 그날 묵사발이 되고 말았다. 그랬다. 졸병 시절, 박철수 씨와 함께 실컷 맞던 조기태 씨는 나중에 속 시원하게 한껏 때리는 조직사회 원리를 제대로 터득했다. 그만이 가진 단순한 정의감은 시키는 대로 할 줄도, 시킬 줄도 알았다.

36.

제대를 6개월 앞둔 박철수 씨는 '독수리 훈련' 여파로 손목뼈가 부러지는 사고를 당하고 말았다. 경찰 기동대와 합동 훈련이 끝난 날 저녁에 병장과 단기 하사 사이에서 긴장이 풀어지면서 생긴 일이었다. 평소에 사이가 좋지 않은 단기 하사 한 명과 병장 한 명이 으슥한 곳에서 난투극을 벌였다. 우연히, 싸우는 장면을 목격한 박철수 씨는 어쩔 수 없이 말려야만 했다. 하사가 휘두른 야전삽이 엉뚱하게도 박철수 씨 손목을 때리는 바람에 피부가 찢어지고 피를 철철 흘리는 손목 골절상을 입었다. 사고는 일직장교를 통해 대대장에게 즉각 보고되었다. 두 병사는 연대본부에 보고되지 않은 채, 부대 내 영창에 보내졌다. 박철수 씨는 사역(使役) 중에 생긴 사고로 위장되어, 근처 대도시에 위치한 국군통합병원으로 후송되었다.

병장 박철수 씨가 병원에 도착하니 신고식이 벌어지고 있었다. 병실마다 200명가량의 사병이 수용되었는데 먼저 입원한 고참병 여럿이 군기를 잡는다는 명목으로 새로 입원한 환자를 폭행하는 행사였다. 특이하게도 특전사나 UDT, 보안대나 헌병대 출신 환자는 열외였다. 다 같이 다쳐서 군대 병원에 온 처지라도 소속 부대가 힘센 곳이 아니거나, 계급과 군대 밥그릇 개월 수가 자신보다 적으면 가차 없이 폭력을 휘둘렀다. 나라를 위해 복무하다 다친 환자를 보호해야 할 병원이었다. 같은 환자지만 군인이라는 존재는 동료 가운데 자기 위치를 확인시킨 후, 안위를 보장받으려 했다. 인간 본성은 동물적인데다, 폭력을 기반으로 지탱하는 군대 조직에 존재한 병원이기에 어쩔 수 없다고 박철수 씨는 체념해야만 했다. 다행히 박철수 씨는 병장이었고 응급환자여서, 신고식 없이 수술과 회복 치료를 받았다. 수도권 모 포병 부대에서 중형화기를 설치하다 발목 골절사고를 당한 병장 김지수 씨와 박철수 씨는 같은 날 입원하여 각각 옆자리에 붙은 침대에서 3개월간 서로를 위로하며 시간을 보냈다. 아이러니하게도 그곳 생활로 인하여 군 생활 동안 나빠진 건강이 획기적으로 좋아지는 계기가 되었다.

그곳은 자대와는 성격이 다른 또 하나의 인간 시장이었다. 지뢰가 폭발하여 하반신을 잃은 하사관, 고참병에게 귀를 얻어맞아 청각을 완전히 잃은 병사, 구타로 말미암아 신경쇠약증이 생겨 탈모증에 걸린 이, 훈련이 힘들어 기술적으로 자해하여 후송 온 이, 장교가 가한 폭행 때문에 자살 미수 경험자 등 사례는 실로 다양했다. 수많은 사연이 생긴 원인은 국가가 방관한 폭력일 수밖에 없었다. 군사정권을 유지하는 국민 각자의 희생과 부담은 상상을 초월할 정도였다.[24)]

그러나 그곳에서도 군기가 존재했고, 입원 환자가 만든, 병실 내의 군기

---

24) 『당신들의 대한민국』, 박노자, 107쪽 참고.

또한 만만치 않았다. 환자의 병실을 책임지는 간호장교를 돕는, 환자 병사가 완장을 찬 권력자로 둔갑하여 자신보다 계급이 높은 환자에게 반말을 예사로 하며 군림해도 고참병 환자 모두는 참고 지냈다. 인간이 모인 집단이면 어떤 형태로든 권력은 존재하기 마련이어서 권력 근처에서 기생하는 부나비를 박철수 씨는 또다시 발견했다.

수술 다음날, 50대의 수녀님이 찾아오셔서 수술 후 마취에서 깬 박철수 씨를 위해 기도하셨다. 신상기록부에 적힌 종교 기록을 보고 방문하셨는데, 박철수 씨는 답례로 일요일마다 병원 내 성당에 가서 미사를 보게 되었다. 대도시 변두리에 위치한 국군통합병원 내 성당은 별도 건물 없이 부대 내 개신교 예배당을 빌려 사용했다. 그곳은 예배용 강당과 부속 사무실 겸 다용도실인 방 한 칸으로 이뤄져 있었다. 방에는 파티마 수도회에 속한 할머니 느낌을 주는 예의 수녀님이 매일 출근했고, 일요일에는 군종교구 내 해당 군 위수지역 군종신부님이 방문하여 미사를 집전했다.

국군통합병원 내 성당은, 종교시설이 없는 외딴 소규모 부대에서 20개월을 복무한 박철수 씨에게 신앙생활을 다시 하게 했지만, 이해하지 못할 일도 많았다. 대표 사례가 미사 때 군종 신부님이 설교한 강론 내용과 미사 후 다과 시간이었다.

신부님이 미사 때 진행한 강론 내용은 실망스럽기 짝이 없었다. 인간은 환경에게 지배를 받는 동물이라고 누가 그랬는가, 신부님은 '하느님이 존재하는지, 아닌지 모르겠다'든가 '국가를 위해서 좀 다치면 어떤가' 하는 투의 이해하기 어려운 발언을 자주 했다.

다과 시간은 주일 저녁, 미사 후에 이루어졌다. 하나뿐인 방에서 이루어지는 간담회와 다과회를 겸한 행사 때마다 수십 명의 환자 병사는 한겨울에도 건물 밖으로 내몰렸다. 이유는 미사에 참례하는 영관급 군종신부와 병원에 근무하는 장교 및 간부를 배려하여 방을 내줘야 했기 때문이었다. 군종신부나 병원 내 간부야말로 국가의 부름을 받고 복무하다 다친 병사를 돕기 위한 존재여야 했다. '섬김'을 외치는 교회에서, 보호받아야 할 환자는 실내에서 차 한 잔 얻어 마시지 못하고 추운 장소로 내몰렸고, 누군가는 그 사실을 당연하게 여겼다. 박철수 씨는 주객전도라는 말이 이런 경우라는 생각이 들어, 불합리하다는 생각을 떨칠 수 없었다. 바른말 잘하는 그가 문제를 제기하니 어머니뻘 되는 수녀님은,

"하하, 아픈 데가 많으니 불만도 많아요."

하며 어진 웃음만 지을 뿐이었다.

사실 그럴 수밖에 없겠다는 생각도 들었다. 군부대 병원에서 많은 교우 환자를 돌보기 위해서는 부대 내 간부에게 받아야 할 협조가 불가피한데다, 영외에 거주하는, 수녀원에 소속한 일개 수녀가 항상 원리원칙대로 운신하기란 쉽지 않기 때문이다. 문제는 부대 내에서 나름 권력을 가진 군종신부나 병원 내에서 근무하는 장교와 간부였다. 국가를 위해 일하다 다쳐서 환자가 된 교우 병사를 돌보아야 하는데, '환자 위에서 군림'하는 데서 자기 존재 이유를 찾는 듯했다.

대위 계급장을 단 군의관은 수술 받은 박철수 씨에게 석 달 치료 후 부대로 복귀하라고 명령했다. 3년 가까운, 힘든 군대 생활에서 모처럼 휴식을 취하게 되었다. 수술 후 한 달 동안은 매일 하루 두 번씩 혈관주사를 맞았고, 이후는 한 번이었다. 두 번씩 주사를 맞는 시간은 매일 새벽 다섯 시

와 오후 다섯 시였다.

소위 계급장을 단 어여쁘기 짝이 없는 간호장교가 주사기와 주사약이 담긴 쟁반을 들고, 매일 새벽 다섯 시마다 환자가 잠든 단체 병실을 찾아왔다. 간호장교는 박철수 씨의 팔뚝을 고무줄로 묶어 혈관이 피부 위에 튀어나오게 만든 후, 주사 바늘을 그곳에다 찔러 약물을 주입했다. 비록 교육 부대에서 근무했지만, 구타가 심한 곳에서 근무한 박철수 씨여서 군기 하나만은 확실했다. 박철수 씨는 새벽녘 병상 근처에서 인기척이 들릴 때마다 누운 자리에서 일어나 침대에 앉은 자세로 간호 장교에게 거수경례하며 예의를 표했다. 주사 맞는 순간은 아팠지만 천사처럼 생긴 동갑내기 간호장교가 자신을 위하여 매일 새벽마다 고생한다는 사실은 송구하기 짝이 없는 일이었다.

경상도 사투리를 쓰는 간호장교 김명희 소위는 박철수 씨에게,

"박 병장요, 혈관이 잡히지 않아서 박 병장에게 주사 놓는 일이 정말 힘들어요."

라는 말을 여러 번 했고, 그때마다 박철수 씨는 미안한 마음에 어쩔 줄 몰라 했다. 김명희 소위는 해당 국군병원에 입원한 환자 사이에서 미모면 미모, 성품이면 성품, 모든 면에서 천사로 불렸다. 국군간호사관학교를 졸업하고 소위로 임관하여 몇 달 후 중위 지급을 앞둔 그녀에 관해 아는 사항은 명찰에 달린 '김명희'라는 이름과 집이 동해안 도시, 죽도 시장 뒤편이라는 소문 정도였다.

석 달 후 그런대로 치료가 완료된 박철수 씨는 병원을 떠나 다시 부대에 복귀하기 위해 사단 보충대에서 1주일을 대기했다. 같은 병원에서 안과 수술을 받고 부대로 복귀하는 병장 최민호 씨를 만나게 되었다. 그는 전남 목

포 출신으로, 서울대학교에 다니다 무슨 일 때문에 제적당했다고 자신을 소개했다. 50명을 수용하고도 남을, 사단 보충대의 커다란 내무반 막사에서 단둘이서 1주일을 보내게 되니 자연스레 친해지게 되었다. 보충대 뒤쪽의 부대 담장 아래에는 나무 상자가 여러 개 쌓여 있었고, 상자 위에 올라가서 아래쪽을 내려다보면 도로변의 작은 가게가 여럿 보였다. 손을 흔들면 주인이 다가와서 돈을 받은 후에 비닐봉지에 소주 몇 병과 마른 어묵을 넣은 봉지를 장대에 걸어서 위로 올려주었다. 그렇게 저녁마다 일직사관 눈을 피해 술을 마시던 둘은 세상과 인간에 관련된 모든 사항을 토론했다.

그렇지만 두 사람의 화제는 단연 간호장교 김명희 소위였다. 최민호 씨는 눈 수술 후 완쾌될 때까지 그녀가 앞을 보지 못하는 자신의 옆에서 매일 책을 읽어주며 간호를 해주었기에 절대 잊을 수 없으리라고 말했다. 박철수 씨가 표현한 찬사 또한 그에 못지않았다. 새벽마다 잠을 떨치고 일어나 혈관을 찾으려 애쓰며 주사를 놓아준 천사 같은 존재는 간호장교가 행하는 본연의 업무를 초월하는 그녀와 박철수 씨 사이의 개인 문제라고 응수했다.

급기야 두 사람의 입에서 상대방이 허락한다면 제대 후 그녀와 결혼하겠다는 이야기가 동시에 나오게 되었다. 떡 줄 사람은 생각도 않는데 둘은 자신감만 충만했다. 박철수 씨와 최민호 씨는 누가 그녀 마음을 차지하는지 내기를 하기로 했다. 한창때고 여성이면 대부분 호감이 갈 나이인 데다 남자만 존재하는 특수한 환경에서 만났기 때문인지도 몰랐다. 둘은 그녀가 환자를 의무적으로 잘 보살펴 주어야 하는 위치였음을 미처 깨닫지 못했다. 같은 달 제대 예정인 둘은 서로의 집 주소를 주고받은 뒤 보충대를 떠나 각자의 부대로 복귀했다.

37.

박철수 씨가 애타게 기다린 제대 날짜가 다가왔다. 3년 전, 박철수 씨가 처음 다인부대에 전입한 후 이틀이 지나자 고참병이 한 명이 전역했다. 현역 사병 모두 모여서 내무반에서 부대 정문까지 두 줄을 만들었고, 그 줄 사이로 전역병이 걸어 나갈 때, 남은 인원 모두가 박수를 치며 송별하는 행사였다. 부대를 떠나는 이는 주체하지 못할 만큼 격하게 눈물을 흘렸다. 몇 달 후 부대를 떠나는 전역병도, 또 그다음의 전역병도 같은 모습이었다. 대부분 전역병이 부대 문을 나설 때 보여 준 모습처럼 그날 박철수 씨도 눈물을 흘렸다.

성하(盛夏), 훈련소에서 쓰러져 목구멍이 타는 갈증으로 논에 고인 구정물을 마시던 기억. 훈련소 퇴소식 때 다리 저는 아들의 뒷모습을 바라보며 눈물 흘리던 불쌍한 어머니. 신병 시절, 이유 없이 하루에도 수십 번씩 빰을 때리던 내무반장. 결코, 용서 못할 그놈의 핏발 어린 눈자위와 욕지거리에 담긴 야만. 온종일 굶은 채 보초를 서야만 했던, 눈 내리던 탄약 창고. 온몸에 피멍을 만든 야전삽과 각목이 안긴 공포. 끊임없이 계속된 구타와 얼차려. 기약 없이 무너진, 젊은 날 자유 의지와 꿈……. 모든 기억이 한줄기 눈물로 정리되었다.

사단 보충대를 떠나 도착한 역 대기실에서 각자 고향으로 향하는 열차표를 끊은 박철수 씨와 조기태 씨는 포옹하고 다시 만날 날을 기약하며 헤어졌다. 열차에 올라타서 정해진 자리에 앉으니, 수레를 끌며 음료와 과자를 파는, 홍익회 직원 남자가 예비군복을 입은 박철수 씨를 향해 한마디 했다.

"제대하시는 모양이네. 아, 좋으시겠다!"

달리는 차창 밖으로 저녁 어스름도 이제 막 사라져 갈 때, 옆자리에 앉은 낯선 여자가 갑자기 혼자서 중얼거렸다.

"정말이지 사는 게 감옥 같아요!"

3년 동안 박철수 씨와 함께 복무한 조기태 씨도 습관처럼 여러 차례 그렇게 말했다.

그녀가 중얼거린 밑도 끝도 없는 혼잣말에 다소 당황했지만, 박철수 씨는 아무 말 않고 창밖을 내다보았다. 모르는 사람에게 행한 무모한 선언과도 같은 발언은 어색한 느낌을 주었다. 차창 밖으로 가까운 나무들이 형체도 없이 도망가고 먼 산만 풍경으로 잡혔다. 지난 세월 동안 기다가 뛰다가 이 세상에서 문득 사라지고 싶은 날이 많았다.

여자는 다음 역에 내리기 위해 자리를 떴다. 그쪽을 쳐다보면서 박철수 씨는 혼잣말로 대꾸했다.

"그렇소. 꿈이었는지도 모르겠네요. 저는 감옥 보다 더한 곳에서 3년을 살았습니다. 이제는 행복의 나라가 기다리겠지요."

박철수 씨는 장자의 호접몽을 다시 생각했다. 장자는 홀연 꿈에서 깨어났지만 여전히 날개를 팔랑거리며 어지럽게 춤추는 나비일 뿐이었다. 현실이 믿어지지 않았기에 순간적으로 몽롱함 속을 헤매며 현실과 꿈을 분간하지 못했는지도 모른다.

38.

그해 10월 말에 제대했고, 이듬해 3월 초순 캠퍼스에서 박철수 씨를 담당한 지도교수는 40대 후반의 여교수였다. 교수는 박철수 씨에게,

"학교는 군대와 다르잖아. 전혀 다른 곳을 적응하려면 워밍업이 필요하니, 천천히 세상에 적응하는 것이 중요해요."

하고 충고했다. 자신이 살아갈 세상살이에 도움이 되는 조언이라고 생각한 박철수 씨는 사회에 더 동화되기 전에 간호장교 김명희 소위에게 편지를 보내기로 하고 펜을 들었다.

'기억하실지 모르겠습니다. 저…… 박철수 병장입니다. 무사히 제대하여 이제 복학했습니다. (중략) 저는 한 인간이 다른 한 인간을 사랑하는 일이야말로 인간이 살아가는 데서 가장 중요한 일이라고 생각합니다. 그러다 보면 우리 삶은 행복의 나라 한가운데에 존재하게 되겠지요.'

내가 당신을 사랑한다는 표현을 에둘러 썼지만 물론 답장은 오지 않았다. 생각보다 빨리 시간이 지나서 연말이 되었다. 연말, 지인에게 크리스마스카드를 보내는 일이 중요한 예의로 여겨지던 시절이었다. 박철수 씨는 자신처럼 그녀를 사모한 최민호 씨에게 크리스마스카드라는 명목으로 서신을 보냈다. 염려 덕분에 복학하여 학업에 열중한다는 내용과 김 소위에게 연서를 보냈는데 답장이 없어서 미역국을 먹은 것 같다는 내용을 적었다.

며칠 후 최민호 씨에게서 답장이 왔다.

'박 형, 저도 무사히 제대했습니다. 그리고 기대하지 않았는데 다행히도 복학했습니다. 의외로 학교생활에 잘 적응하는 중이고요……. 저도 김 소

위에게 편지를 보냈습니다. 하하, 물론 낙지국을 먹었지요.'

39.

박철수 씨가 군대에서 배운 폭력은 삶의 연속성을 예외 없이 끊어버렸다. 그곳에서 살아남은 사람은 단순히 전과 다른 사람이 아니라 또 하나로 완전히 바뀐 모습의 사람이 되었다. 폭력을 겪기 전과 겪은 후는 근본적으로 세상이 달라보였다. 박철수 씨가 다시 맞이한 곳은 친숙한 고향과 같은 세상이 아니라 반복되는 위협이 오는 원천일 뿐이었다. 주변의 낯익은 현상을 향한 신뢰는 없어졌고, 보이는 것 대부분은 곧바로 사라질 듯 위협적이었다. 새로운 세상을 살게 된 귀환자로서, 제도화된 폭력에서 어느 정도 벗어났지만 정상적인 곳에게서는 추방당하는 듯했다.[25]

3년 만에 복학했지만, 박철수 씨가 사는 작은 울타리의 바깥세상은 많은 부분이 변한 상태였다. 박철수 씨가 군 복무하는 사이, 둘째 형 박이수 씨는 결혼하여 조선소가 위치한 도시에서 신혼살림을 꾸렸고, 장형 박도수 씨 부부는 홀어머니 봉양을 외면하고 타 도시로 떠났다. 더 좋은 직장에서 일하기 위해서라는 것이 박도수 씨가 주장한 표면적인 이유였으나 이면에는 병든 시어머니와 함께 살기 싫다는 형수의 생각이 숨어있었다. 박도수 씨는 박철수 씨에게 '언젠가는 내가 어머니를 모시겠다'는 편지를 보냈으나

25) 『폭력사회』, 볼프강 조프스키, 113쪽 참고.

그날이 언제일지는 아무도 몰랐다. 제대병 박철수 씨는 돌아가신 아버지가 남긴 집에서 홀어머니와 둘이서 살게 되었다. 그 사이 어머니 김종순 씨의 시력은 악화하여 실명 직전이었고 박철수 씨의 우울함은 더해만 갔다.

3년이라는 시간이 준 선물은 이유가 아닌 이유가 되어 적응에 어려움을 주었다. 말없이 수업에 들어갔다 나가곤 하는 복학생 박철수 씨에게 말 붙이는 후배는 아무도 없었다. 그해, 전두환 정부가 기획한 간선제에 반대하는 학생 시위는 날로 격해져 갔고, 교내 4층 이상인 캠퍼스 건물에는 연일 '군사정권'을 반대하는 전단이 날아다녔다. 전단이 날릴 때마다 곳곳에 숨은 사복 경찰이 그곳을 향해 달려들었다.

입대 전, 박철수 씨가 속한 동아리는 정보기관이 행한 사찰로 무너진 지 오래였다. 여러 차례 휴학 후 강제 징집된 리더 선배는 군에서 제대하여, 바람 빠진 풍선 같은, 지친 모습으로 학교로 돌아왔다. 그는 박철수 씨를 비롯한 후배에게 선언했다.

"그간 민주주의를 위해 우리가 함께 공부했지만 뒤늦게 내가 파악한, 지도부의 투쟁 방향 본질은 '주사(主思[主體思想])'였다. 김일성이 주장하는 주사는 박정희와 전두환이 자행하는 군사독재와 다를 게 무엇일까? 김일성 무리가 다스리는 신정 독재는 남한보다 훨씬 퇴행적이고 악랄하며 비민주적이다. 공통점도 있긴 하지. 두 집단은 전체를 위해서라면 개인이 가진 생명과 행복쯤은 희생되어도 좋다는 야만적인 집단주의, 남성적 폭력으로 집단 목적을 달성하려는 저질스러운 군사주의, 인간 존엄성을 위시한 보편 인권을 비웃고 부정하는 현대적 보편주의와 관대함의 부재, 무엇보다도 집단 광기라는 공통점을 갖는다. 이 두 집단은 상대방 타도를 열심히 외치지만 '위대한 수령'이 행한 반대파를 향한 무자비한 숙청을 '역사 필요성'으로 합리화하는 '주사파'나 5·16 군사 쿠데타 원흉을 중심으로 똘똘 뭉쳐 지금도 독재자 박정희와 주구인 대량 학살자 군부통치자를 열심히 추종하는 극우집단에서 근본 세계의식에서 별 차이가 무엇인지를 나는 알지 못하겠다.

그러나 철저한 폐쇄집단인 북한 신정(神政)주의자 무리와 달리 남한의 민주 지성들은 스스로 민주주의를 쟁취할 역량이 충분하며 그간 점진적인 변화를 성취해왔다. 그동안 우리가 추구한 평등한 세상과 민주주의, 자유롭고 행복한 나라는 주사를 위해서가 아니었다. 우리가 자율로 공부한 민주주의를 향한 내용은 앞으로 맞을, 군사정권이 사라진 민주 사회를 위해 사용하도록 하자. 우리의 모임도 오늘로써 해체토록 하겠다."

말이 끝나기 무섭게 동료 한 명이 격렬하게 반발했다.

"형! 그간 당신을 믿고 싸우다 감옥에 가고 퇴학당한 동지와 후배에게 부끄럽지도 않소!"

그와 대립하고 싶지는 않았지만 박철수 씨는 선배가 정리한 판단에 공감했다. 독재와 반미 자주화 대안으로 마련한 내용이 또 다른 신정일체 독재자 김일성이 만든 주체사상이라니 도무지 이해할 수 없었다.

교내는 연일 시위가 계속되었고, 교문 앞은 시위대를 저지하는 방어울타리 뒤로 경찰 장갑차가 최루탄을 연일 쏘아대었다.

다음 날 오전 수업이었다. 강의를 시작하는 지도교수는 현 시국이 의미하는 엄중함을 이야기했다. 그러다 학생을 향해 눈을 부라리며,

"쓸데없는 짓을 하면 용납하지 않겠다."

는 말로 또다시 노골적인 엄포를 놓았다.

그에게 쓸데없음은 어떤 의미일까? 학생은 시국이라는 구체적인 상황에서 진실을 찾을 때에만, 진실 찾기로 몰고 가는 폭력을 겪을 때에만 비로소 진실을 묻게 되었다. 군사정권에 빌붙어서 살아가는 기생충, 그는 박철수 씨에게 구타를 일삼아서 공포로 존재한, 군대의 '장교'와 똑같이 보였다.

군대에서 학교로 돌아온, 가난한 복학생 몇 명은 등록금을 면제받기 위해 혈안이었다. 어떤 이는 교수를 홍등가로 모시고 가서 술과 성 접대를 제공하여 소기의 목적을 이루었다며 자랑했다. 교수는 학생의 등록금으로 월급을 받으면서, 학생을 '돈줄'이자 '아랫사람'으로 취급하며 저질 교육을 강매했다.

40.

취업 준비를 위해 도서관에 앉아서 책을 읽으면, 핸드마이크를 들고 도서관 열람실에 뛰어든 학생회 후배가 외치는 격앙된 목소리가 조용한 공간의 적막을 깨뜨렸다.

"학우 여러분! 나라 곳곳에서 민주주의를 향한 외침이 가열합니다. 도서관에 침묵하는 학우 여러분은 도대체 어느 나라의 사람입니까? 어제 두 명의 동지가 저 세상으로 떠났습니다.[26] 피 흘리는 민중과 동지에게 여러분

26) 1986년 그해 봄, 대학가에 행해지던 전방입소훈련을 반대하던 서울대 김세진, 이재호 두 학생이 분신자살했다.

은 부끄럽지도 않습니까!"

외침이 나는 곳을 바라보니 박철수 씨의 고교 후배가 빨간 띠를 머리에 두르고 절규했다. 학교 정문 앞에서는 학교 밖으로 진출하는 학생 시위대를 막기 위해 경찰 장갑차가 매시간 쉬지 않고 최루탄을 쏘아 올렸다.

박철수 씨가 학보사에 투고한 장시(長詩)는 실리지 않았다. 시가 실리지 않은 이유를 따지기 위해 학보사에서 만난 담당 기자는 같은 학과, 같은 학년 후배 여학생이었다. 학과 수업시간마다 만나는 사이였으므로 통성명을 할 필요는 없었다. 학교 뒤쪽 하숙촌으로 통하는 방향에 '개구멍'이라고 불리는 작은 쪽문 옆, 남루한 슬레이트집에서 후배는 자취했다.

박철수 씨는 수업이 파한 저녁 무렵 그곳을 지나치면서, 그녀가 근처 구멍가게에서 막걸리를 마시는 모습을 자주 보았다. 한번은 근처에서 자취하는 친구와 예의 구멍가게에서 막걸리를 마시다가, 마침 부식을 사러 온 그녀와 합석하게 되었다. 그녀는 박철수 씨에게 학보사에 투고한 시는 게재를 결정하는 담당 교수에게 원고지가 빨간 색연필로 난도질된 상태라고 전했다. 전날에 김세진, 이재호 두 학생이 분신자살했다. 막걸리가 두 잔 정도 들어가자 그녀는 박철수 씨에게 탄식하듯 말했다.

"선배님이 기고하신 시는 자유를 외쳤지요. 황지우 시인을 대하는 느낌이었어요."

"……"

"그런데, 선배님, 우리나라에서 이젠 최소한의 민주주의마저 죽었어요!"

세 시간 째 소주에 막걸리를 탄 '막소'를 마시던 박철수 씨가 취기를 이기지 못하고 대답했다.

"후배님, 막소 때문에 나도 죽었소!"

말이 끝나자마자, 그녀가 "푸핫!" 하고 웃음을 터트리는 바람에 입속 막걸리가 정면으로 튀었다. 그 바람에 맞은편에 앉은 박철수 씨의 단벌 양복 상의는 엉망이 되고 말았다.

학교 신문사에서 사회, 문화 담당 기자인 후배는, 몇 년 후 공영 방송국 기자가 되어 취재하다가, 도로에서 교통사고 사고로 즉사했다. 박철수 씨는 그날, 아침밥을 먹으면서 TV를 통해 보도를 접했다.

41.

군대 제대 후 복학하여 다시 학교에 다니는 얼마간은 박철수 씨의 인생에서 가장 행복한 시절이었다. 꽃이 피기 시작한 봄날이었다. 등교하는 학생들은 전철역에서 내려 언덕 위에 자리한 대학 중앙도서관까지 걸어 올라갔다. 박철수 씨가 군복무 하는 동안에 학과 구성원은 대폭 바뀌어 3년 후배인 여학생들이 다수를 차지했다. 그네는 박철수 씨가 입대하는 해, 고3 여학생이었는데 복학하니 다 큰 숙녀로서 급우가 되어 있었다.

학과 조교 선생은 빈한한 가정 출신으로 서예 교실을 운영하며 석사과정을 마치고 박사 학위를 위해 일본 유학을 준비하는 '예비 교수'로, 박철수 씨에게는 고등학교 3년 선배이기도 했다. 박철수 씨는 학과 사무실에서 그에게 깍듯이 인사하고 얼마간 대화를 나누다 보니 두 가지를 알게 되었다. 그가 독서량이 많은 지성적인 사람이라는 사실과 두주불사하는 애주가라는 점이었다.

박철수 씨가 안내한 학교 앞 복학생 전용 술집에 들어서자, 그는 사면 벽을 도배한 서예 글씨를 보며 한마디 했다.

"붓글씨를 제법 쓸 줄 아는 사람이 쓴 글씨네!"

이윽고 술과 안주가 나오자 박철수 씨가 천천히 물었다.

"선배님은 왜 술을 마십니까?"

갑자기 그의 표정이 달라졌다. 한참을 생각하는 표정이었지만 계속 대답이 없었다. 그가 사서오경을 읽었고 십팔사략과 불경에도 통달했다 하더라도 박철수 씨 특유의 질문에는 별수가 없다는 생각이 들었다. 그러다가 그가 입을 열었다.

"나는 안주가 먹고 싶어 술을 마시지."

대답을 마친 그가 박철수 씨에게 물었다.

"그러는 너는 왜 마시느냐?"

박철수 씨는 지식 판매자가 아닌 인품과 지식이 합치된 강의를 하는 교수가 계신지 알고 싶었다. 기다렸다는 듯 박철수 씨가 대답했다.

"부끄러움을 잊기 위해서입니다. 우리 학교 교수 가운데 인간 같은 인간이 과연 몇이나 됩니까?"

어느 날 지도교수는 강의하다 색다른 이야기를 꺼냈다. 타 지역 국립대 교수 일행과 세미나를 마치고 요정에 갔다고 했다.

"옆에 계신 교수님 대부분은 나보다 나이가 많았지. 내가 얌전하게 행동하니 바로 옆자리에 앉으신 교수님이 '자네는 자원을 활용할 줄 모르는군!'이라고 핀잔을 주셔서 나도 자원을 좀 활용했지."

그러니까 그는 '그렇고 그런 곳'에 가서 교수끼리 여급을 주물린 사건을 그럴 만한 사건으로 포장해서 교단에서, 그것도 여학생이 함께 수업 받는 교실에서 이야기하는, 있을 수 없는 상황을 만들었다. 박철수 씨는 함께 수업 받는 여자 후배들 앞에서 얼굴을 들 수 없었던, 한 사건을 개탄하며 이야기했다. 박철수 씨의 말을 끝까지 듣고 난 선배는 이렇게 대답했다.

"자네 말을 들으니, 나도 부끄럽구나. 그런 작자가 무슨 교수냐, 양아치지!"

선배는 학과의 추천으로 일본에 유학을 가서 박사 학위를 받았다. 모교 교수가 아닌, 같은 도시의 사립대학 조교수로 임명되었으나, 교수 사회에 만연한 폭력적 패거리 문화와 편 가르기 식 진영 논리에 힘들어했다. 진영 논리에 불편함을 토로하던 그는 한국을 떠났고 대한민국 국적을 버렸다.

그는 미추(美醜), 즉 아름다운 것과 추한 것을 구분해 내는 것이, 선과 악을 구분하는 만큼, 아니면 그 이상으로 중요하다고 버릇처럼 말했다. 미추를 구분하는 눈을 가지는 것이 인간이 품은 모든 창조심의 원천이 된다는 것이다. 일찍이 괴테는 아름다운 것은 선한 것보다 숭고하며, 아름다운 것에는 그 속에 항시 선한 것을 포함하고 있다는 뜻깊은 말을 남겼다. 그는 그 말을 스스로 실천에 옮기고자 하였던 러스킨(John Ruskin)을 존경했다.

박철수 씨는 존 러스킨을 유독 좋아한 그를 생각할 때마다, 진솔한 표정으로 '부끄럽다'고 말하던 순간이 생각났다. 이후로 그를 대한민국에서 만날 수 없었다.

42.

박철수 씨는 86년 3월에 복학하였으나, 입학 동기 상당수는 휴학 않고 졸업했고, 군입대자가 만든 빈 공간을 그사이 입학한 3년 후배들이 채웠다. 사회과학대학에 소속된 학과는 박철수 씨가 입학할 때는 남학생이 주류여서 여학생을 구경하기 어려웠으나, 3년 전 여학생들이 대거 입학한 연유로 여초 학과가 되고 말았다. 해병대 출신 복학생 동기 한 명이 노장 티를 내며 학급 어른 노릇을 했다. 놀라운 모습은 그뿐이 아니었다. 입대하기 전만 해도 언행이 상당히 부드럽던 남학생이 예비역이 된 뒤에 후배나 여학생 등 약자에게는 군대 고참병처럼 권위적인 모습으로 돌변했다. 반면, '장교나 장군' 쯤으로 인식했는지 교직원이나 교수에게 더없이 복종하며 깍듯이 대접하는 모습을 보였다.

복학생 12명은 대부분 행정고시나 공기업 및 대기업 입사 공부를 했으나 박철수 씨는 뚜렷한 방향조차 잡지 못하고 헤매는 상태였다. 이유는 해체되지 못한 '이념 동아리' 때문이었다. 지도부에서 내려 보낸 학생운동의 방향이 주체사상으로 확인됨에 따라, 리더 선배가 모임 해체를 결정했지만 구성원 사이의 인간관계는 여전히 계속되었다. 리더 선배를 포함한 멤버 모두는 틈만 나면 약속이나 한 듯 모여서 시국을 걱정했고, 결과는 부질없는 술자리로 귀결되었다. 자연스레 각자의 미래를 향한 비관적인 체념이 난무했고, 공부해서 뭐하겠느냐는 회의론에 휩싸였다. 취업을 위한 고민은 뒷전에 밀렸다.

그해 3월, 서울대에서는 공개투쟁기구인 '자민투'를 결성했고, 대학 2학년생 전방 입소 의무군사교육을 '양키 용병 교육'이라고 규정하며 전면 거부 투쟁을 전개하였다. 그런 가운데 서울대 학생 김세진 씨와 이재호 씨가 분신하여 숨지는 사건이 발생했다.

사건이 전국에 알려지자 전국 대학가는 다시금 시위의 소용돌이 속에 빠지고, 군사정권에 맞선 저항은 극에 달하게 되었다. 교내에는 재차 사복 경찰이 진을 치기 시작했다.

그해 가을, 전국 각 대학에서 모인 2천여 명의 대학생은 건국대학교에서 '애학투련'을 결성하는 연합 집회를 열었다. 정부는 '건국대 사건'을 좌경, 용공으로 몰아세우며 '공산혁명 분자 건국대 점거 난동 사건'으로 규정했다. 언론은 정부의 발표를 그대로 받아 대대적으로 보도했다. 1천여 명이 넘는 학생운동 중추가 구속되었다는 보도가 연이었다.

박철수 씨를 비롯한 많은 학생은 총학생회가 게시한 대자보를 통해 신문이 보도하지 않는 사실을 알게 되었다. 대자보에서는 '건국대 항쟁' 때 수십 명의 학생이 경찰에 구타당한 후 옥상에서 떨어져 사망했다는 소문이 돌았다. 총학생회가 소문을 대자보에 붙이자, 대부분 학과에서는 해당일 수업을 거부하게 되었다.

문제는 다음 날에 터졌다. 전날 수업에 학과 3학년 학생 전원이 수업 거부한 사실을 확인한 학과의 40대 여교수는 격분한 표정으로 수업 서두를 시작했다.

"어제 여러분은 유감스럽게도 확인되지 않은 건국대 사건을 빌미삼아 내 수업을 거부했어요. 여러분은 지성인이 아니라 학생으로서 기본도 모르는 양아치로 보여! 이제는 내가 수업을 거부하겠어. 나는 폭력 집단의 똘마니들을 상대로 가르칠 수 없음을 분명히 밝히겠어요!"

말 한마디를 남기고 교수는 교실을 나가버렸다. 수업 받는 전체 학생이 웅성거리자, 해병대 출신 복학생이 교단으로 나갔다.

"여러분! 우리가 폭력의 집단 똘마니라니 이게 말이 됩니까? 이거 민주주의를 모르는 어용 교수가 가하는 폭력 아닙니까? 이젠 우리도 더는 참지 맙시다!"

교수의 막말이 도화선이 되어 3학년 학생 모두는 해당 교수에게 본때를 보이기로 의견을 모았다. 교수를 성토하던 몇몇 학생이 별도로 자리를 만들어 방법을 모색했다. 어쩌다 그 자리에 참가하게 된 박철수 씨는 여러 학생이 제출한 의견을 취합하여 성명서를 작성하게 되었다. 민주주의를 무시하는 어용교수를 향한 규탄이 내용이었다. 다음날 성명서 최종본이 만들어졌고, 학교 앞 복사가게에서 수백 장으로 복사되어 단과대학 교실마다 뿌려졌다.

이후, 교수는 슬그머니 수업에 들어와서 학생을 자극하는 발언을 삼갔고, 학생들도 나름대로 예의를 표하게 되었다. 그렇게 사건은 마무리되는 듯했으나 학과의 교수들은 그냥 넘어가지 않았다. 다가오는 학기의 등록금을 생각하며 밤늦게 도서관에서 집으로 돌아가는 핏기 없는 복학생의 허점을 파고들었다. 그날 성명서 작성을 위해 모인 박철수 씨를 비롯한 여섯 명의 학생은 졸업하는 날까지 한 명도 장학금을 받지 못하는 신세가 되어 집안 형편을 어렵게 만들었다.

다음해 1월 14일, 서울대 언어학과 학생 박종철 씨가 불법 체포되어 치안본부 남영동 대공 분실에서 조사를 받다가 수사관에게 고문을 당해 사망한 사건이 보도되었다. 도서관에서 취업 공부를 하던 박철수 씨와 동료는 신문을 보고 놀란 나머지 며칠 동안 공부를 하지 못했다. 군사 정권은 사건을 조직적으로 은폐하려고 했으나 언론, 의학, 종교계가 끈질기게 노력한 결과, 진상이 밝혀지면서 1987년 6월 시민항쟁으로 이어졌다.

43.

1987년 6월 '시민항쟁' 중심부인 해당 도시에서 연일 거리시위가 이어졌다. 시위는 들불처럼 번져서 도시를 대표하는 국립대학교 학생만이 아니라 시내의 전체 대학생이 동참했고, 드디어 넥타이를 맨 직장인까지 합세했다. 시내 중심가에서 대규모로 벌어지는 시위는 서울도 마찬가지였다. 군사정부에 맞선 분노로 나라 전체는 용광로처럼 끓었다. 시위가 예상되는 시내 중심가에는 날마다 CNN, NHK나 BBC 같은 외신방송 기자 무리가 헬멧을 쓴 채 방송 카메라를 메고 포진했다. 나라 곳곳에서 정권이 무너지는 모습이 나타났다. 얼마 후 군사정권 2인자인 노태우 씨가 6·29 선언을 발표했다.

혼란스러운 와중에 4학년을 맞은 박철수 씨는 '발등에 떨어진 불'인 취업 때문에 피가 마르도록 고심했다. 경영학과 등이 포함된 상과대학은 무수히 많은 추천서가 날아왔지만, 어떻게 된 판인지 박철수 씨가 속한 단과대학 소속 학과에서는 '추천서' 한 장조차도 구경하기 어려웠다. 소속 학과가 '춥고 배고픈' 학과라는 소문은 과연 실감 났다. 취업 준비가 덜 된 동료 일부는 대학원에 진학하여 시간을 버는 이도 적지 않았는데, 대다수는 이후 넘쳐나는 교수 자리로 교수님이 되었다.

박철수 씨는 취직에 필수라는 토플 공부를 2년 동안 쉬지 않고 했고, 공기업 시험에 필수인 행정학과 민법총칙 등 몇 과목을 선택 과목으로 수강하며 별도로 공부해야 하는 책이란 책은 마르고 닳도록 읽었다. 일단 공부한 과목으로 응시할 만한 회사마다 서류를 죄다 보내기로 했다.

7년 전 입학 오리엔테이션 때 지도교수가 '졸업생이 고시에 여럿 합격하고, 대기업 같은 좋은 회사에도 많이 취직했다'고 내세운 자랑은 무슨 근거였는지 이해하기 어려웠다. 국립대 교수 대부분은 정작 취업 상담조차 단 한 번 하지 않는 '철밥통'일 뿐이었다.

9월이 다가오자 신문에서는 기업체 신입사원 입사공고가 게재되었다. 열 군데에 '이, 사, 주'라고 불리는 서류와 학점증명서를 보냈지만, 졸업 평균 학점이 4.0에 가까운 박철수 씨에게 필기시험을 치러오라는 연락은 한 곳도 없었다.

9월 한 달을 아무 곳에서도 연락받지 못하니 초조함은 극에 달했다. '피가 마른다'는 표현을 실감하게 되었다. 귓속말로 누가 어느 기업에 서류를 넣었다는 소문이 들려왔고, 상과대학 경제학과에 다니는 고교 단짝은 몇 손가락에 드는 대기업에 이미 합격했다고 했다.

44.

그즈음, 학과 후배 김미경 씨는 무슨 공단이라는 공사 입사서류를 얻게 되었는데, 정작 본인은 그곳 입사에 별 관심이 없다고 박철수 씨에게 말했다. 지도 교수는 학과에 도착한 입사 서류 몇 장을 숨겨두었다가, 학점 좋고 말 잘 듣는 제자에게만 전리품처럼 나눠주면서, 책무를 충실히 행했다고 여기는 듯했다.

박철수 씨는 2년 동안 나름대로 준비했다고는 하나 미비한 점이 더 많음을 깨닫게 되었다. 그만의 자만에 빠진, 낙관적인 미래전망은 안이하기 짝이 없었다는 자괴감을 만들어 자학하게 했다. 10월이 되자, 알만한 대기업의 신입사원 모집공고가 하나씩 붙었다. 그렇지만 상과대학에서는 넘치고 넘친다는 입사지원서를 학과에서는 아예 구경조차 할 수 없었다. 박철수 씨는 어느 회사에 지원할까 고민하다가, 본교 출신은 들어가기 어렵다는 특정 '그룹[27]'에 지원하기로 결심했다. 대기업은 대부분 그룹 본부가 인력을 모집하여, 시험을 치른 후 합격자를 교육한 후 계열사로 배치하는 일이 상례였다. 박철수 씨가 응시한 '그룹'은 일제강점기에 사과, 건어물, 밀가루 등을 만주 등지로 수송하는 회사에서 발전했다고 소문났다. 이후 제당, 모직회사를 만들었고 마침내는 TV, 냉장고에서 반도체, 중공업까지 진출해 '초일류 기업'을 목표로 한다는 우리나라 최고 엘리트만 모였다는 회사였다.

---

27) 계열을 이루는 기업체의 무리. 〈출처: 국립국어원 『표준국어대사전』〉

어느 회사든 합격과 불합격의 가능성이 반반이라면, 그 회사도 합격할 가능성이 반이나 되는 셈이었다. 만약 떨어지더라도 들어가기 어렵다고 소문난 회사에 응시했기에 창피함이라도 좀 덜어보자는 구차하기 짝이 없는 생각도 없진 않았다. 해당 그룹이 신문에서 공고한 곳을 찾아가서 서류를 구했고, 10월 초순, 날씨 좋은 일요일 오전에 시험을 쳤다.

한 달 후, 의외로 그룹 '인사관리위원회'라는 곳에서 연락이 왔다. 필기시험에 합격했으니 면접을 보러 오라는 연락이었다. 단벌 양복을 입고, 서울행 새마을 열차를 타고 늦은 밤 서울역에 도착했다. 그룹본부 빌딩이 태평로에 있기 때문에 근처인 북창동에 자리한 낡은 여관에서 서울에서 맞이하는 첫날밤을 보냈다.

해당 그룹본부에서 실시하는 면접시험은 면접관 여러 명이 앉아서 응시생 한 명에게 간단한 질문을 던지는 개별 면접부터 시작했다. 이후 면접관 여럿이 응시생들에게 토론을 지시하고, 내용과 결과를 점수로 매기는 집단토론으로 이어졌다. 그다음에는 나열된 숫자를 계속해서 더하는 이상한 시험도 치러야 했다.

집단토론은 '사형제(死刑制)'가 주제였다. 처음에는 서먹서먹하게 시작되다 얼마간 시간이 흐르자 몇 사람에게서 조심스레 의견이 나오기 시작했다. 섣불리 견해를 제기했다간 여러 명에게 공격을 당하겠다는 생각에 박철수 씨는 자신과 반대되는 의견이 나오기만을 인내하며 기다렸다. 열 명의 토론자 중에서 아홉 명이 제기한 견해는 동일했다. 흉악범은 법대로 극형인 사형으로 다스려야 한다는 발언이었다. 박철수 씨만이 정반대되는 의견을 개진했다.

"한 인간이 어떤 행동을 할 때는 그가 속한 환경의 지배를 받기 마련입니다. 그런 까닭에 그가 지은 죄는 사회의 책임일 수밖에 없구요. 그렇다면 그 사람이 극단적 범죄를 저지르게 된 데에 사회는 책임이 없을까요? 재차 말씀드리지만 인간은 환경의 지배를 받는 동물입니다. 그 사람을 괴물로 만든 책임을 사회가 져야 함에도 불구하고 인간 자체에게 가장 중요한 '생명'을 끊어버리겠다는 발상은 무책임하고 이기적입니다. 사회는 어떤 형태로든 죄를 지은 이를 책임지고 선도해야 합니다."

면접자 가운데 유달리 튀는 발언 때문이었는지 아니면 다양성을 인정한 결과인지는 알 수 없으나, 운이 좋은 탓이었는지도 몰랐다. 한 달 후 그룹 본부로부터 최종 합격통지서가 날아왔다. 백수가 되지 않고 매달 월급을 받는 사람이 되다니, 그것도 이름만 대면 모두 알아주는 회사에서라니 믿을 수가 없었다.

45.

박철수 씨는 그해 11월 말부터 두 달 동안 경기도에 위치한 그룹 연수원에서 신입사원 입문교육을 받았다. 매일 아침 여섯 시면 기상하여, 입사 동기와 함께 그룹 사가를 합창한 후 구보했으며, 그룹에서만 한다는 '그룹' 이름이 붙은 맨손 체조를 했다. 창업주가 1930년대에 '합리를 추구하여 인재를 중히 여기고 나라를 부유하게 하겠다'며 회사를 세운 경영이념을 공부했다. 험준한 산악을 동료와 함께하는 극기 훈련과 한물 간 카세트플레이어를 불특정 다수에게 판매하는 '묻지 마 판매' 같은 '판매력 강화'라는 교육도 받았다. '개인을 버리고 회사를 위해 헌신하라'라든가, '주인의식을 가지고 일하라'는 명제를 거부감 없이 수용하게 되었다. 군대에서 실시하는 '3박 4일 148킬로미터 행군'이나 북한의 단체 매스게임을 연상케 하는 '일체감 훈련'도 받았다.

다른 생각을 할 여유는 없었고, 사고는 단순하게 변해갔다. 사람은 환경의 지배를 받는 동물이라는 말은 빈말이 아니었다. 기업이 나라를 살린다는, 경제라는 파이가 커야만 분배할 여력이 생긴다는, 합리적인 인재가 되어 사회에 이바지해야 한다는 등의 회사가 교육한 내용으로 인해 대학 4년 동안 머릿속을 지배한 '운동권 물'이 자신도 모르는 사이에 조금씩 빠져나갔다. 정리정돈을 중요시 한, 3년 동안의 군대 생활도 '그룹'이 요구하는 변화에 일조했는지도 모른다. '그룹'이 실시한 교육은 고단하고 또 피곤했지만 자기 발전을 위한 시련으로 여기게 되었다.

신입사원 교육 과정은 그간 보지도 못했고 듣지도 못한 신기함의 연속이었다. 학교에서는 상상하기 어려운 최신식 교육시설과 고급 레스토랑을 연상시키는 삼시세끼, 박사급 강사가 교육 기간 내내 함께했다. 대학에서 박철수 씨와 동료는, 좋은 학점을 받기 위해서는 수업 시간에 교수가 강의한 말을 시험지에 그대로 적어 제출하곤 했다. 교수가 지닌 생각에 학생의 의견이 일치할수록 높은 학점을 받아서, 어떨 때는 교수가 한 농담조차도 함께 적었다. 그간 배운 학교 교육을 비웃기라도 하듯 강사진은 창조적 발상만이 직장에서 살아남는다고 강조했다. 여러 강사는 한결같이, 대학에서 배운 공부가 마치 바코드를 찍어내는 식으로 비슷한 스펙과 욕망을 가진

'온순한 양'을 만들어 내었다고 비판했다. 그 정도 교육을 받기 위해 '소 판 돈'으로 공부했냐는 것이다. 어떤 강사는 기계로 찍어낸 듯 외우는 것만 잘하는 인간이 내로라하는 선진국 인재와 대결해서 이기겠느냐고 반문했다.

'전산(電算)'이란 개념이 무엇인지 모르는 대다수의 교육생에게 그룹이 차출한 강사는 밤을 새우더라도 컴퓨터 공부를 해야 한다고 강조했다. 운전 또한 필수라고 해서 모두 놀랐다. 차량 관련 일을 하는 운전기사만이 하는 운전을 반드시 배워야 한다고도 했다. 아니! 일반 직장인도 운전해야 한다니? 수긍하기 어려웠지만 시대가 바뀌는 흐름을 어렴풋이 짐작할 것 같았다. '그룹' 교육팀은 신입사원 기간이 끝나더라도, 퇴사하는 날까지 계속 교육받아야 한다고 강조했다. 실무에 투입하더라도 1~2년 정도의 교육은 기본이라고도 말했다.

입문교육이 끝나는 날, 그룹 소속 인사부장이라는 사람이 와서 박철수 씨 등 신입사원 모두가 앞으로 근무할 회사를 통보했다.

46.

박철수 씨가 근무 발령받은 회사는 흔히 포클레인이라고 부르는 일반 굴착기와, 페이로더(payloader)라고 부르는 가동식 대형 블레이드나 동력삽을 탑재한 굴착기를 만들었다. 트랙터 전면에 자리한 차체 중심축에서 직각 또는 수평으로 배토판을 장착하여 흙이나 바위를 밀어내는 작업에 효과적인 기계인 불도저도 조립 생산했다.

창업주는 강성 노동자 집단이 도사리는 회사를 계속 못마땅하게 여겼다. 공장 직원이 노조를 만들려고 할 때, 회사를 팔면 얼마 정도 손해가 나느냐는 계산을 하도록 지시했다는 일화도 들렸다. 회사를 없애는 경우가 생기더라도, 자신이 소유한 회사에 노조가 생기는 장면을 눈 뜨고 볼 수 없다는 창업주는 박철수 씨가 입사하는 해에 사망했다.

올림픽이 열린 해가 지나고, 다음 해인 1989년[28]가을이었다. 박철수 씨는 '포클레인'으로 불리는 굴착기(Excavator)를 만드는 회사의 지점에서 영업 업무를 맡았다. 아직 초급 사원티를 벗지 못한 박철수 씨는 어느 날 양자택일이라는 순간에 몰리게 되었다.

'들개'라는 별명을 가진 그는 박철수 씨가 졸업한 대학의 2년 선배로 공장의 노조 세력을 뒤에서 조종하는 배후 실력자로 알려진 이였다. 박철수 씨가 그와 이야기를 몇 번 나누다 보니 특이한 사람이었다. 그간 학교에서 만난, 철학과 사회과학 입장에서 세상을 설명하려 노력하는, 운동권 부류와는 결이 달랐다. 사나운 맹수를 연상시키는 날카로운 눈빛과 말투는 근처에 누가 오면 금방이라도 덤벼들어 물어버릴 기세였다. 공대 출신인 그는 헤겔과 마르크스가 주장한 사회주의 이론에는 문외한이어서 일견, 이념과 담을 쌓은 것처럼 보였지만, 노동조합 이론에서는 무당이 주문을 외우듯 훤하게 꿰뚫고 있었다. 다른 회사를 다니다 경력사원으로 입사한 그는 공장 현장에서 작업하다가 손가락을 심하게 다쳤고, 이후 회사에서 아무런 보상을 받지 못하자 노동운동에 뛰어들게 되었다고 박철수 씨에게

28) 1989년 5월 3일, 부산동의대 사태 발생. 「부산시 약사(略史)」

경험을 말했다.

회사는 노조를 인정하는 대신 '노사협의회'를 운영했다. 회사 측은 노조보다 더 잘 해주기 때문에 노조는 필요 없다고 주장했다. 이런 '무노조 경영'을 대외에 표방하는 회사 입장에서 '들개'는 골칫덩이기도 했다. 인사부서는 그를 박철수 씨가 근무하는 지점에 근무토록 조치했다. 공장의 노조세력과 분리하여 그를 고립시켜야 했기 때문이다. 부서장을 비롯한 간부 모두는 그와 어울리지 말아야 한다고 묵시적으로 요구했다. 그렇지만 박철수 씨는 학교 선배인 그와 마냥 모른 척하고 지내기도 어색하여, 함께 식사하거나 차를 마시기도 했다.

어느 날, 부장이 주관한 회식 계획이 부서원 전체에게 공지되었다. 박철수 씨는 며칠 동안 계속된 야근으로 몸이 녹초가 된 상태였지만 부서 전체의 모임이므로 상식적으로도 가야만 하는 회식 자리였다. 공적인 세계에 속한 개인은 어떤 경우에서든 전체와 타인이 휘두르는 통치에 예속되기 때문이었다. 그날, 무슨 이유에서인지, '들개'는 박철수 씨에게 다가와서 회식 자리에 참석하지 말아야 한다고 설득하기 시작했다. 조직 생활을 하다 보면 구성원 개인의 자유를 가로막는 장애물을 무수히 만나게 된다. 사람은 어떤 상황이건 여러 정보 속에서 자신에 유리한 쪽만 받아들이게 되는데, 몸이 피곤하여 빠질 핑계를 찾던 박철수 씨는 회식에 덜컥 불참하고 말았다. 누적된 피로에 지친 박철수 씨는 '회식'이 공식 업무가 아닌 만큼 빠져도 되겠다고 섣불리 생각하고 말았다.

그날 회식 자리는 본인이 원하지 않음에도 타지로 강제 발령 난 직원 몇 명을 위한 송별회 자리였다. 강제 발령으로 인해 떠나는 사람 가운데 친한 사람이 한 명도 없다는 점도 박철수 씨가 참석하지 않은 이유 가운데 하나였다. 공병 부대 중령 출신인 부서장은 본인이 주관하는 회식에 참석하지 않은 부서원을 '비공식 업무'인 회식에도 적용하여 회사에 항명을 하는 이로 판단했다. 자신만의 규범과 관습을 부하 직원에게 강요한다면, 그 행위는 규범과 관습이 아니라 차라리 법에 가까울지도 모른다. 그런 의미에서 '도덕도 법제화하면 억압이 된다'는 말은 타당했다. 그는 박철수 씨를 '들개'를 추종하며 따르는 최측근 세력으로 간주했다. 며칠 후 박철수 씨도 다른 지역에서 근무하라는 인사명령을 받게 되었다.

군대 시절, 상관에게 당하지 않기 위해 필사적으로 아첨을 떤 경험을 가진 사나이라면 그랬다. 자신이 재벌 주인이나 국가 관료에게 '말대꾸'하지 않아야 상식이고, 아랫것도 그래야 한다고 확신했다. 마음에 들지 않은 이를 이참에 강제발령을 내어놓고, 분위기가 이상하니 동조 세력도 함께 응징하겠다고 결정했다. 그가 지닌 군대식 생각은 약자이자 하급자에게는 제한 없는 폭력으로 확장되었다. 뿐만 아니라, 그렇게 배운 입장에서는 약자이자 이류 시민인 부하를 존중해 주고 평등하게 상대해 주기란 애초부터 불가능한 이야기였다. 박철수 씨는 단순히 몸이 안 좋아서 회식에 불참했지만, 빌미를 제공했으니 입이 열 개라도 할 말이 없었다.

며칠 후, 박철수 씨는 자신과는 전혀 연고가 없는 강원도 중소도시에 위치한 영업소에서 근무하게 되었다. 여행으로도 한 번 가보지 못한 곳이었고, 사실상 '회사를 그만두어라'라는 통첩인 셈이었다. 박철수 씨는 신입사원 티를 벗고 드디어 업무가 정상궤도에 오른 참이었는데 그야말로 눈앞이 캄캄해졌다. 어리둥절해 하는 가족을 뒤로 한 채 보따리를 싸서 도착한 낯선 도시의 밤하늘에서는 장대 같은 비가 내렸다.

'들개'는 악질 재벌과 주구인 지점장을 반대하는 세력이 합심하여 자발적으로 투쟁하여, 회식 자리를 보이콧 했다는 소문을 퍼트렸다. 그는 자신이 한 행동이 타인에게 어떤 영향을 미치는지는 안중에 없어 보였다. 게시판에 공지된 박철수 씨의 인사명령을 접한 그는 말했다.

"철수 씨, 나는 악질 재벌을 따르는 주구를 응징하기 위해서 계속 싸울 뿐이오!"

들개는 자신 때문에 타지로 쫓겨 가는 박철수 씨에게 미안함이나 위로의 말을 한마디조차 하지 않았다. 그에게서 박철수 씨가 받은 배신감은 이루 형언하기 어려웠다. 이후 더 놀라게 된 사실은, 들개는 거치는 부서마다 비슷한 일을 벌여왔고 박철수 씨와 동일한 피해를 당한 이도 여럿이라는 사실이었다.

1년이란 시간이 흐른 후, 박철수 씨는 다시 발령받아 예전 부서로 돌아왔다. 들개는 유부녀 여직원 사이에서 생긴 간통사건으로 구속되어 파면된 상태였다.

47.

박철수 씨와 김미경 씨의 결혼식은 인권 변호사로 알려진 재야 운동권 변호사님이 주례를 섰다. 박철수 씨는 고교 시절 담임 선생님과 대학 학과 교수에게 주례를 부탁해 보았지만, 여자 중학교로 좌천된 담임 선생님은 창피하다는 이유로, 학과 교수는 박철수 씨가 재학 시 운동권에 몸담았다는 괘씸함을 이유로 모두 주례를 거절했다.

박철수 씨와 김미경 씨는 둘 다 세례를 받은 천주교 신자인데, 양가 모두 시골 어른이 많은 관계로 성당에서 결혼식을 올리지 못했다. 하지만 독실한 가톨릭 신자인 어머니는 아들 3형제 가운데 한 명이라도 성당에서 결혼하기를 간절히 원해서, 두 사람은 별도로 '관면 혼배성사'를 받기로 했다. 결혼식 증인인 대부와 대모는 부부의 학과 선배 형과 어머니 김종순 씨, 두 사람이 서기로 했다. 두 사람이 신혼여행을 다녀온 한 주 후 박철수 씨 가족이 다니는 성당에서 관면혼배 성사가 이루어졌다. 결혼 예물로 박철수 씨 집에서는 작은 금반지를 준비했고, 가난한 집안의 막내딸 김미경 씨는 귀금속 반지를 마련할 형편이 되지 못해 아주 저렴한 손목시계 하나를 마련했다. 성사 전, 수녀님에게 예물을 제출했는데 수녀님은 은빛 쟁반에 예물을 담아서 제대에 올려 성사가 시작되었다.

군종 신부로 오랜 기간 사목하다가 지역 교구로 처음 부임했다는 주임 신부님은 '예물이 반지여야 하는데 시계는 뭐냐'며 버럭 화를 냈다. 그는 박철수 씨 내외가 변명할 틈을 주지 않고 예물 접시를 제대 앞, 바닥에다 던져버렸다.

"성당에서 결혼식을 하지 못한 죄인들이 예물조차도 제대로 준비하지 못하는구먼! 혼배성사 예물은 반지여야 하는 건 상식 아니야? 당신들은 죄인으로서 반성하는 자세가 조금도 없어!"

하며 자리를 박차고 나갔다.

축복 받아야 할 성당 혼배성사가 엉망이 되고 말았다. 옆에서 성사를 보

조한 수녀님은 자신이 미리 챙기지 못한 불찰이 크다고 자책하며,

"군대에 오래 계셨기에 저러신 거니 이해하셔요."

라고 말하며 안절부절못했다.

문제는 김미경 씨였다. 친정이 가난해서 귀금속 반지를 준비할 형편이 되지 못했고, '혼수나 예물은 조선 시대라는 전근대에 발생한 유물에 불과하다'는 박철수 씨의 의견에 감동한 것도 사실이었다. 그럼에도 불구하고 친정이 빈한하다는 사실이 숨김없이 들춰졌기 때문이다.

관면 성사를 받기 위해 근무지인 강원도에서 우리나라 동남쪽 끝에 위치한 고향 도시까지 내려온 박철수 씨는 짜증과 화가 넘쳤다. 과연 그날 만난 사제가 다른 신부였으면 어떠했을까 하는 생각이 들었다. 고의로 교회법을 위반하지 않았는데, '그리스도의 뜻'을 전파하는 베드로 사도의 후예가 보인 폭력적인 행동은 이해하기 어려웠다. 성경에는 원수가 오른뺨을 치면 왼뺨을 내어주라고 하지 않았는가. 이렇게 해서 박철수 씨의 20대라는 한 시절이 저물어 갔다.

감시와 처벌

48.

신입사원 때를 벗지 못한 박철수 씨는 지방 소도시 영업소로 좌천되었다. 경험 없는 스물아홉 살 애송이가 낯선 도시에서 만나는 중장비 영업은 고달팠다. 어디에서 누구를 만나 어떻게 영업해야 할지는 차치하고, 그곳의 책임자인 소장은 왜 왔느냐 하는 표정으로 눈길 한 번 주지 않았다. 영업소는 소장 외에 여직원 한 명과 남자 직원 여섯 명이 근무했다. 소장은 지난 몇 년 동안 누적된 실적 부진 때문에 회사의 몇 차례 경고를 받았고, 그로 생긴 스트레스로 인해 정신과 치료를 받는 등 정상이 아니었다. 그런 가운데 '들개'의 동조세력으로 알려진, 박철수 씨라는 골칫덩이 사원까지 수하로 받게 되었으니 머리가 더 아플 이유가 생긴 셈이었다.

소장 밑에서 스텝으로 일하는 사원은 남상훈 씨라는 박철수 씨의 입사 동기와 여상을 갓 졸업한 경리 여사원이었다. 남상훈 씨는 ROTC 장교 출신임에도 불구하고 내성적인 성격 탓에 영업직을 맡지 못하고 채권관리와 경리업무를 맡은 영업 관리직 사원이었다. 그에게서 귀띔을 들어보니 소장은 박철수 씨가 알아서 그만두겠지 하며 기다리는 눈치라고 했다. 상사인 부장의 뜻이기 때문이었다. 부장과 소장에게 '앓는 이빨'이 되었다는 현실이 자존심 상하고 씁쓸한 일이었지만, 대안 없이 회사를 그만둘 수는 없었다.

박철수 씨와 비교해서 7년 입사 선배인 영업소 소장은 박철수 씨에게 간단한 심부름과 같은 수명 업무와 다른 영업사원을 돕는 보조 업무를 지시했다. 대졸 사원 박철수 씨는 자신보다 직급이 낮은 임시직 사원의 잡다한 수발을 들어야만 했다. 굳이 비교하자면 육군 소위가 방위병을 보조하는 일을 하는 셈이었다. 자존심 상하지만 살아남기 위해서는 어쩔 수 없는 노릇이었다. 또 한편 생각하니 그렇게 해서, 알아서 사표를 쓰도록 유도한다는 사실도 알게 되었다.

영업소가 상대하는 파트너는 크고 작은 규모를 유지한 중기 업체와 개인 업자였다. 매수자인 그들에게 얼마간 선금을 받은 후 근저당 설정 후 장비를 인도하고 잔금을 매월 정한 날짜에 받는 식이었다. 개인 중장비업자는 무슨 '종합중기'라고 불리는 중기 지입 회사에 매월 지입료를 내며 회사 명의로 영업을 했다. 지입 회사는 장비 주인이 영업한 결과로 받은 세금계산서 정리나 소유한 중기의 등록이나 세금계산서 발행을 하여 개인 소유자에게 관리비 명목으로 매달 지입료를 받았다.

49.

그날 박철수 씨가 명령받은 업무는 새로 생긴 지입회사 사장과 동행하여 기존 지입회사를 방문해, 거래처 두 회사 간 장비 이관(移管)을 증명하는 일이었다. 두 회사가 합의하고 공증한 상태였으니 서류를 주고받은 내용을 박철수 씨가 행정상으로 확인하기만 하면 되는 일이었다. 그러나 방문을 받는 기존 지입회사는 맡은 장비가 줄어드니 수입 또한 줄게 되어 불만이 많을 수밖에 없었다.

박철수 씨를 맞이한 회사의 부사장은 사장의 친동생으로 30대 중반 정도로 보였다. 매우 깡마른 몸매를 한 그는 눈매가 날카롭고 신경질적으로 생긴 사람이었는데, 회사 이윤이 줄어드는 관계로 뭔가 불쾌한 표정이 얼굴에 역력히 드러났다. 서류 이관이 끝나자, 해당 회사를 동행하여 방문한 신규 지입회사 사장은 서류 상 하자 여부를 박철수 씨에게 물었다. 전체 서류를 검토한 박철수 씨는 '별문제가 없다'는 확인을 해주었다. 그때 일어난 일이다.

"야! 이 새끼야! 네가 뭐야? 이 개새끼!"

두 사람이 방문한 사무실은 직원 50명가량이 한 장소에서 근무할 정도로 아주 넓은 곳이었다. 고함이 들리는 순간 앉아서 일하던 모든 직원이 일어나서 부사장과 박철수 씨 일행을 지켜보았다. 다시 그가 고래고래 소리쳤다.

"이 새끼야! 네가 뭔데 까불어!"

기가 막힐 노릇이었다. 피해 의식이 만든 분노가 자신에게 만만한 박철수 씨에게 비상식적으로 표출되는 순간이었다. 박철수 씨와 동행한 사장은 얼른 박철수 씨의 손을 잡더니 빨리 나가자는 시늉을 하며 밖으로 이끌었다. 그는 안절부절못하며 말했다.

"세상에 저런 몰상식한 불한당을 어디서 보겠어요? 단지 나와 동행했다는 이유 하나로, 저렇게 많은 사람 앞에 모욕적인 언사로 무안을 주다니요. 아, 박형! 내 예순 인생에 이런 일은 처음이요."

그는 조카뻘 나이인 박철수 씨의 어깨를 감싸더니 길가 벤치에다 앉힌 후 담배를 권하며 몸 둘 바를 몰라 했다.

담배를 피운 후, 그와 헤어져서 사무실로 가는 길이었다. 박철수 씨는 양복 윗주머니에 넣어둔 봉투를 다시 만지작거렸다. 강제발령 날 때 작성해둔 사직서였다. 이젠 마지막 남은 인내심마저 바닥으로 향해 갔다. 그러나 사표를 낼 때 내더라도 무례한 인간에게 이유 없이 모욕당한 이유 때문이라는 사실은 참을 수가 없었다. 젊은 혈기 탓이었다.

공중전화 박스를 발견한 박철수 씨는 그에게 전화를 걸었다.

"아까 방문한 사람입니다."

"그런데. 왜 전화했소?"

"왜 이유 없이 저에게 고함을 치고 욕설을 했는지 이유를 알고 싶습니다."

"야, 너! 지금 나에게 시비 거는 거야? 이 새끼야!"

또다시 욕설을 들으니 박철수 씨는 인내심이 폭발하고야 말았다. 그에게 받은 만큼 심하고 거친 욕설을 내뱉었다. 박철수 씨는 더 이상 참고 넘어가지 않을 테니 단단히 각오하라는 경고를 한 후 일방적으로 전화를 끊었다. 발걸음을 옮겨 사무실로 걸어갔다. 박철수 씨는 윗주머니에 넣어 둔 사직서를 다시 만지작거리며 중얼거렸다.

"이 사실을 소장이 알면 기다렸다는 듯 사표를 요구하겠지. 이유를 불문하고 고객에게 불손하게 대했다는 빌미를 그만 제공하고 말았다……."

사무실에 도착하니 예의 입사 동기인 남상훈 씨와 여직원 정순남 씨 두 명이 자리를 지켰다. 남상훈 씨는 누군가와 격한 음성으로 통화했다. 조용한 사무실이어서 통화 내용이 모두 박철수 씨에게 들렸다.

"우리 직원에게 그냥 욕 좀 했다고 하시는데, 이유 없이 욕 들어서 좋은 사람이 있습니까? 아까 그 사람은 인격도 없습니까? 그리고 '을'인 영업사원이 그래도 되느냐고요? 그 입장이면 누구라도 그럴 만하다고 생각합니다!"

자신 때문에 쓸데없는 인간과 실랑이하는 동료에게 미안한 마음을 가지며, 못 들은 체하고 책상 옆을 서성거리자니, 박철수 씨는 세상살이가 막막하게만 느껴졌다. 결혼까지 했는데 이곳에서 그만두면 어떡하느냐는 생각도 더해갔다.

그러다 한 시간이 지난 후였다. 쌍욕을 퍼붓던 그가 영업소 사무실 문을 박차고 들어왔다. 문 앞에서 박철수 씨와 눈이 마주치자마자 다시 고함을 질렀다.

"당신! 왜 나에게 욕한 거야?"

"아니, 누가 먼저 욕을 했어? 댁이 먼저 그랬잖아!"

냉정하지만 분노에 찬, 임전무퇴 분위기의 박철수 씨를 확인한 그는 그제야 박철수 씨 손을 잡으며 이죽거리기 시작했다.

"박 형, 히히, 화가 많이 났네?"

"……"

"내가 헌병대 출신이어서 원래 성질이 아주 더럽소."

"……"

"헤헤, 아까는 내가 심했고……. 피차 서로 없던 일로 합시다."

약자에게 강하고 강자에게 약한 면모는 속물만이 갖는 특성이다. 헌병이었으니 군대에서 범죄자나 일반 사병에게 우월한 위치였고 장교조차 하찮게 여겼을지도 몰랐다. 사회에서도 그에게 약자로 보이는 '을' 위치에 있는 이나 하급자를 향한 제한 없는 폭력이 정당하다는 사실을 이미 체득했을 터였다. 조금이라도 약해 보이거나 갑질 할 만한 대상인 사람을 존중해주고 평등하게 대해주기란 거의 불가능에 가까운 일이었다.

그러나 형식상 아무리 '을'이라고 해도, 개인 장비주에게 지입사를 추천할 권한을 가진, 대기업 직원과 부딪혀서 좋을 게 없다는 판단을 한 모양이었다. 벼랑 끝에 선 박철수 씨가 강하게 나오자, 그도 뭔가 부담과 위험을 느낀 듯했다.

1년 후, 박철수 씨는 다시 회사의 인사발령을 받았다. 우여곡절 끝에 그곳을 떠나, 원래 근무하던 지점에 복귀했다.

50.

스카이대를 나왔고, 독자여서 군대를 가지 않았다는 '그 선배'는 지점의 영업 직원 가운데서 입사 햇수로 치면 박철수 씨보다 3년 정도 빨랐다.

1989년 연말, 그는 회사 '영업왕' 상을 받았다. 어느 날 그가 회사에 사표를 제출했는데 영업을 총괄하는 임원은 이를 계속 반려한다는 소문이 돌았다.

값이 비싼 건설 중장비인 굴착기 판매 '시장점유율(Market Share)'은 4:6 비율로 자사가 경쟁사에게 뒤지는 상태였다. 회사 영업본부는 일등을 당연시 여기는 그룹 계열회사가 경쟁사에게 시장점유율에서 뒤지는 결과를 도저히 받아들이지 못하겠다고 지점을 압박했다. 매월 자사가 95대, 경쟁사가 100대 파는 결과보다 영업이익이 나지 않더라도 자사가 30대, 경쟁사가 29대 파는 결과가 바람직하다는 지침을 내렸다. 많이 팔지 않아 이익이 나지 않아도 좋으니 시장점유율만은 이겨야 한다고 강조했다. 영업본부 내 기획부서는 이런 깨알 같은 지시 공문으로 전국의 각 지점을 괴롭혔다.

잘 나가는 '그 선배'가 사표를 제출한 이유는 의외였다. 당시 매월 목표 달성에 시달리던 영업 사원은 지키지 못할 약속을 내걸며 고객을 유혹하는 관행을 계속했다. 박철수 씨 역시 예외가 아니었다. 이를테면 일단 팔아놓고 뒤에 문제를 해결하자는 식이었다. 실적 때문에, 돌산(石山)에 부적합한 장비인 줄 알면서도 판매하여 그곳에서 계속 고장이 나는 바람에 뒤처리하면서 고객에게 혼나기도 했다. 생산 계획상 그달 출고가 불가능해도, 경쟁사에 수주를 뺏기지 않기 위해 엉터리 출고 약속을 하는 일도 예사였다. 일단 약속날짜가 와서 출고되지 않으면, 공장 사정으로 핑계 돌리며 위기를 모면했다. 틈만 나면 노사분규가 발생했다는 뉴스가 신문에 났기 때문이다. 지키지 못할 약속 중에 가장 문제된 약속은, '장비를 사면 그룹의 계열 건설회사에 부탁하여 작업장을 마련해주겠다'는 약속이었다. 일감을 주겠다는 유혹인 셈인데, 먹이사슬로 이뤄진 건설업계에서 아무리 그룹사 직원이 부탁한다 하더라도 쉬운 일은 아니었다.

'그 선배'에게 죄책감을 느끼게 만든 피해자는 40대 중년의 남자로, 재래시장에서 참기름 가게를 하는 이였다. 그는 주변에서 누군가 포클레인 차주가 되어 돈을 많이 벌었다는 소문을 들은 모양이었다. 뭔가 큰돈이 되는 사업을 찾던 그는 지점에 전화해서 자신이 장비를 사면 돈을 벌겠느냐고 물었다. '그 선배'는 맡은 영업지역이 경쟁사에게 시장점유율에 뒤져서 스트레스를 많이 받고 있었다. 때마침 전화를 받게 된 그는 참기름 가게 사장에게 굴착기 사업은 전망이 좋다고 침이 마르도록 설명했다. 그는 '사장님이 초보 사업자임을 고려해서 작업장을 마련해보겠다'고 안심시킨 후에 '참기름 아저씨'에게 굴착기를 팔았다.

송충이는 솔잎을 먹고 살아야 하는 건지 몰랐다. '그 선배'는 한 달 치 작업장을 구해 주었으나, 그다음 일감까지 신경 쓰기란 어려웠다. 이후 건설업에 문맹과 같은 피해자는 동분서주했으나, 낯선 건설업계에서 작업장 찾기란 쉽지 않았다. '참기름 아저씨'는 결국 1년이 지나자 할부금조차 제대로 붓지 못하며 무너졌다. 할부금 연체가 계속되자 구매 때 근저당 한 굴착기는 회사가 압류하고 말았다. 빚 갚기에 급급한 그는 참기름 가게를 팔았고, 가족은 생활고 때문에 뿔뿔이 흩어지게 되었다. 결과적으로 '그 선배'가 받은 실적 압박은 단란한 한 가정을 박살내고야 말았다.

지점장이나 윗선인 사업부장 임원이 타일렀으나 그는 사표를 제출하겠다는 의지를 굽히지 않았다. 보고는 서울에 근무하는 영업 총괄 임원인 전무에게까지 올라갔다. 회사 영업의 상징인 '영업왕'이 사표를 내었기 때문이다. '그 선배'와 보고를 받고 친히 내려온 영업총괄 전무가 만나는데, 면담하는 테이블이 박철수 씨의 책상과 멀지 않았다. 박철수 씨는 두 사람이 주고받는 대화 내용을 고스란히 듣게 되었다.

전무님이 타이르는 목소리로 말을 꺼냈다.

"자네 잘못이 아니지 않은가? 실적 맞추려다 결과가 이래 되고 말았지."

"아닙니다. 전무님, 저 때문에 한 가정이 파탄 났습니다. 저는 과장된 언행으로 그분의 가정을 망쳤습니다."

"영업 사원이 더 팔려고 하다 이렇게 된 결과를 누가 나무라겠는가? 책임자로서 당신이 낸 사표를 반려하고 싶네. 지금 회사를 떠나면 뭘 할 건가? 젊은 사람의 미래를 망치고 싶지는 않네."

"전무님, 지점장이나 사업부장에게도 이미 전했습니다만, 제가 그분과 가족을 기만한 사실은 어떤 이유로도 용서받을 수 없습니다. 제가 이 회사에서 별 탈 없이 지낸다면 하늘이 저를 용서하지 않을 것입니다. 저는 제 입장만 생각하고 한 가정을 파탄 냈습니다."

"당신은 지금 인간으로서 양심과 도덕에 관해 이야기하는군."

전무님은 침묵을 이어가다 낮은 목소리로 말했다.

"하아, 그렇게까지 생각한다면 나도 할 말 없네. 이건 자네가 가진 움직일 수 없는 철학이네."

'그 선배'는 직장생활이 단지 월급을 받기 위해서가 아니라고 말하는 듯했다. 회사는 실적 달성을 위해 얼마든지 비양심적으로 행동할 수 있음을 박철수 씨는 다시 한 번 목격하게 되었다. 특성상 사기업은 이익을 추구해야만 하겠지만 그가 제출한 사표는 인간 본성이 반드시 이기적이지만은 않다고 가르쳐 주었다.

그즈음 박철수 씨는 운전하다, 차에 치여 죽은 짐승의 사체를 자주 발견하곤 했다. 주로 개와 고양이 사체였다. 항구 도시와 옆 도시 접경에 위치한 자동차 공장 근처는 개발 전에는 한적한 시골 마을이었다. 대규모 공장이 완공된 후에도 도로는 계속 만들어졌다. 예부터 마을 주민이 자연스레 만든 마을길을 박철수 씨는 업무 때마다 아슬아슬하게 운전하며 지나갔다. 일차선 외길이어서 맞은편에서 차나 경운기가 오면 100미터 가까이 후진 운전을 해야 하는 경우도 다반사였다. 같은 용무로 동승한 동료는 차에 치여서 죽은 후에도 계속 다른 차바퀴에 밟혀 떡이 되다시피 한, 개나 고양이 사체를 보면서 말했다.

"도로를 건너는 두 동물이 내리는 판단은 판이하기 짝이 없네. 차가 앞에 왔을 때 개는 무조건 도로를 향해 돌진하는 편이고, 고양이는 망설이고 망설이다가 갑자기 건너는 편이고 말이야."

살아보니 과연 그랬다. 인간에게도 개와 고양이가 보인 행동처럼 두 가지 유형이 가능하다는 사실이다. 젊었을 때는 도로를 건너는 개처럼 아무 생각 없이 돌진하다가 나이 들면 고양이처럼 숙고와 숙고를 거듭하게 된다. '그 선배'는 박철수 씨를 개에서 고양이로 만들었다.

51.

인문계 출신인 박철수 씨가 굴착기라는 기계의 성능이나 구조를 이해하기란 매우 어려운 일이었지만, 어차피 밥벌이를 위해서는 넘어야 할 벽일 뿐이었다. 밤을 새워가며 중장비 차체나 엔진, 부품과 관련한 지식을 찾아서 꼼꼼히 공부하면서 업무에 임했다. 인터넷과 같은 편리한 도구가 존재하는 시대가 아니어서, 업무가 끝나는 저녁이면 도서관에 달려가서 해당 자료를 찾아서 공부했다.

그러나 더 큰 문제가 기다렸다. 물건을 사야 할 업체 어느 곳에서도 박철수 씨에게 '제발 어서 오십시오, 기다리겠습니다' 하고 말하지 않았다. 조금이라도 물건을 살 가능성이 보이는 회사를 일일이 찾아다녀야만 했다. 영업기획 부서에서 시장을 선제공격한다면서 어떤 기계의 수요를 주먹구구식으로 예측하여, 왕창 만들어 놓았기 때문이었다.

재고를 소진하지 못하면, 모든 원인이 영업 부서의 능력 부족으로 귀결되고 마는 회사 분위기는, 영업사원을 마른 명태처럼 바짝 마르게 만들었다. 우선 규모가 큰 건설회사에 가서 담당자를 어찌어찌 알아내어 제품 카탈로그를 보여주면서 이런 제품이 필요하면 '연락 주십사' 하고 부탁해야 하는데, 그게 말처럼 쉽게 되지 않았다. 해당 회사 출입문을 통과해서 담당자를 겨우 찾아서 말을 건네려고 하면 대부분 '서류를 두고 가라'며 앉을 기회조차 주지 않았다. 문 앞에서 출입을 저지당하는 경우도 많았다. 잡상인으로 분류되어 모욕을 받으며 쫓겨나는 일상은, 박철수 씨에게는 좌절과 창피함의 연속으로 반복되었다.

어렵다는 대기업 입사 문을 뚫고 겨우 입사했는데, 막상 현장에서는 '잡상인' 취급을 받으니 그때마다 일어나는 낭패감과 좌절감을 극복하기란 쉽지 않았다. 박철수 씨가 존경하는 직속 과장은 회사 내에서 '영업의 신'으로 불렸다. 그는, 모르는 업체에 처음 방문해서 아무 일 없다는 듯 노크한 후 담당자를 찾게 되기까지, 3년이란 시간이 걸렸다는 경험을 이야기했다. 반대로 표현하자면, 불특정 회사의 사무실 문을 노크한 후 쫓겨나면서 느낀 공포가, 3년이나 되는 기나긴 시간이었다는 해석이었다. 노크할까 말까 문 앞에서 망설이다가 그냥 돌아온 시기도 1년 이상이었다고 했다. 고정 거래하는 업체에서는 문제없으나, 거래 관계가 없는 회사를 방문하는 영업사원은 그야말로 별 볼 일 없는 '잡상인'에 불과했다.

과장은 온종일 아무도 만나지 못하고 돌아와서 낭패스러워하는 박철수 씨를 보면서 과거 자신이 겪은 모습을 발견한 듯했다. 과장은 사자 새끼를 강하게 키우는 사자 어미라면서, 박철수 씨를 사지로 몰아넣어 왔다. 그러다가 박철수 씨가 심하게 흔들리는 모습을 발견했다.

52.

과장이 거래하는 주 거래처인 삼일기업은 항만에서 건설회사와 하역회사를 겸하는 상당한 규모의 중견기업이었다. 과장은 부하 영업사원을 보내지 않고 자신이 그곳을 직접 방문하여 전무이사와 영업 채널을 유지했다. 삼일기업에서 구매를 결정하는 전무는 스카이대 상대를 나온 월급쟁이 임원으로 매우 권위적인 성격을 가진 사람이었다.

처음으로 과장과 함께 해당 회사를 방문하는 날이었다. 과장은 전무에게 박철수 씨를 소개하며, '그룹 대졸 공채 신입사원'이니 자신을 대신하여 일한다고 생각해 달라고 부탁했다. 말이 끝나기가 무섭게 박철수 씨는 공손히 인사하며 명함을 건넸지만, 그는 고개만 끄덕이며 명함을 받지 않았다. 이후 전무 책상 앞에 의자 두 개를 놓고 세 사람은 영업 상담을 시작했다. 대화하다가 틈이 나서 박철수 씨가 다시 명함을 건넸지만 그는 계속 받지 않았다. 다음부터는 과장 대신 방문해야 할 터인데, 이름조차 알리지 못한다면 낭패가 아닌가 하는 생각에, 박철수 씨는 초조해지기 시작했다. 그래서 전무 책상 위에 슬그머니 명함을 올려놓았다. 전무는 박철수 씨가 올려놓은 명함을 발견하고, 손가락으로 대칭 부분의 끝자리를 잡고 돌려서 이리저리 만지작거리더니, 곧장 책상 옆 휴지통에 넣어버렸다. 박철수 씨 입장에서 자존심 상하기 짝이 없었다. 과장은 전무실을 나오면서 낭패스러운 박철수 씨 표정을 보더니 한 마디 했다.

"당신, 이 기회를 계기로 저 사람과 더 친해지게 노력해야겠다! 앞으로는 별일이 없어도 이 회사를 매주 방문해서, '꾸벅' 하고 전무에게 '묻지 마' 인사를 하도록 해라. 그러면 두 사람 간에 어색함이 없어지고 친밀감이 생길 거야."

이후 박철수 씨는 핑계를 만들어 한 달에 두 번 이상 해당 회사를 방문하여, 전무에게 인사하며 담당자임을 각인시키려 노력했다. 그럼에도 불구하고 전무가 던지는 냉대는 여전했다. 그는 자신과 같은 중요한 고객은 대기업 과장이 직접 응대해야 한다고 생각하는 듯했다. 감히 사원을, 그것도 신입사원을 그에게 보내는 일은 큰 결례라고 생각하는 것이 틀림없었다. 결국 며칠 후 박철수 씨는 해당 회사를 방문하다 전무실 앞에서 직원의 제지를 받고야 말았다.

"이봐요, 전무님이 앞으로는 과장님을 보내라 하십니다."

박철수 씨는 자신을 벌레를 대하듯 하는 그를 생각할 때마다, 해당회사 뿐만 아니라 다른 업체를 방문하는 일조차도 두려워졌다. 비슷한 일이 누적되자 업무는 근본적인 회의로 변해갔다. 부서 내 선배 몇은 박철수 씨가 받는 스트레스를 짐작했는지, '시간이 약이니 느긋하게 견뎌라'며 위로했다. 얼굴에 철판을 깔고 행하는 영업을 생각해보지 않은 터라, 적응에는 긴 시간만이 답이었다.

53.

어느 날, 박철수 씨는 사일로(Silo)가 설치된, 양곡 부두에 위치한 하역업체로부터 전화를 받게 되었다. 우리나라 국적 선박을 가진 선사에 속한 하역회사에서 불렀는데 페이로더(Pay Loader)라는 장비를 사겠다고 했다. 박철수 씨는 회사 사장실에서 사장 아들이라는 30대 초반 나이의 '기획실장'과 20분가량 상담한 후 곧바로 계약했다. 그때 해당 기계의 가격은 오천만 원이었기에 10% 할인은 관례였으나, 실장은 가격 인하를 요구하지 않았다. 박철수 씨는 100% 현금 박치기로 계약하는 매우 준수한 영업성과를 얻었다.

다음날, 해당 회사의 담당 계장에게서 전화가 왔다. 40대 후반으로 짐작되는 배불뚝이는, '이렇게 비싼 장비를 구입했는데, 상식적으로 뭔가 나와야 하지 않느냐?'며 노골적으로 대가를 요구했다. 눈치로 상황을 파악한 박철수 씨는, '원하시는 게 뭐냐'고 곧바로 물었다. 그는 만나서 천천히 이야기하자며 뜸을 들였다.

박철수 씨는 그를 교외에 위치한 강 근처, '가든'이라는 간판이 붙은 음식점에 데리고 가서, 그가 좋아한다는 잉어회를 대접했다. 회와 소주를 잔뜩 배에 넣은 그는, '더 좋은 데'로 가서 2차를 하자고 주문했다. '아, 이 인간이 오늘, 뿌리를 뽑으려 하는구나!'

박철수 씨가 먼저 말을 꺼냈다.

"계약서 작성할 때 제 옆에 계셨던, 실장님이라는 분이 사장님의 아드님이시죠?"

"그렇지요. 기획실장이죠. 사장 후계자는 맞는데 그냥 어린앱니다. 우리 직원은 걔를 크게 대우하지 않아요."

"그분, 저랑 나이가 비슷해 보이던데요. 계장님이 제게 이렇게 하시는 거 말씀드려도 되겠습니까?"

그는 갑자기 사색이 되었다.

영업하는 입장에서 따져볼 때 박철수 씨와 같은 언행은 곤란했다. 그가 다니는 회사가 언제 뭘 또 구입하겠다고 할지 모를 일이기 때문이다. 어떤 업체든지 담당자와 수 틀려서 좋을 일은 없었다. 그날따라 그가 원하는 데로 해주고 싶지 않았기 때문이라는 게 박철수 씨의 솔직한 심정이었을 것이다. 그렇게 해서 그날 그와 만남은 끝났다.

며칠 후 다시 전화가 왔다. 박철수 씨는 또다시 술타령, 선물타령, 봉투타령, 여자타령이리라 짐작했으나 아니었다. 이번에는 차량등록 때문이라고 했다. 페이로더라는 해당 장비를 관청에 가서 '중기'로 등록해야 하는데, 자신은 중기를 등록해본 경험이 없으니 한 번만 도와달라고 말했다. 박철수 씨가 직접 등록을 한 후, 교부받은 등록증을 그에게 전달해주면 된다고 사정했다. 그러한 부탁마저 거절하면 과도한 '배짱 영업'이란 생각이 들어, 요청을 수용하기로 했다. 사무실 선배에게 장비 등록 방법을 물으니 간단했다. 관청 내에 비치된 해당 양식 빈칸을 기입한 후, 인지를 붙여 제출하여 담당 주무관에게 승인 도장을 받으면 되는 일이었다.

관청에 가서 해당 서류를 주무관에게 제출하니, 심사 후 발급해주겠다고 심드렁하게 대답했다. 그런데 문제가 생겼다. 다른 사람이 접수한 서류는 속속 등록증이 나왔으나, 박철수 씨가 제출한 서류는 계속 반려되었다. 박철수 씨는 주무관에게 이유를 물었다.

"서류를 잘 살펴보시오."

하는 간단하고 무뚝뚝한 답변이 돌아왔다. 꼼꼼히 살펴보니 서류상 하자는 전혀 없었다. 주무관이 뭘 착각했거니 하고 다시 제출했으나, 한 시간 후에 또다시 반려되었다. 알만한 회사에 근무하는 엘리트 초급사원이라고 자부한 박철수 씨는 자존심이 상할 수밖에 없었다. 이유를 따지니 서류에 붙인 사진이 완전히 착 달라붙지 않았다는 '웃기는' 대답이 돌아왔다.

잠시 후, 박철수 씨는 평소에 안면 익은, 중장비 지입업체 여직원을 그곳에서 만나게 되었다. 그녀 역시 중기를 등록하기 위해 왔다고 했다. 박철수 씨에게서 그날 일어난 이야기를 쭉 듣더니 안타까운 웃음을 지으며 그녀는 이렇게 말했다.

"오빠, 창구에 접수할 때 서류와 함께 봉투에다 급행료 만 원을 넣어야 해요. 그걸 빠뜨리셨네요."

세상살이에 관한 처세 방법을 한 가지 더 배운 날이었다. 오기가 생긴 박철수 씨는 사진 뒷면에 떡칠하듯 풀칠하여 '꽉' 부착하여 다시 서류를 제출했다. 그날 또 다른 이유로 서류가 계속 반려된다면, 다음날 또다시 해볼 요량이었다. 세 번째 내민 서류를 훑어보더니, 공무원은 마지못해 도장을 찍었다. 그는 만원 지폐가 없는 사실을 재차 확인했을 터였다. 부패가 심하고 뇌물이 횡행한다고 들었고, 또 알았지만, 직접 눈으로 확인하는 순간이었다.

54.

창업주의 셋째아들은 아버지에게 버림받은 큰형과 둘째형을 대신하여 그룹을 물려받았다. 아버지가 창업해서 키운 회사를 통째를 물려받은 셋째아들은 중장비 제조회사에 아예 관심조차 주질 않았다. 박철수 씨가 3년째 일한 그해, 후계자 회장은 회사를 스웨덴 계열 자동차 회사에 팔아버리고 말았다.

외국계 회사는 종업원을 승계했으나, 국내 최고의 대기업에 다닌다는 직원 특유의 자존심은 듣지도 보지도 못한 외국계 회사가 탐탁지 않았다. 소문을 들으니, 전문성을 따지는 유럽 관리자의 눈에는 기계와 관계없는 인문·사회계열 전공자가 된서리를 맞을 거라는 추측이 대세였다. 또한 영어로 부장급의 외국인 관리자와 소통해야 하는데, 대부분 영어 실력이 형편없어서, 지방에서 중장비업자를 상대로 보따리 영업하는 인력에게 평생직장을 보장할 리는 없다는 회의론 또한 만만치 않았다. 관리 부분이나 영업 업무를 맡은 사람 일부는 그룹 내 타 회사로 전출을 시도했는데, 친한 선배는 이미 결심을 굳히고 실행만 남긴 듯했다. 박철수 씨는 자신도 가야 할 곳을 정해야 하는 기로에 서게 되었고 그것은 가야 할 길이 먼 직장생활에서 자신만의 존재 방식을 선택한다는 의미였다. 인생에서 개인은 자신의 진로를 책임져야 했다. 자신이 원하지 않는 삶을 살게 되더라도 현재와 미래의 모습은 여전히 스스로의 몫이기 때문이다. '친구 따라 강남 간다'는 말처럼, 박철수 씨는 선배를 따라 그룹 내 무역 회사로 옮기게 되었다. 1990년이었다.

같은 그룹에 소속된 종합상사라는 무역회사로 옮긴 박철수 씨는 물류 부서에서 근무하게 되었다. 영업부서의 심부름 역할을 하기에 회사 직원 모두가 회피하는 '3D 업무'를 맡은 부서였다. 물류부서는 운송, 하역, 선적, 통관 업무와 신용장 개설과 관련한 업무를 담당했는데, 해외로 출장 나갈 기회가 없고 배운 일을 퇴사 후 사용할 곳이 마땅치 않아 모두가 기피했다.

종합상사 업무에서 해외로부터 수입한 자재를 필요한 곳으로 운송할 때는, '통관'이라는 과정이 필수였다. 외국에 수출하는 물품도 마찬가지로 통관 과정을 거쳐야 했다. 그간 혼자서 업자를 상대하며 뭘 팔러 다닌 박철수 씨는, 세관이라는 관청을 상대로 하는 업무와 통관된 물품을 최종 소비자에게 가도록 하는 일을 맡게 되었다. 회사는 통관 업무를 관세사라는 전문 업체에 맡겼지만 통관회사는 화주로서 권한이 없기에, 세관 공무원은 중요한 사건이 터지면 화주인 무역회사 직원을 부르기 십상이었다. 어떤 공무원은 신속히 통관해야 할 화물이나 단가가 많이 나가는 수출입화물에서, 고의로 통관을 지연하며 노골적으로 뇌물을 요구했다.

세관 주무관이나 계장은 무역회사에서 주무 대리로 일하는 박철수 씨를 수시로 불러댔다. 그러다 보니, '급행료 얼마를 달라'는 주문을 받는 일은 박철수 씨에게 일상 업무가 되어버렸다. 한번은 주무관이 지나치게 과다한 금액을 요구하기에, '도대체 왜들 이러시냐' 하며 따지고 말았다. 그가 답한 내용은 간단했다. 단가 높은 화물의 수입면장에 그냥 도장을 찍으면, 위에서는 담당자가 혼자서 뭘 먹었다고 판단하기 때문에 어쩔 수 없는 고충이라고 말했다. 그렇다고 해서 해당 공무원을 경찰이나 검찰에 고발할 수도 없는 문제였다. 그랬다가는 회사 문을 닫지 않는 한, 두고두고 보복을 받을 사실은 뻔했다.

어느 날, 퇴직을 앞둔 나이 많은 계장이 관세사 직원을 통해 박철수 씨를 불렀는데 독일에서 수입한, 자동으로 양복을 만드는 기계를 문제 삼았다. 그는 해당 세관에서도 뇌물을 밝히기로 소문난 사람이었다. 그는 회사 의류 부문에서 판매하는 최고급 양복 두 벌을 구입할 티켓을 요구했다. 박철수 씨는 속이 부글부글 끓기 시작했다.

"보십시오. 계장님! 이건, 해도 너무 하시는 거 아닙니까?"

그가 대답했다.

"이봐, 대리님, 인생을 더 살아봐야 당신이 뭘 알지. 내 자리에 앉아봐. 당신도 그럴걸!"

55.

그렇지만 박철수 씨는 그간, 뭘 팔러 다니다가 정반대 업무를 하게 되어서 '인생사 새옹지마'라는 말이 실감 났다. 전형적인 '갑질'이 몸에 익은 물류부서 직원은, 누가 보더라도 '을'에게 일방적이고 거만했다. 이를테면, 하청업체 생사를 거머쥐는 '하늘'과 같은 존재였다. 30대 초반의 직원이 예순 살이 넘는 하청업체 사장에게 손가락질하며 야단치는 모습은 상시 접하는 모습이기도 했다. 그간, 이곳저곳을 수없이 방문하여 쉼 없이 굽실거려야 한 박철수 씨였다. '화주(貨主)' 업무를 맡은 박철수 씨가 하청업체 영업사원에게 겸손한 자세로 대하는 모습에, 부서원 모두는 이해할 수 없어 하는 표정을 지었다.

어느 날 부서에 도착한 공문을 서무 여직원이 내용에 따라 분류하다가 해당 공문을 담당자인 박철수 씨의 책상 위에 갖다놓았다. 발신자 주소명 때문에 해당 외부 공문은 유독 눈길을 끌었다. 발신자는 삼일기업 하역업무 책임자이기도 한 '그 전무'였기 때문이다. 그는 같은 회사의 총괄 임원으로 지위가 높아진 상태였다.

공문 내용은 이랬다. 발신자 회사가 작업한 하역비 정산이 비정상으로 이루어진 결과로 손실이 크니, 이미 지급한 비용에서 50%를 더 지급해달라는 내용이었다. 박철수 씨는 관련 협회에서 결정한 '협정 요율표'와 회사가 이미 지급한 비용을 꼼꼼하게 살펴보았다. 여러 문제점이 발견되었는데, 해당 하역회사에서는 오히려 받지 않아야 할 항목을 교묘하게 조작하여 과다하게 받아낸 부분도 적지 않았다. 그렇다고 해서, 박철수 씨 전임자가 이미 지급한 비용을 돌려달라고 요구하기에는 무리였다. 추가 지급이 불가함을 조목조목 근거를 들어 설명한 공문을 만들어 팩스로 해당 회사에다 보냈다.

며칠 후 삼일기업 담당자가 박철수 씨에게 찾아와서 면담을 청했다. 하역비를 더 달라는 공문을 보낸 이유는 화주가 수출입하는 화물에 발생하는 벌크 하역 작업을 맡고 싶기 때문이라고 했다. 실랑이하다가 내세운 요구를 스스로 철회하면 사이가 좋아지는 효과를 기대한 듯했다. 그는 박철수 씨에게, 문제되는 하역료의 추가 발생 부분을 받지 않을 테니, '귀사'가 수출입하는 벌크 화물 하역 작업을 맡게 해달라는 조건을 제시했다.

박철수 씨는 부탁과는 관계없이, 공문발신자에게 과거, 중장비 영업할 때 자신이 당한만큼의 수모를 돌려주고 싶어졌다. 찾아와서 부탁하는 직원에게, 이미 참여를 요청한 타 회사와 함께 견적에 참여할 기회를 드리겠다고 말했다. 이어서, 기회가 되면 책임자이신 '전무님'을 직접 찾아뵙고 인사드리고 싶다고 말했다. 담당자는 기뻐하며, 박철수 씨가 움직일 필요 없이 자신이 전무를 모시고 오겠다고 확인하며 돌아갔다.

이틀 후, 그는 중년 신사 한 사람을 모시고 회사를 다시 찾아왔다. 손님 접견실에서 박철수 씨를 만난 전무는 깜짝 놀라며 당황하는 표정이 역력했다. 2년 동안 자신이 무시했던 애송이가, 어느 날 갑자기 '갑'이 되어 나타났기 때문이다. 박철수 씨는 그에게 아주 공손히 인사하고 명함을 건넸다. 그는 두 손으로 받았다.

"저를 기억하시겠습니까?"

"아, 저번에 중공업에서 크레인을 팔러 오곤 하던 그분 맞지요?"

"하하, 그렇습니다."

"……"

"이번에는 제 명함을 받으시는군요."

"그룹 안에서 회사를 옮긴 모양이로군."

"예, 그렇게 되었습니다. 제가 전무님을 안지도 오래되었군요. 처음 뵀을 때 여러 번 명함을 드렸는데 안 받으셨지요. 영업사원이어서 전무님 사무실 앞에서 여러 번 쫓겨나기도 했었구요. 서러운 시절이었습니다."

"하하, 그랬나요? 그래…… 그때 내가 당신을 좀 서운하게 만든 듯하오. 어쩌겠소? 다 지난 일인데. 잊어버리시고 이번엔 어떻게 좀 도와주소. 식사도 한번 합시다."

약한 자에게 강하고 강한 자에게는 예외 없이 약한 세상을 다시 발견하는 순간이었다.

이후 박철수 씨는 다섯 회사에 통보하여 공개 입찰을 실시했다. 가장 낮은 가격을 제시한 곳은 '그 전무'가 근무하는 삼일기업과 또 다른 회사 한 곳이었다. 박철수 씨는, 삼일기업이 평소에 협정 요율표를 무시하고 과다한 비용을 청구해온 근거를 품의서에 표시했다. 과장과 부장은 품의서 내용대로 결재하여, 삼일기업은 입찰에서 탈락하고 말았다. 눈(眼)에는 눈(眼)으로, 이(齒)에는 이(齒)로, 박철수 씨는 자신도 '갑질' 하는 인물로 조금씩 변하고 있음을 느꼈다.

56.

재고조사를 위해 거래선 창고업체를 방문한 날이었다. 일을 마치고 회사 사무실 문을 나서는데, 업체 회장은 어떻게 알았는지, 대리 박철수 씨에게 차 한잔하자는 요청을 했다.

과거 일제강점기 때 일본에서 고철 수집을 해서 부자가 되어 귀국했다는, 재일교포 출신인 입지전적인 영감님이 운영하는 회사였다. 그날 살펴보니 특이한 회사였다. 일흔을 훨씬 넘긴 영감님이 근무하는 회장실은, 비서실이란 방을 거쳐서야만 들어가게 만들어져 있었다. 비서실이라는 방에는 회의실 탁자 같은 긴 책상에, 초미니스커트를 입은 젊은 비서 아가씨가 무려 10명씩이나 앉아, 뭔가 일을 하는 듯했다. 그곳을 거쳐 회장실에 들어가면서, 박철수 씨는 회장 책상 위를 유심히 살펴보았다. 유리 상자 안에 든, 황금빛으로 장식된 거북선과 일본 장수가 쓰던 황금 투구가 나란히 책상 모퉁이를 장식했다. 이순신 장군을 상징하는 거북선과 일본 무사를 의미하는 일본 투구가 함께 자리하다니? 전혀 양립할 수 없는 가치를 공유한 사람일 거라는 생각이 머리를 스쳤다.

영감님은 박철수 씨에게, '작금 진행되는 정치 상황을 어떻게 생각하느냐'고 물었다. 전달에 YS가 JP와 함께 3당 합당을 감행했다는 뉴스가 보도되었기 때문으로 판단했다. 회사 규정 상 거래처에서 정치적 견해를 표하지 않아야 했기에, 박철수 씨는 '관심 없습니다'라는 말로 얼버무렸다. 이후 박철수 씨의 얼굴을 자세히 바라보던 영감님은, 말년에 명예를 얻게 되며 술을 좋아하는 관상이라고 평했다. 그러다 와인을 한잔 하겠느냐고 물었다. 박철수 씨가 알겠다고 대답하니, 영감님은 비서 아가씨를 불러 '그것'을 가져오라고 시켰다. 박철수 씨는 영감님이 주는 대로 두 잔을 받아 마셨다. 안주는 아몬드와 호두 같은 견과류였다. 이후에 알게 된 일이지만, 그날 받아 마신 술은 한 병에 몇 십만 원한다는 '사또 무똥 로칠드'라는 술이었다. 근무 시간에 거래선, 그것도 할아버지뻘 되는 분과 술을 마신다는 점이 부담스러웠다. 한 시간쯤 지난 후에, 별다른 상담할 내용이 없다고 판단하고, 바쁘다는 이유를 대며 일어서는 순간이었다. 영감님은 박철수 씨에게 악수를 청하며, 양복저고리 주머니에다 봉투를 하나 넣으면서 말했다.

"이유는 없소. 귀여운 손자처럼 느껴져서 이러니, 필요할 때 요긴하게 사용하게!"

순간 박철수 씨는 그게 무엇인지 눈치를 채지 못했다. 알았더라도 아주 연세 많은 분과 실랑이를 벌이거나, 성정대로 정면으로 면박을 주지는 않았을 일이다. 그런 행동은 연장자에게 큰 결례라고 생각해왔기 때문이다. 회장실을 나와 봉투를 열어보니, 내용물은 놀랍게도 5백만 원짜리 당좌수표였다. 당시 2000cc 승용차 한 대 가격이 5백만 원이었다. 견물생심이라는 말이 실감나듯 박철수 씨는 그날 오후 내내 얼굴이 붉으락푸르락하며 고민하는 소용돌이 속에 빠져들게 되었다. YS가 대통령이 되기 전이었으니, '금융 실명제'라는 제도가 시작되기 전이었다. 이런저런 생각으로 고민하는데, 마침내 임신한 김미경 씨의 배속에서 자라는 새 생명이 생각났다. 자신이 앞으로 어떤 사람이 되더라도, 한 가지 분명한 사실은, 자식에게 부끄럽지 않은 아버지가 되어야겠다고 늘 생각했기 때문이다. 귀여워서 거금을 공짜로 베푸는 천사는 어디에도 없음은 분명했다. 그곳에서 보태는 생각은 관념이 만든 사치이며 언어가 조작한 유희일 뿐이라는 확신 또한 더해갔다. 그날 저녁, 박철수 씨는 영감님 회사 직원을 불러 수표가 든 봉투를 돌려주었다.

6개월 후에 옆 부서 직원이 파면되었다. 그는 박철수 씨가 맡은 일을 여러 해 동안 담당한 전임자였다. 그는 영감님의 회사와 거래하면서 물밑거래와 다툼이 많았고, 발생한 비위를 누군가 은밀하게 회사 감사실에 투서했다는 소문이 들렸다.

57.

누군가 '욕망과 그 대상 사이의 불일치'로 인해 사랑이 발생한다고 말했다. 사랑에 빠진 사람은 타인에게서 자신의 욕망을 충족해 줄 무엇인가가 존재한다고 상상하기 때문이다.

아내 김미경 씨는 결혼하고, 만 2년이 지난 후에 임신했다. 어느 날 김미경 씨가 자신이 '임신한 듯하다'고 귓속말하기에, 박철수 씨는 기쁘다기보다는 이내 심각한 기분이 되어버렸다.

김미경 씨는, 부부가 사는 동네 입구에 위치한 작은 슈퍼 앞을 지나칠 때마다 그 집 아이를 매일 정성스레 쳐다보았다. 아이는 유달리 살결이 고울 뿐만 아니라 눈이 크고 예뻤다. 김미경 씨는 자신의 그러한 행동이 태중에서 자라는 아기에게도 전달된다고 믿는 눈치였다.

그러던 어느 날, 자정이 다가오는 시간에 김미경 씨는 박철수 씨에게 배가 슬슬 아프기 시작한다고, 얼음처럼 차가운 표정으로 하소연했다. 본능적인 육감이었는지, 뭔가가 이상하다며 일어나서 옷장에 넣어 둔 여러 물품을 꺼내더니, 이내 커다란 보퉁이를 만들었다. 출산이 임박하여 산통이 시작된 듯했다. 아내가 만든 보퉁이를 살펴보니, 아기 속옷과 포대기, 기저귀 등이 담겨있었는데, 김미경 씨가 보퉁이에다 출산준비물을 담는 장면은 참으로 숭고하고 고결하게 느껴졌다.

병원 복도에서 뜬눈으로 밤을 새운 박철수 씨는 날이 새어 출근하려 하는데, 버스 정류소 앞길에는 눈이 펄펄 내리기 시작했다. 눈이 좀체 오지 않는 도시에서 희한한 일이었다. 어떻게 되었는지 답답해서 머리 뚜껑이 열릴 지경인 박철수 씨는, 과장에게 조퇴를 청하고 회사 앞에서 택시를 탔다. 새벽부터 내리기 시작한 눈은 제법 쌓여서 도로는 거북이길이 되었고, 묘하게도 그날은 몇 년 만에 많은 눈이 왔다.

병원에 도착하니 아직 아기는 세상에 나오지 않았다. 박철수 씨는 복도에 놓인 나무 의자에 앉았다 일어 섰다를 반복하다가, 밖으로 나가서 또다시 담배를 피우는 일을 몇 시간째 계속했다. 눈은 그치지 않고 폭설로 바뀌었다. 병원 복도를 서성이는데 갑자기 "응애!" 하는 아기 울음소리가 들려왔다. 덜컹, 분만실 문이 열리면서 간호사가 가슴에 아기를 안고 나왔다.

박철수 씨는 우두커니, 그리고 멀찌감치 서서 그 장면을 바라보았다. 공연히 눈시울이 뜨거워지고, 세상에 존재하는 모든 존재에게 부끄럽고 죄스러워지는 느낌이 들었다. 박철수 씨는 가만히 아기를 내려다보았다. 문득 30년 전, 자신도 모습이 저랬으리라는 생각이 들었다. 아기는 아직 세상이 보기 싫다는 듯 눈을 감은 상태였다. 창밖에는 계속 눈이 내렸다.

박철수 씨에게는 돌 사진이 없는데, 그가 태어날 즈음에는 극도로 가계 형편이 어려웠기 때문이다. 코흘리개 유년 시절에는, 친구 집에 즐비한 돌 사진이 마냥 부럽기만 했다. 박철수 씨가 세상에 태어나서 처음으로 찍은 사진은 국민학교 1학년 봄 소풍 단체 사진이었다. 돌 사진과 같은 아기 때 사진이 없으니 자신은 다리 밑에서 주워온 아이라는 확신 또한 더한 시절이기도 했다. 보이스카우트 단원인 친구나 미술학원에 다니는 친구가 부러워서 몇 시간이고 보이스카우트 실과 미술 학원 앞에서 서성이던 기억도 되살아났다. 기성회비를 내지 못해서 학교 수업을 받지 못하고 집으로 쫓겨 난, 아픈 기억 또한 되살아났다.

그렇게 그날 답답하게 왔다 갔다 반복한 병원 복도는 박철수 씨 마음속에 그대로 남게 되었다. 박철수 씨는 이후 출구가 없고 끝도 없는 부자 관계라는 긴 복도를 줄곧 걷게 되었다.

58.

과장은 틈만 나면 고함을 질렀고, 직원을 향해 재떨이를 던졌다. 결재 올린 서류가 마음에 들지 않으면 '북북' 찢어버리기도 예사였다. 당하는 자는 항상 당했고, 과장과 같은 서열이거나 더 위인 이는 아무도 그를 말리지 않았다. 어찌 보면 직장생활 구석구석에 만연한 폭력에 전전긍긍한 모두는, 단지 구경꾼이 원하는 바를 연기할 뿐인지도 몰랐다. 사내 폭력은 '업무상 발생한 이슈'를 빌미로 가장 빈번하게 자행되었다. 이어 '개인 성격'이나 '별

다른 이유 없이' 폭행하는 사례도 적지 않았다. 폭행에 맞선 대처 방법은, 상당수가 '아무런 대처를 하지 못했다(58.9%)'고 고백했다.[29)]

부하를 폭행하는 이와 구경하는 이는 공범처럼 보였다. 구경꾼은 폭력을 가하는 자가 원하는 모든 사례를 미리 보여주기도 했다. 그러다 보면, 폭력은 그 속에서 구경꾼이 자기 모습을 인식하게 되는 본보기나 공연으로 바뀌곤 했다. 폭력 행위를 자행하는 이는 구경꾼과 닮았고, 구경꾼 역시 행위자와 닮았다. 폭력 행위자는 구경꾼 집단의 의지를 나타내었으며, 구경꾼이 원하는 바를 실행에 옮겼다. 진정한 폭력 집행자는 개별 행위자가 아니라 구경꾼 집단인 듯했다.[30)]

박철수 씨의 직속 상사인 '이노끼' 과장은 성질이 괴팍하고 알코올 중독자이며 성깔 부리는 독설가로 유명했다. 유독 튀어나와 뾰족한 턱은 일본 프로 레슬러를 닮아 별명이 '이노끼'였다. 30대 후반인 그는 매일 하루도 빠짐없이 마시는 술 때문에 간이 나빠져서, 얼굴에 젊은이다운 맛이란 전혀 찾을 수 없었다. 검은 빛깔이 되어버린 시들고 거칠고 마르고 누렇게 뜬 품은 곰팡이 슨 굴비를 생각나게 했다. 매일 벌겋게 핏발 선 눈동자도 그렇지만, 술로 망가진 건 얼굴뿐만 아니어서, 곡식이 가득 차서 삐져나온 쌀자루를 연상하는 볼록한 배는 벌써 늙어 가는 자취를 보였다. 뾰족한 턱 위의 입을 앙다물고, 안경 너머로 찢어진 눈으로 상대방을 노려 볼 때엔 부하 직

---

29) 「2명 중 1명꼴로 경험해봤다는 '직장 폭력' 이유가 뭐길래?」《동아일보》, 2017년 11월 21일 참고.

30) 『폭력사회』, 볼프강 조프스키, 166쪽 참고.

원이 오싹하고 몸서리를 치리만큼 그는 엄격하고 매서웠다.

이노끼 과장이 질겁하다시피 싫어하고 미워하는 이는, 지각하는 직원과 규정 근무시간에 맞춰 칼처럼 퇴근하는 부하였다. 그가 유독 부하의 근태 원칙 위반을 싫어하는 점은, 아이러니하게도 자신이 매주 서너 번씩 지각하기 때문이었다. 그는 자신이 지각하니 부하 직원까지 지각하면, 상부에 자신이 운영하는 과(課) 조직의 문제점이 고스란히 노출될까 두려워했다. 그가 정시에 맞춰 퇴근하는 직원을 괴롭히는 이유는 두 가지였다. 첫째는 자신이 매일 지각하기 때문에 밤늦게까지 직원을 잡아 놓아야, 부서 전체가 열심히 일하는 모습으로 보인다고 생각했다. 둘째는 늦은 시간까지 직원을 붙들어 두어야, 수고했다는 명목으로 부하와 더불어 밤새도록 술을 마실 구실을 만들기 때문이었다.

이노끼 과장이 지각을 일삼는 원인은 간단했다. 전날 마신 술이 깨지 않아서, 아침에 제대로 일어날 수 없기 때문이었다. 항상 예산이 없어, 흔한 회식 한번 하지 못한다고 직원 모두는 불평이었다. 부서에 주어진 회의비나 식대를 합하면 여직원 한 명이 받는 월급을 능가하고도 남았지만, 경리과에서 지급한 부서 경비 전부를 과장은 혼자서 술 마시는데 사용했다. 문제는 그가 술을 한 번 마시기 시작하면 필름이 끊어질 때까지 마셔야 한다는 점이었다. 반대로 남자 직원은 저녁에 그에게 붙들려 함께 술 마시는 곤욕을 치르지 않을 방법을 찾느라 골머리를 앓아야 했다. 뿐만 아니라, 남녀 각각 다섯 명씩으로 구성된, 부서원 열 명은 변변한 식사 한번 못하는 분위기를 당연하게 여겼다.

오후 두시 경에 출근하는 이노끼 과장은, 도착하자마자 가장 만만한 막내 여직원을 불러 닦달했다.

"저를 부르셨어요?"

"그래 불렀다. 왜!"

팍 무는 듯이 한마디 하고 나서, 매우 못마땅한 표정으로 의자를 우당퉁탕 당겨서 철썩 주저앉았다가, 여직원이 그저 '열중 쉬어' 자세를 유지하면,

"너는 무슨 마네킹이냐? 왜 앉지를 못해!"

하고 또 소리를 빽 질렀다.

그는 여직원을 책상 하나 사이에 두고 마주 앉힌 뒤에도,

"오늘 부가세 신고를 왜 늦게 했어? 이러고서도 월급을 받아!"

하며 고함에 가까운 톤으로 야단쳤다.

마찬가지 이유로, 수출 외환 신용장 개설을 담당하는 막내 남자 직원을 괴롭히기 일쑤였다.

"보고서, 이거, 맞춤법 틀린 거 알기는 하나? 너, 학교는 제대로 다녔어!"

하고 문초를 시작했다.

만약에 그가 말대꾸하면, 급기야 한숨을 쉬며 고함질렀다.

"너, 이 새끼, 안경 벗어!"

군대에서 행한 식으로 뺨을 치겠다는 의사를 표시하기도 했다. 재떨이나 결재 판을 상대방을 향해 집어 던지는 일은 예사였다.

이노끼 과장이 정시에 출근하는 날이 없지는 않았다. 그런 날에는 빠짐없이 점심시간에 낮술을 마셨다. 소주 한 병은 기본이고, 심할 때는 두세 병을 마시는 날도 적지 않았다. 어떤 점심시간에는, 만취한 상태에서 옆자리 손님을 폭행하고, 식당 기물을 파손하기도 했다. 협력회사 간부와 식사

하다가, 만취한 그가 주사를 부리는 일 또한 일상이었다. 연락을 받은 박철수 씨가 회사 경비를 쪼개어 변상한 일도 수차례였다. 그렇지만 그가 두려워하는 사람이 두 명뿐으로, 한 사람은 직속 상사인 부장과 다른 한 사람은 본사에 근무하는 인사 부장이었다. 그 외 다른 사람의 시선 따위는 신경 쓰지 않았다.

박철수 씨가 해당 부서에 전입한 시기는 3년 전이었다. 바로 직전에 이노끼 과장 밑에서 근무한 주무 대리는 과장의 근태 불량과 업무 태만을 문제 삼아 회사 감사실에다 투서를 보냈다. 그러나 문제된 내용은 흐지부지되었을 뿐 아니라 어처구니없게도 투서자에게 화살이 돌아갔다. 문제가 지닌 본질보다는 아랫사람이 윗사람을 공격하는 행위를 용납할 수 없다는 엉뚱한 결론이 났는데, 경위야 어쨌든 하극상 행동이라는 이유였다. 주무 대리는 보고 체계를 무시하고 감사실에 투서했음이 밝혀져, 부장에게 미움을 받아 지방 의류 창고 담당자로 좌천된 후 결국 사표를 내고 말았다. 이후 주무 대리 자리가 공석이 되었기 때문에 신임 대리 박철수 씨가 빈자리에 오게 되었다. 합리 추구를 공식적으로 추구하는 회사가 그를 자르지 않고 자리에 앉혀 놓은 이유는 이러했다.

첫째는 은행과 세관 등을 상대하는 부서 업무가 주무 대리 박철수 씨를 비롯한 사원 모두가 성실하게 일해서 차질 없이 진행되었고,

둘째는 상사인 부장이 과장의 고등학교 선배였고, 회사 직원의 인사권을 쥔 인사부장 역시 같은 고교 선배인 동시에 ROTC 선배이기에, 든든한 배경을 가진 셈이었다. 그런 빽 때문에, '그들만의 리그'가 있기에, 그는 타인이 보는 시선 따위는 아랑곳하지 않았다.

59.

박철수 씨가 소속과에 울리는 '따르릉' 전화를 당겨 받으니 누군가 고압적인 목소리로 과장을 바꾸라고 반말했다.

"실례지만 누구라고 전할까요?"

"빨리 바꿔! 이 새끼야!"

누군지는 모르지만, 꽤 높은 사람인 듯했다. 박철수 씨가 넘긴 전화를 받은 옆 부서 과장은 그만 사색이 되고 말았다. 통화를 끝낸 그는 관리부장에게 내용을 보고했는데, 어쩌다 보니 박철수 씨도 뭔가 가볍지 않은 사건의 경위를 상세히 알게 되었다. 박철수 씨가 함구했음에도, 하루가 지나자, 내용은 사업부 내 100명가량 되는 모든 직원에게 상세하게 퍼졌다.

박철수 씨가 정리해 본 사건의 대략적인 개요는 이랬다.

한 달 전, 수입부서에 중년 신사 한 명이 찾아왔다. 그는 그룹 총수 형님의 처가 친척이라며 자신을 소개했다. 총수의 형님은 창업자인 아버지로부터 쫓겨나, 하는 일없이 소일한다고 소문난 터였다. 신사는 자신이 운송업체를 운영하는데 총수 형님의 청이니 해당 영업부서에서 수입하는 수입품 전량을 운송하는 업무를 하게 해달라고 요청했다. 영업부서 책임자인 수입부장 입장에서는 자신의 고유 업무에 고위층 연줄이 찾아와서 뭔가를 과하게 청탁한 모양이 되어버렸다. 그래서 한마디로 거절했는데, 같은 사업부에 근무하는 여러 직원이 보기에도 그가 좀 지나친 표현을 했다는 느낌이었다.

"나는 총수의 형이 누군지 모르겠고, 내가 그 사람에게서 월급 받는 사람도 아니고, 그가 내게 이래라 저래라 할 위치도 아니지요. 그 요청은 안 됩니다!"

소위 '왕 회장'으로 불리는, 총수의 친형이 한 부탁은 총수가 거느린 수많은 회사의 일개 간부에게 일언지하에 거절당했고, 당사자가 말한 발언 내용 가운데 '그가' 또는 '그 사람'이라고, 상대를 낮춘 내용이 가감 없이 보고된 듯했다. 격노한 총수의 친형은 일요일 아침, 해당 부서로 전화를 걸었는데 마침 박철수 씨가 속한 부서의 아무개 과장이 당직으로 근무하다 전화를 받게 되었다. 전화를 받자마자,

"사업부장 이사 바꿔!"

라고 말하자 과장은,

"그런데 누구시며, 용건은 무엇이라고 전하면 되겠습니까?"

라고 물었다. 말단 과장이 임원이라는 높은 분에게 누군지를 확인하지 않고 무조건 전화를 바꿔줄 수는 없는 노릇이었다. 누군지, 무슨 용건인지를 대략이라도 확인하고, 내용을 전하며 전화를 돌리는 행동이 직장의 전화 예법이다.

"나, 왕 회장이야! 그런데 너 뭐하는 새끼야?"

라고 하자 과장은 누군가의 장난 전화로 판단했다. 총수의 형이라니 그렇게 높은 양반이 비서를 통하지 않고 직접 전화할 리가 없다고 판단했기 때문이다. 게다가 ROTC 출신으로 한 깡다구 한다고 평가받던 그는 곧장 반격에 나섰다.

"야, 이 자식아. 네가 왕 회장이면 나는 대통령이야! 장난 전화질 그만하고 빨리 끊어!"

하며 전화를 끊어 버렸다.

휴일이더라도 밀린 업무를 처리하기 위해 오전 10시 즈음에는 상당수 인원이 출근하는 모습이 상례였다. 이후 동일인은 여러 차례 전화했는데, 그에게 전화 받은 타 직원들 역시 비슷하게 대응했다.

며칠 후 전화를 건, '왕 회장'이라고 자칭하는 인물은 총수의 친형임이 확인되었다. 그룹 창업자 맏아들, 비운의 황태자라고 불린 이였다. 다음날 그의 비서이자 집사 역할을 하는 이가 사업부에 찾아와서 사업부장인 이사를 만났다. 소위 '왕 회장'은 자신에게 불손하게 응대한 직원 여럿을 두 차례에 걸쳐 직접 친국(親鞫)하겠다고 통지했다. 첫째 대상자는, 일요일 자신이 건 전화를 무례하게 받은 직원 네 명이었고, 둘째 대상자는 제3자를 통해 자신을 모욕한 수입 부장을 친히 문초하겠다는 의사표시였다. 두 차례 만남은 약 한 주 간격으로 이루어졌다. 네 명 가운데 한 사람으로 호출을 당한 옆 부서 과장은 자신에게 닥쳐오는 두려움을 박철수 씨에게 털어놓았다.

"소문을 들으니, 전에도 누군가 그에게 말대꾸했다가 골프채로 머리를 맞아서 입원했다는데……."

첫째 부류와 만남은 회사와 가까운 교외에 위치한 그룹 소유 골프장 접견실에서 이루어졌다. 집사가 방 내부에 놓인 유리 재떨이나 골프채 등 무기가 될 만한 물건을 치웠다고 미리 말했다. 옆 부서 과장을 비롯한 직원 네 명은 왕 회장에게 무릎을 꿇고 손이 발이 되도록 빈 끝에 폭행당하지 않았다.

그 정도로 사태가 마무리된 줄 안, 사업부 여러 간부는 안도했으나 '왕 회장'은 집요했다. 두 번째 친국이 연이어 이뤄졌다. 그는 자신에 대해 막말한

이, 즉 수입부장을 자신의 별장으로 보내라고 요구했다. 그제야 사업부장인 이사는 사태가 심상치 않음을 파악했다. 그러나 사주 형님의 명령을 거절하기란 상상하기조차 어려운 일이었다. 이사는 최악의 사태를 우려해 수입부장을 그곳에 보낼 때 직속 부하인 꺽다리 과장을 동행케 했다. 꺽다리 과장은 185센티미터가 넘는 장신으로 운동으로 다져진, 다부진 몸매의 소유자인데 박철수 씨의 대학 선배이기도 했다.

두 사람이 교외에 위치한 왕 회장의 별장에 다녀온 결과는 실로 참담했는데, 정장 차림으로 출발한 두 사람은 드레스 셔츠가 피투성이가 된 채 돌아왔다. 왕 회장은 수입부장에게 한 시간 동안 다짜고짜로 주먹을 날렸고, 부장은 두 팔로 얼굴을 가린 채 일방적으로 맞아야만 했다. 그의 주먹에 수입부장의 안경이 깨어지고, 깨진 유리조각에 피부가 찢어져서 피가 흘러서 얼굴과 상체는 피범벅이 되었고, 말리던 꺽다리 과장에게도 피가 튀어 그 역시 피투성이가 되었다.

'카더라' 소문으로 그날 그곳에서 일어난 내용을 알게 된 사업부 직원 모두는 아연실색했다. 사업부장 이사는 내용을 요로를 통해 보고한 모양인데, 동생인 그룹 총수는 다음과 같이 말했다는 후문이었다.

"내가 수입부장, 걔한테 대신 사과한다고 전해라. 앞으로 두 번 다시 이런 일이 없도록 하겠다."

자신에게 월급 받는 직원이 정신 나간 형에게 짐승처럼 맞았다. 형에게 맞아 피투성이가 된, 한 집안 가장의 고통은 그가 집에서 키우는 강아지가 당한 고통보다 못했을 것이다. 그가 키우는 강아지는 몇 마리뿐이어서 고통을 알지만, 월급 받는 이는 수십만 명이어서 그럴 겨를이 없었음이 틀림

없었다. 아니면 자신이 주는 월급을 받는 이는 아무래도 좋다고 생각했거나. 그렇게 해서 사건은 끝이 났다.

박철수 씨가 속한 부서의 부장은 박철수 씨를 바라보며 이렇게 넌지시 말했다.

"60년대에 『유리성』이라는 소설이 시중에 나돌았지. 서점에서 판매되던 책을 그룹에서 전량 매입해서 폐기했지만 말이야. 소설은 그가 아버지와 동생에 의해 부당하게 제거된, 정의롭고 훌륭한 사람으로 설정되었지. 저런 사람인지 누가 알았겠나."

그는 아버지에게 '내 자식이 아니다'는 말을 들었고, 법적으로도 동생이 물려받은 아버지의 회사와 무관했다. 그러나 그에게 아버지가 일군 회사는 심리적으로 여전히 자신이 소유한 회사였고, 자신에 무엄한 이를 용서하지 못하는 '망상 장애'를 겪는 듯했다. 이후 박철수 씨는 그룹 입사 동기 여럿에게서 그가 행한 비슷한 유형의 폭력적인 기행을 듣게 되었다. '정의가 없다면 인간은 수치다'라고 프란츠 카프카는 말했지만, 마찬가지로 그도 자신의 입장에서만 생각하는지도 몰랐다.

수입부장은 임원이 되고 싶어서 자신이 당한 일을 문제 삼지 않는 듯했다. 그는 자신이 참은 행위를 총수가 기특히 여겨 임원으로 만들어 주리라 생각했음이 틀림없었다. 그렇게 많이 맞았음에도 그는 임원이 되지 못했다. 피는 물보다 진하다고, 총수는 형에게 함부로 대한 수입부장이 임원이 되는 꼴을 보기 싫었을지 모르겠다.

60.

3년 후 박철수 씨는 어렵사리 과장으로 진급하였다. 그러나 중증 알코올중독자 이노끼 과장을 직속 선임과장으로 보필해야 하는 입장이어서 박철수 씨는 직함만 과장이지 평사원이나 다름없었다. 회사에서 과장으로서 입지란 생각할 수 없었다.

마침 그룹에서 도시 외곽에 공단을 조성한 후, 도시를 살리는 제조 공장을 만들기로 했다는 정부 발표가 났고, 회사 게시판에도 신설 회사로 옮기기를 희망하는 사람을 구하는 공고가 떴다. 박철수 씨는 고심 끝에 직장을 옮기기로 하고, '입사 지원서'를 해당 회사로 보냈다. 두 달 후에 인사명령이 떴다. 무역회사에서 '신세기 기획단'이라는 신설 회사 조직으로 자리를 옮기는 사람을 발표한 명단이었다. 신임 과장 박철수 씨 이름도 포함되었다. 이로써 박철수 씨는 1990년부터 1995년까지 종합상사에서 근무한 후, 또 다른 회사로 자리를 옮기게 되었다.

해당 도시의 변두리에 공장 부지를 확보한 그룹은 방계회사인 건설 회사를 불러 공장을 짓기 시작했다. 박철수 씨는 신설 제조 회사에서 처음으로 대기업의 간부다운 보직을 받았다. '21세기 World best car를 향한 위대한 도전'이라는 현수막이 공사 현장에 곳곳에 걸렸고, 박철수 씨는 새로운 업무에 하나씩 적응해갔다. 그가 스스로를 채찍질한 내용은 상상하기조차 힘든 큰 변화도 구성원 개인의 조그마한 변화가 쌓여서 결국 이뤄지고 만다는 믿음이었다. 박철수 씨라는 개인이 노력해서 이룰 회사 발전이라는 큰 변화는 자신이 내면에서 만든 작은 변화에서 시작한다는 신념 때문이었는지도 몰랐다. 공장건설을 지원하는 잡무를 맡고, 새로운 열정으로 근무 시간에 관계없이 밤을 새우며 업무에 몰두했다. 완성된 회사가 파급하는 국가 산업 발전과 수많은 일자리 창출이 눈에 보이는 듯했다. 박철수 씨는 새로운 회사에 조금이라도 도움이 된다면, 무슨 일이든 몸 바치겠다고 다짐했다.

61.

공장이 계속 지어지던 어느 날, 박철수 씨는 회식 때 마신 술 때문에 취한 상태여서 택시를 타고 귀가했다. 라디오에서는 얼마 전에 사망한 가수 김현식 씨가 부른 노래가 흘러나왔다. 살아생전 몇몇 마니아에게만 각광받던 가수 김현식 씨는 사후에 '전설'로 부활하여 대중에게서 집중적인 갈채를 받았다. 술김이어서 그랬는지도 모른다. 갑자기 이유가 궁금하여 택시 기사에게 물어보았다.

"무명에 가깝던 그가 왜 죽은 후에 각광받게 되었을까요?"

기사는 대답했다.

"누군가가 죽으면 더 이상 자신에게 라이벌이 아니잖아요? 그래서 죽은 사람에게 후한 마음을 가지는 게 아니겠어요?"

박철수 씨가 기대한 정답은 아니었지만, 기사가 내놓은 답은 나름 명쾌했다. 예상하지 않은 답변에 의표를 찔리는 기분이어서 술이 다 깨어버리는 느낌이 들었다.

2년이라는 시간이 지났음에도 불구하고 무역회사에서 직속상사였던 이노끼 과장이 생각났다. 알코올 중독으로 인한 퇴행을 계속하던 그는 결국 회사에서 파면되어 중소기업으로 자리를 옮겼으나 그곳에서도 '쿠세'는 여전했다. 대낮에 비틀거리며 몸을 가누지 못하며 걷는 모습을 본 사람이 여럿이었고, 항상 만취해서 타인을 괴롭히던 그를 향한 손가락질은 계속되었다.

몇 년 후, 그가 죽었다는 부음이 들렸는데, 과음이 초래한 위암으로 40대 중반의 나이로 생을 마감했다는 것이다. 박철수 씨는 문상을 갈까 생각하다가 이내 그만두기로 했다. 이노끼 과장으로 인해 30대 초반의 젊은 나이에 직장을 그만두고 실직자가 된 여러 동료가 생각났다. 물론 박철수 씨 역시 근무하면서 그에게 숱한 고통을 받은 감정의 앙금이 남았기 때문이기도 했다. 그래서 조문 가자는 옛 동료에게 이렇게 말했다.

"그로 인해 인생이 망가진 여러 선·후배를 배려해서라도 문상을 가지 않겠다."

대부분의 동료 역시 조문하지 않았지만, 같은 부서에서 직속 부하 직원이던 박철수 씨는 유독 몰인정한 인간이 되고 말았다. 이유는 아무리 나쁜 인간일지라도 그래도 그가 죽었는데, '고인을 향한 예의'를 모르는 매정한 인간이기 때문이라고 했다. 박철수 씨를 비난한 사람은, 세상을 떠난 그가 '이제는 더 이상 경쟁자가 아니므로 한없이 관대해지자'는 생각을 했음이 분명했다. 더구나 이제는 박철수 씨가 그들에게 라이벌이니, 몰인정한 인간이라는 비난을 할 수밖에 없는지도 몰랐다.

62.

고등학교 때 '그 친구'는 독일어 선생님에게 당한 폭력이 남긴 후유증으로 괴로워했고, 또 어떨 때는 갈팡질팡 길을 잃은 것처럼 보이기도 했다. 박철수 씨가 재수하여 대학에 입학했을 때 '그 친구'는 학교 연극부에서 연출과 연기, 각본 결정 등의 중추 역할을 하고 있었다. 그와 특히 친한 친구를 통해 들어보니, 그는 학교 수업을 아예 포기하고 연극에만 빠져 산다고 했다. 뭔가를 잊고 싶어 해서 연극에 미쳤다는 소문은 사실이었다. 오랜만에 그를 만난 날, 박철수 씨는 그와 악수를 하다 눈에서 '광기' 같은 기운이 흘러서 섬뜩한 기분을 느꼈다.

이후 모두 군대를 갔다 제대하고 복학하여 두어 해가 지나서, 대학 졸업을 몇 달 앞둔 늦은 가을날이었다. 누군가 연락책 역할을 하여 같은 대학에 다니는 고교 문과반 동창이 함께 자리하게 되었다. '그 친구'는 물론, 국민학교 때 한 반이었다가 고교 동창이 된, 사범대에 다니는, 성현이도 참석했다.

스물여섯. 몇 달 후면 해가 바뀌어 사회인이 될 예정이고, 결혼을 앞둔 친구도 몇 보였다. 막걸리가 두어 순배 돌아가니 취기가 돌기 시작하는데 '그 친구'가 말을 꺼냈다. 고교시절, 독일어 교사에게 무참하게 맞은 기억이 끊임없이 떠올라서 그간 계속 고통스러웠다고 말했다. 괴로운 상념을 지우기 위해 4년 동안 연극에만 몰두했지만, 그날 겪은 악몽은 사라지지 않는다고 했다. 가능하다면 그를 죽이고 싶다는 극언도 덧붙였다. 왜 그랬는지 그날따라 유독 오지랖이 넓은 박철수 씨는 그가 말을 하는 중간에 말을 끊었다. 박철수 씨 또한 누구보다 기억력이 좋았고, 그날의 장면을 생생하게 목격했기 때문이다.

"에이, 빨리 잊어라. 언제 때 일인데. 자꾸 생각하면 너만 힘들잖아."

그러자 동석한 다른 친구가 옆구리를 찔렀다. 잠시 밖으로 좀 나가자고 했다. 그가 박철수 씨에게 말했다.

"얼마나 힘들면 시간이 10년 가까이 흘렀는데도 저러겠니? 좀 답답하더라도 들어주자. 우리마저 외면하면 쟤는 미치고 말 거야."

다시 자리에 앉은 둘과 나머지 친구는 절규에 가까운 푸념을 계속 경청했다. 또 그래야만 할 분위기였다.

세월이 흘러 박철수 씨는 30대 중반에 '그 친구' 근황을 알게 되었는데 우연한 기회였다. 그때 박철수 씨는 새로 만든 공장에서 총무과장으로 일했다. 근무자 작업복을 발주하여 견적서를 받게 되었다. 여러 견적서에는 유니폼을 입은 모델 사진이 부착되었고 그 모델 가운데 '그 친구' 얼굴을 발견했다. 입찰자는 합성 직물을 만드는 대기업이었는데, 해당 제조회사는 봉제업체에다 재발주한 모양이었다. 합섬회사 영업과장은 사진 속 인물을 아주 잘 알았다. 사진 속 낯익은 얼굴은 하청업체 주인과는 친척 관계로, 하는 일 없이 봉제 공장을 자주 방문하는 이라고 말했다.

혼자서 노래를 중얼거리는 일이 많은데 옆에 다가가 들으면,

"울고 웃고 싶소. 내 마음을 만져줘. 나는 행복의 나라로 갈 테야."

부른 노래를 또 부르기 일쑤라고 했다. 그는 젊은 나이에 뚜렷한 직업이 없을 뿐만 아니라 무슨 이유인지, 결혼도 하지 않고 홀로 외로이 산다고 했다.

63.

박철수 씨가 졸업한 대학의 4년 후배인 홍 대리는 예의 바른 직속 부하 직원이었다. 말이 많은 점이 흠이었지만 꼼꼼한 성격과 업무에 열정을 보이는 모습 또한 나무랄 데 없었다. IMF를 맞기 전, 부서가 재편되었고 그는 박철수 씨가 맡은 부서에서 주무 대리로 근무하게 되었다.

그런데 얼마 가지 않아 이상한 점이 발견되었다. 그는 회식 때마다 동료와 싸우는 모습을 보이며 물의를 빚었다. 분위기에 따라 과음할 수밖에 없고, 적당한 실수는 애교로 여기는 것이 근무 후 직장의 음주 문화인데, 어느 순간 술이 오른 그는 항상 공격적인 모습으로 변했다. 대화하면서 상대방의 말꼬리를 잡아 시비를 건다든지, 평소 타인에게 받은 불쾌한 부분을 끄집어내어 습관처럼 싸워댔다.

회식 자리는 경우에 따라, 평소에 일어나는 문제 해결을 위한 생산적인 활력소가 되기도 한다. 하지만, 술이 취한 상태에서 자신의 비위에 맞지 않으면 상하를 불문하고 공격해대는 습관이야말로 조직 생활과 인간관계를 파괴하는 큰 문제점이다. 그래도 박철수 씨는 자신이 상사이고 학교 선배이기에 별 문제 없다고, 대단치 않게 생각하며 지나치곤 했다. 그런 판단이 착각이요 오만임을 알게 만드는 사건이 발생하고야 말았다.

창립된 회사의 재고 시스템이 정상화되지 않은 시기라 박철수 씨는 홍 대리를 포함한 부하 직원 세 명을 데리고 일본 후쿠오카에 있는 협력업체에 시스템 점검을 위한 출장을 가게 되었다. 새로 만든 시스템을 일본 협력사와 비교하여 최종 확인하기 위해서였다. 문제는 업무가 끝난 저녁에 발생했다. 시내 중심지에서 박철수 씨를 포함한 직원 네 명이 반주를 곁들인 저녁 식사를 했고, 이후 간단히 맥주를 한잔 하자는 나머지 부하 직원의 의견에 따라 선술집에서 맥주를 마시게 되었다. 유학생으로 보이는 삐끼가 안내하는 술집이었는데 알고 보니 일본 특유의 색주가였다. 바가지를 쓰게 될지도 모른다고 판단한 박철수 씨는, 이미 주문한 맥주 몇 병을 취소하지 못하여, 간단히 마신 후 숙소로 돌아가기로 했다.

그런데 과하게 취한 홍 대리는 여급을 불러야겠다며 취기를 부리기 시작했다. 인솔자이자 출장 책임자인 박철수 씨는 난감해졌다. 사고 없이 무사하게 귀국해야 하는데 부하 직원 가운데 그가 유달리 취했고, 평소와는 정반대의 저급한 행동을 시작했기 때문이다. 홍 대리는 박철수 씨의 지시를 무시하고 웨이터에게 아가씨 몇을 데려 오도록 명령했다. 중국 유학생으로 보이는 여성 두 명이 박철수 씨와 홍 대리 옆에 앉았으나, 주문을 취소하지 못한 박철수 씨는 자신의 옆에 앉은 아가씨를 다른 부하 직원 옆에 앉도록 했다.

이윽고 맥주를 서너 병 더 마시니 박철수 씨는 더는 그곳에 머물러야 할 이유가 없다는 판단이 들었다. 직원 모두 적잖게 취했고 바가지 술값 또한 만만치 않았기 때문이다. 박철수 씨가 그만 마시고 일어서자고 말하니 급기야 홍 대리는 화를 내기 시작했다. 그는 옆에 앉은 아가씨와 자신이 동침해야 한다고 주장했다. 계속 인내한 박철수 씨는 드디어 짜증이 나기 시작했다.

"인제 그만 가도록 하지!"

"누구 마음대로 갑니까?"

박철수 씨는 홍 대리가 많이 취했다는 판단을 또다시 하지 않을 수 없었다. 다른 나라의 술집에서 행사하는 직업윤리 없는, 저급한 마초 근성에 이내 눈살이 찌푸려졌다. 돈이면 무엇이든 살 수 있다는 생각이야말로 자본주의가 만든 맹신이라는 생각이 들었고 공부하러 유학 온 학생을 창녀로 여기는 점도 그랬다. 그러는 가운데 그는 계속 중국 여자와 동침하겠다고 주장했다. 그가 뒷골목 불량배에게 변이라도 당한다면 모든 책임이 인솔자 박철수 씨에게 귀결됨은 자명한 일이었다. 박철수 씨는 애써 그의 요구를 무시하고 직원 모두에게 숙소로 돌아가자고 지시하며 택시를 잡아탔다. 그 정도로 출장 1일 차는 끝났다고 생각했다.

그런데 그게 끝이 아니었다. 2인 2실로 예약한 호텔 방에 들자마자 홍 대리는 자신에게 배정된 방을 빠져나와 박철수 씨의 방에 난입해서, 취침 준비하는 사원을 자신의 방으로 보낸 후 주사를 부리기 시작했다.

"홍 대리, 무슨 말인지 알겠으니, 술 깨고 내일 이야기하도록 하지."

"나는 그렇게 못해요. 왜 나를 이렇게 무시하는 거야!"

"지금 무슨 말을 하는 거야? 오늘은 그냥 자고 내일 이야기하자니깐."

"당신! 상사면 다야!"

"그래, 오늘 내게 섭섭했던 모양이군. 내일 이야기하면 오늘 일어난 모든 상황이 이해될 거야."

"안 돼! 이 새끼야!"

아, 악몽이라고 해도 그런 악몽이란 예상조차 못할 일이었다. 저녁 열 시에 시작된 주사는 새벽 다섯 시까지 쉬지 않고 계속되었다. 저러다 지치겠지 하며 불을 끄고 침대에 누우면 곧장 불을 켜고 이불을 걷어내며 떠들고,

욕하고, 손가락질하는 행위에 박철수 씨는 인내심의 한계가 어디까지인지 확인하는, 지옥 같은 시간을 경험하게 되었다. 박철수 씨는 자리에 앉아서 술주정을 계속 들을 수밖에, 다른 일이란 생각조차 할 수 없었다.

개나 고양이를 키워본 사람들은 야간에 동물의 눈에서 발광(發光)이 일어남을 알게 된다. 호랑이나 사자 등 밀림 야수도 야생의 본능으로 같은 현상을 보인다. 언젠가 박철수 씨는 등산하다 길을 잃어 산기슭의 개 사육장 근처에 우연히 가게 되었는데, 우리에 갇혀서 낯선 이를 경계하는 개의 눈에서 전기 합선 때 발생하는 스파크 같은 불빛을 발견한 적이 있다. 그날 그의 눈은 발광(發光)했고 동시에 발광(發狂)했다.

그러다 창밖에는 동녘 해가 뜨기 시작했다. 그에게 밤새 시달리다 못한 박철수 씨는 자판기에서 구입한 담배를 계속해서 피웠다. 다섯 시 반이었다. 어느 순간 갑자기 눈빛이 달라진 홍 대리가 박철수 씨를 쳐다보았다.

"이럴 수가……."

"……"

"과장님, 밤새 제가 무슨 짓을 한 겁니까?"

"죄다 기억하는 눈치구만."

"평소에 가장 존경하는 분인데……. 제가 어떻게 이런 짓을……."

놀랍게도 그는 자신이 밤새 행동한 내용을 고스란히 기억했다. 그리고 갑자기 무릎을 꿇었다.

"저를 죽여주십시오. 잘못했습니다."

기가 막혔다. 박철수 씨는 밤새 뜬 눈으로 보내었기에 눈은 따갑고 머리는 무겁기 짝이 없었다.

귀국 후 '재고시스템에 관한 비교'라는 출장보고서를 제출한 후였다. 옆 부서 과장이 말을 걸었다.

"일본에서 걔에게 당했다는 이야기는 다 들었어. 박 과장은 사람도 좋아."

"소문이 난 모양이군. 어쩔 거야? 내가 부덕한 까닭이지."

"아닐걸? 걔 술버릇은 전 직장에서도, 전 부서에서도 유명했지. 당신이 순진하거나 바보인 거지."

이후 두 달 동안 박철수 씨는 홍 대리와 어떤 대화도 나누지 않았다. 그날 밤, 밤새도록 당한 갖은 무례와 욕지거리가 머릿속을 쉬지 않고 눌렀고, 무엇보다도 인간을 향한 신뢰가 덧없음을 느꼈기 때문인지도 몰랐다. 일본 출장 후 박철수 씨가 맡은 부서의 분위기는 초상집과도 같이 우울하고 침울해져 갔다. 홍 대리도 자신의 술주정으로 일어난 엄청난 사태에 참담해하는 동시에 반성하는 모습을 보였다.

"과장님! 제가 무슨 말씀을 드리겠습니까. 속는 셈 치고 한 번만 저를 용서해주시면 안 되겠습니까?"

"노력은 해보겠네. 어째 그게 생각처럼 쉽게 되지 않으니 나도 힘들군."

두 달이 지나자 박철수 씨는 나머지 직원들을 위해서라도 불편한 관계를 매듭지어야겠다고 판단하게 되었다. 누구든 인간인 이상 완벽하지 못한 존재이고 또한 인간이기에 실수를 할 수 있기 때문이다. 어스름 여름 저녁이었다. 퇴근 후 그와 둘이서 식사를 하며 지난 모든 일은 없는 일이라고 말하며 정리할 참이었다. 그 일을 영원히 안고 갈 수는 없었고, 회사 일은 계속해야 했다. 그날 저녁 식사 때 함께하는 반주는 새로운 시작을 알리는 신호탄이기를 바랐다. 그리고 무슨 마음이었는지 시작부터 끝까지 무릎 꿇은 상태로 술 마시는 태도 또한 그가 가진 반성과 앞으로의 각오가 어떠한지를 짐작하게 했다.

그렇게 자리를 파하고 집으로 가는 택시를 잡으려고 하는데 갑자기 그가 박철수 씨를 잡았다.

"과장님, 한 잔만 더하면 안 되겠습니까?"

"이만하면 됐네. 내일 할 일도 많고."

"아, 한 잔 더 하자니깐. 씨발!"

갑자기 눈빛이 달라진 그가 멱살을 잡자, 박철수 씨의 와이셔츠 단추 몇 개가 우두둑하며 떨어져 나갔다. 무엇이 그를 저렇게 만들었을까. 평소 그에게는 무의식에 도사린 충동을 발산하는 효과적인 출구가 없었는지 몰랐다. 박철수 씨는 한 인간이 다른 한 인간을 용서한다는 사실이 역설적으로 얼마나 어려운 일인지를 깨닫고 말았다.

64.

새로운 일을 하는 직장에서 뭔가를 성취하는 기쁨이 많았지만, 나쁜 일 역시 끊이지 않고 발생했다. IMF로 상징된 그해, 좋은 일은 끝나고 나쁜 일만이 박철수 씨에게 몰려왔다.

문제는 항상 부하 직원이었다. 동해안에 자리한 제철공장 재단이 설립한 공과대학을 졸업한 그는, 엘리트답게 하나를 지시하면 두세 가지 결과를 만들어 왔다. 서글서글하고 사람 좋아 보이는 인상인 그에게 반드시 고쳐야만 할 단점은 근태문제였다. 박철수 씨가 아침에 직원을 모아 놓고 조회나 회의를 하려고 하면 유독 그는 보이지 않았다. 그러다 업무가 시작된 후 30분 정도 지나면 고개를 숙이고 슬그머니 자리에 앉아 근무하는 모습을 발견하게 되었다. 직장에서 지켜야 할 기본을 따라오지 못하는 그를 직장 선배로서, 조직 책임자인 과장으로서 방관할 수는 없었다.

당시 박철수 씨가 몸담은 회사 간부 대부분은 부하 직원에게 건조하고 일방적인 명령으로 업무를 진행했다. 그런 부류는 부하 직원이 상사의 지시를 제대로 이행하지 않으면 냉정하고 비인간적인 말투로 혼내기 일쑤였다. 과학적 관리방식[31]이 끌어 일으키는 문제점을 알기에, 적어도 박철수 씨 자신만은 그러지 말자고 다짐했다. 조직 관리나 지도력이 오래가야 한다는 점을 전제한다면, 과학적 관리의 일방적인 지시는 효과가 오래 지속되기 어려운 근본적인 한계일 수밖에 없었다. 결국 일방적 지시는 구성원으로 하여금 즉각적인 반응을 불러일으킨다는 장점과 인간을 타율적으로 만들고 효과가 짧다는 단점을 가진 '양날의 칼'이기도 했다.

누군가 순종보다 명령이 어렵다고 말했다. 명령하는 자가 순종하는 자 모두의 짐을 져야하기 때문이다. 어느 날 박철수 씨는 예기치 않은 데서 배가 조금씩 암초에 얹히고 있음을 알게 되었다. 그는 상사와 동료가 알게 모

---

31) 생산능률을 향상시키기 위해 작업 과정에서 시간연구와 동작연구를 행하여 과업의 표준량을 정하고, 그 작업량에 따라 임금을 지급함으로써 조직적인 태업(怠業)을 방지하며 생산성을 향상시키려는 관리방식이다. 미국의 테일러가 창시하였으므로 테일러 시스템이라고도 한다. 포드 시스템은 이것을 더욱 진보시킨 형태다.

르게, 단 하루도 빠지지 않고 지각했다. 박철수 씨가 그를 불러 조용히 타이를 때마다 그는 미안한 표정으로 안절부절못했다. 원인은 술이었다. 다른 부하 직원의 말을 들어보니, 그는 거의 매일 밤 인사불성에 이를 지경까지 폭음했다. 그는 빈한한 가정환경에도 불구하고 평일에는 동료와 어울려 폭음하고, 주말에는 해변에서 윈드서핑을 즐겼고 월급날에는 백화점에서 쇼핑했다. 박철수 씨는 그를 도저히 이해할 수 없었다. 학번으로 8년 아래지만 세대 차를 느낄 수밖에 없었다. 신세대는 맹목적으로 보이기까지 하는 기성세대가 지닌 조직지향적인 태도를 이해하기가 어렵고, 기성세대는 신세대만의 개인주의 성향을 못마땅한 시각으로 바라본다. 그렇다 하더라도 박철수 씨는 조직이 원하는 방향을 포기할 수 없었다. 그는 공장 내 기숙사에서 기거했는데 어떤 날 아침, 박철수 씨가 직접 기숙사 내 그의 방까지 가서, 술이 덜 깬 그를 사무실로 데려오는 일도 있었다.

IMF가 터진 1997년 10월 초순, 일요일 아침이었다. 임직원 모두 잔업수당 반납은 물론이고 휴일임에도 아침 일찍 출근했다. 상하 불문하고 풍전등화와도 같은 회사를 살려보려 몸부림치고 있었다. 그날도 박철수 씨가 출근 점검을 해보니 그는 자리에 없었다. 이후 한 시간 정도 지나서 그에게서 전화가 왔다. 출근하다 접촉사고가 나서 경찰서에서 해결 중인데, 처리 후 오후 경에 회사에 도착하겠다고 말했다. 그날 오후, 그에게서 다시 연락이 왔다. 자세한 이야기를 들어보니 기가 막혔다. 내용은 이랬다.

전날 밤, 국제영화제 전야제가 열리는 광장의 노천 술집에서 의사 친구와 밤새워 마시다 만취했다. 친구의 숙소인, 인근에 위치한 병원 레지던트 숙소에서 함께 잤다. 다음 날이 되었다. 평소 습관과는 달리 그날따라 새벽 일찍 잠에서 깨어났다. 술이 덜 깨었지만 지각을 많이 해서 상사와 동료에게 미안한 마음 때문에 그날만은 일찍 출근해야겠다고 생각하며 운전대를 잡았다.

새벽 6시경, 회사를 향해 출발했다. 왕복 4차선 도로, 초보운전이어서 그날따라 1차선 운행이 부담스러워 2차선을 타고 운전했다. 그런데 안개 낀 강변도로 다리 위를 지나다 뭔가 충돌 같은 것을 느꼈다. 차에서 내려 보닛 앞을 살펴보니 도로에 환경미화원이 쓰러져 있었다. 쓰러진 사람의 몸을 흔들어보니 즉사한 상태였다. 이어서 119구급차와 경찰순찰차가 도착하고 즉시 구속되었다.

사고가 일어난 지 보름 정도 지난 날 저녁, 박철수 씨는 해당 경찰서에서 겨우 그를 면회하게 되었다. 회사는 사고 경위를 파악하기 위해 인사부서 과장 두 명을 박철수 씨와 동행하게 했다. 그는 파란 줄이 아래위로 그려진 죄수복에다 온몸이 포승줄로 묶인 상태였다. 구속 당시 혈중 알코올 수치는 면허취소 수준이라고 교통 업무를 총괄하는 간부 경찰관이 박철수 씨 일행에게 말했다. 자정을 넘긴 늦은 밤까지 계속 술을 마셨고, 3시간 정도 수면 후 운전했으니, 숙취 상태가 계속되어 혈중알코올농도가 높을 수밖에 없었다. 숙취 상태에서 맞은, 안개 낀 아침의 운전에서 시야 확보가 쉽지 않았으리라는 판단도 들었다.

부서를 책임진 임원은 '그래도 사람을 살려야 하지 않겠느냐'며 박철수 씨를 다그쳤다. 일단 구속을 정지시키고, 피해자 가족과 합의를 보게 한 후, 그를 회사로 복귀하게 만드는 일이 급선무였는데 생각처럼 쉽지 않았다.

부하 직원의 가정은 결코 넉넉한 가정 형편이라고 할 수 없었다. 부친은 노동일을 했고, 모친은 호텔에서 청소 일을 했다. 명문대를 다닌 오빠 뒷바라지 때문인지 동생은 고등학교를 졸업한 후 진학하지 못하고 일자리를 구하고 있었다. 박철수 씨는 그의 부모를 만나 피해자 가족에게 진심으로 사과한 후 합의를 구하라고 조언했다.

다음날, 사태는 더욱 복잡하게 꼬였는데, 상가에 간 가해자의 아버지가 피해자 가족을 분노케 했다. 아들이 명문 공대 출신 엘리트니 사람 살리는 셈 치고 한 번 봐달라고 말해서 문제가 커지고 말았다. 피해자 아들은 같은 그룹, 조선소 현장에 근무하는 생산직 사원이었는데 결혼식을 한 주 앞두고 아버지가 교통사고로 사망하는 변을 당하고 말았다.

제3자 시각에서 정리해 보면 이랬다. 청소원으로 평생 힘들게 살았으며 아들을 제대로 공부시키지 못하여 조선소 현장 노동자로 보낸 아버지는, 아들 결혼식을 며칠 앞두고, 일터인 새벽 거리에서 술이 덜 깬 청년이 운전한 차에 치여 즉사했다. 본의는 아니었지만, 빈소에 간 가해자의 아버지는 피해자 가족에게 아들 자랑한 결과를 만들고 말았다. 피해자의 아들은 아버지를 이렇게 만든 이를 도저히 용서할 수 없다고 말했다. '합의'는 상상할 수 없고, 법이 정하는 최대한도 형을 받게 하겠다며 눈물을 흘렸다.

스카이 대학을 나온 담당 임원은 박철수 씨에게 최대한 압박을 가해야겠다고 작심한 듯했다. 평소와 달리 그는 언성을 높였다.

"재를 불구속 상태로 만들어야 회사의 인사 상 불이익을 줄이겠지. 방법이 뭔지 당신은 알잖아요?"

박철수 씨가 대답했다.

"피해자 가족이 합의를 해야 구속 상태를 면하게 됩니다. 가족이 합의할 전망은 부정적입니다."

"박 과장, 당신이 아니면 누가 재를 살려요!"

피해자 아들의 마음을 움직이기 위해 박철수 씨는 그가 근무하는 조선소를 향해 차를 몰았다. 피해자 아들의 직장 상사로 하여금 부하 직원인 아들을 설득하도록 요청할 참이었다. 가해자는 고의성이 없었고, 젊은이의 장래를 생각해서라도 합의를 해주도록 상사가 설득하면 행여 마음이 바뀌지 않을까 하는 일말의 기대 때문이었다.

박철수 씨보다 스무 살은 더 많아 보이는 조선소 과장은 머리를 흔들었다.

"과장님 보세요. 그러잖아도 과장님의 전화를 받고 상가에서 제가 걔를 설득했어요. 죽은 사람은 죽은 사람이고 산 사람은 살려야 하니 합의를 해주는 게 어떠냐고. 그리고 고의성도 없잖아요. 술 많이 마신 후 다음날 음주측정기를 불면, 숙취로 누구라도 그런 음주 수치가 나오게 되지요. 그런데 제 부하 직원은 안 된다고 해요. 불쌍한 아버지를 저렇게 죽게 한 이를 용서할 수 없다는 거죠. 그리고 가해자 아버지가 유족을 너무 자극했어요. 아들이 명문 공대 출신이라고 자랑을 하지 않나, 직급이 주임이라고 떠들지 않나, 공고 졸업한 재는 피눈물이 난다고 하더군요. 그리고 재는 노조위원이기 때문에 제가 이래라 저래라 지시할 대상도 아녜요. 잘 아시잖아요? 그럼, 조심해서 돌아가세요."

빈손으로 일어선 박철수 씨는 한숨이 났다. 결과를 보고하니 그간 존경해온 임원은 다시 짜증내었다.

"박 과장! 당신 아니면 누가 재를 살려? 이대로 두면 전과자 되고 끝장 아니오?"

이후 몇 달이 지나 부하 직원 가족은 피해자 가족과 어렵게 합의했고, 법원에서 재판이 열렸다. 박철수 씨는 태어나서 처음으로 경찰서와 구치소, 법원 재판정까지 가보게 되었다. 검사가 구형을 마치자, 변호사는 변론을 했고, 이후 판사가 선고했다.

"피고는 명문 공대를 졸업하고 유명 회사에 근무하는 재원으로 본 사건에서 음주 수취가 높다고는 하나 얼마간의 수면을 과신한 탓으로 사료된다. 피해자와 원만한 합의를 했고 깊이 반성하는 점을 고려하여 징역 2년에 집행유예 3년을 선고한다."

그는 가까스로 출감했지만 회사는 냉정했다. 소속 부서를 책임진 본부장 전무가 간곡하게 선처를 요청했음에도 불구하고 대표이사는 단호했다.

"본부장, 선처라고 했어요? 새로 만든 회사에는 본보기가 필요해요. 이 사안은 파면이오!"

이후 담당 임원은 재계약 대상에서 제외되어 회사를 떠나게 되었다. 박철수 씨는 부하직원 관리 소홀이라는 이유로 징계를 받았다. 회사에서 도는 소문에 따르면 과장 박철수 씨가 그와 밤새 술 마셨으니 원인 제공자라고 했고, 부하를 한 명 잡아먹었다고도 했다. 근거 없는 내용이라고 하소연할 때마다 박철수 씨가 반성하는 기미를 보이지 않는다는 소문마저 돌았다. 말이 되지 않는 풍문은 이곳저곳에서 넘쳤다. 권력이라는 보이지 않는 화살이 쏜 시위는 박철수 씨를 겨냥했다.

얼마 후, 출소한 그에게서 연락이 왔다. 출감 인사를 하겠다고 했는데,

그는 모친이 보낸 선물이라며 뭔가를 들고 있었다.

"호텔에서만 파는 귀한 녹차입니다. 저희 어머닌 과장님께서 저를 석방하도록 백방으로 노력하고 애써주어서 고맙다고 하셨습니다."

"됐네, 성의만 받고 선물은 받지 않겠어."

박철수 씨는 받을 수 없노라고 손사래를 쳤다. 두 모자에게는 잔인했지만 회사의 여러 직원이 만들어 낼 구설 자체가 싫었다. 부하 직원은 회사에서 잘렸는데 이후 상사는 선물까지 받았다는 소문이 만들어져 또 다른 괴담을 눈덩이처럼 생산할 것은 뻔했다.

선물을 거절한 때문인지 모르겠다. 소주를 두어 잔 마시자 그는 따지기 시작했다.

"과장님이 저희 부모님에게 하신 행동은 너무 하셨습니다."

"무슨 내용을 말하는 거지?"

"피해자와 합의하라고 권유하신 거 말입니다."

"그러면 3년 동안을 교도소에서 지낼 생각이었어?"

"합의금 3천만 원은 저희 집 전 재산입니다. 전세금이었는데 이제는 월세 집으로 내려앉았고요."

"그러면 돈 때문에 3년을 교도소에서 썩겠다는 말인가? 전도양양한 젊은 사람이?"

"교도소? 알고 보면 그곳도 그런대로 지낼만한 곳입니다."

"……"

그날 대화는 그렇게 끝났다. 그는 아까운 청춘을 돈과 바꾸겠다고 했다. 이후로 박철수 씨와 그는 만날 수 없었음은 물론이었다.

65.

박 전무 산하의 사업본부에 속한 모든 임직원이 모여 연말 송년회를 하고 있었다. 회식 겸 송년회는 알코올 없이, 사이다에다 삼겹살을 구워 먹는 자리가 되고 말았다. 박철수 씨가 맡은 과(課)의 사원 한 명이 음주운전으로 도로를 청소하던 환경미화원을 치어 숨지게 했고 그의 직속 상사 자격으로 징계 받는 상태여서 박철수 씨는 죄인이 된 기분이었다. 사장은 전사(全社) 직원에게 무기한 금주를 명했다.

술이 없으니 회식 자리는 김빠진 맥주 같았다. 분위기를 살리려 그랬는지 본부장 전무는 간부들을 한 명씩 호명하며 내년의 포부를 밝혀보라고 명했다. 간부 모두는 생산을 대비해서 차질 없는 업무나 철저한 공정관리에 매진하겠다는 그야말로 입에 발린 말들을 읊어대기 시작했다. 드디어 박철수 씨 차례가 되었다.

"이번엔 박철수 과장, 이야기해봐."

"내년에는 훌륭한 아버지가 되겠습니다."

"오호, 그래?"

"……"

"그런데 어떻게 하면 훌륭한 아버지가 되는 거야?"

박철수 씨는 간단하게 한마디 하면 끝날 줄 알았는데 그 내용을 설명해야 하리라곤 미처 생각하지 못했다. 잠깐 머뭇거리자 과(課)의 주무 대리가 끼어들었다.

"잘하면 됩니다!"

모두 크게 웃는 소리가 커다란 식당 홀에 번져갔다.

"그렇구만. 다음 사람 또 해봐."

위기를 모면하는 순간이었다. 본부장은 단구(短軀)에다 일본어 실력이 원어민 이상이며 그가 맡아왔던 주특기라고 할 수 있는 전문 분야에 있어서 그룹 내의 최고 전문가로 손꼽히고 있었다. 그런데 몇 개월 후 그가 급작스레 회사를 그만두었다는 소식을 듣게 되었다. 모두 그 이유에 대해 궁금했지만 딱히 똑 떨어지게 이해하게 하는 풍문 또한 없었다.

"아니, 선배님은 그 이유를 정말로 몰랐단 말입니까?"

"나같이 변방 부서에 있는 자가 높은 양반들 동정을 어떻게 알겠소?"

감사팀에 근무하는 후배 과장은 박철수 씨의 대학 후배로 같은 동네에 살았다. 출퇴근 통근 버스에서 인사하다 어느 날 우연히 회사 근처 술집에서 통성명하면서 친하게 지내게 된 사이였다. 그가 맡은 직무는 임직원의 비리나 비위를 감찰하는 일이었다.

"선배님께만 이야기하겠습니다. 제가 본부장 전무의 비위에 대해 감사를 했고 감사 마무리 즈음에는 사표를 내더군요."

"아니? 도대체 어떻게 된 거요?"

"인면수심이 그런 경우겠지요. 비서인 순희를 아시지요?"

"재작년에 내가 서무로 데리고 있었지. 키 크고 통통한 걔 말이지? 학교 다닐 때 학생회장이었다는데."

"굳이 죄명을 정한다면 성추행과 성폭행 사이의 행동을 넉 달 동안 지속한 것이지요. 괴로움을 견디다 못한 순희가 부모님에게 고통을 털어놓았고 아버지가 감사팀에 전화하는 바람에 제가 조사를 하게 되었어요."

"아니, 도대체 뭘 어떻게 했기에? 나이 예순을 바라보는 양반이?"

"결재서류나 차(茶)를 들고 순희가 전무 방에 들어가면 치마나 가슴에 손을 넣고 또 입을 맞추고……. 얘가 무서워서 들어가지 못하면 호출하고……. 전무는 서울 집에 다녀온 월요일에 심하게 그러다가 하루 쉬었다 수요일 또 그러다가 서울 집에 가는 휴일을 앞둔 토요일에는 가장 심하게……."

"영감쟁이 그거, 미친 거 아냐?"

"그래서 제가 인면수심이라 했지 않습니까? 그래도 제가 제보 받은 내용을 조목조목 추궁하니 그 자리에서 '알겠다'며 대표실에 가서 사표를 내더군요."

66.

박철수 씨는 평소에 입버릇처럼 지인에게 이야기했다. 자식이란 존재는 초등학교 들어가기 전까지 부모에게 보여준 재롱과 귀여움을 밑천 삼아 부모 등골 빼먹으면서 평생을 사는 존재라고. 물론 박철수 씨 자신도 예외가 아닌 모습으로 부모님에게 그랬기 때문이다.

큰아이 박정환 군은 돌이 지났을 즈음, 할머니의 포대기에 업혀서 지나치게 바동거리는 바람에 창문 유리에 부딪혀 큰 상처를 입었다. 눈이 잘 보이지 않는 할머니 김종순 씨는 우는 아기를 더듬다 피를 철철 흘린다는 사실을 알게 되었다. 놀란 할머니는 시력이 좋지 않은 상태에서 아기의 머리에 박힌 유리를 빼려다 외려 더 큰 상처를 만들고 말았다. 때마침 퇴근한 김미경 씨는 아기를 안고, 맨발로 1킬로미터 거리나 되는 병원까지 뛰어가서 급히 봉합 수술을 받게 했다. 그 여파였는지 이후로 박정환 군의 체구가 자라지 않아 박철수 씨 부부는 고심이 깊어갔다. 박철수 씨나 김미경 씨 둘 다 키가 중간치는 되는 편인데, 박정환 군은 초등학교 내내 반에서 맨 앞자리에 앉는 꼬마였고, 작은 체구 때문에 또래에게 늘 얻어맞고 다녔기 때문이다.

정환 군이 유치원에 다닐 때 박철수 씨는 걱정스러운 마음으로 유치원 생활을 지켜보았다. 하루는 유치원 사정 때문에 등교 셔틀버스가 집 앞까지 오지 못했다. 그날따라 김미경 씨가 조기 출근해서 박철수 씨가 직접 박정환 군을 데리고 유치원에 가야만 했다. 유치원 정문을 지나서 복도에서 강당 쪽으로 들어가니 교실 앞에는 신발장이 자리했다. 아이는 벗은 신발을 들고 순서대로 자기 신발을 가지런히 정리한 뒤 선생님 쪽으로 걸어갔다. 박철수 씨는 그 모습을 본 뒤 이유 없는 슬픔이 밀려와서 온종일 짠한 마음이었다. 인간은 자유로워야 하는데 어린 나이 때부터 누구에겐가 강제 당한다는 애처로운 느낌 때문이었다.

정신병원은 환자를 치료하기 위한 인간적 장치가 아니라 인간을 향한 권력 지배를 강화하기 위한 억압 수단이 만든 필연적 산물이라고 말한 미셸 푸코의 논리가 생각났다. 그의 지론에 따르자면 감옥은 범죄자가 수용된 단순한 수용소가 아니라 권력이 사회통제를 실행하기 위한 전략이 낳은 소산이어서, 권력을 존속하기 위해서 필요한 감시 기관이라는 것이다.[32] 개인의 자유를 박탈하고 그를 권력자가 원하는 방향으로 개조하기 위한 '감옥'이라는 개념은, 이러한 감시 개념에서 발전했음이 분명하다. 푸코는 가정, 학교, 군대, 병원, 공장 등 사회는 감옥을 본뜬 제도로 이해했다. 그가 말하는 '감시와 처벌'이라는 개념은 우리가 표면적으로 자유롭게 살아가는 듯 보이지만 내면은 온갖 통제와 규율에 조련된, 순한 죄수라는 사실을 지적했다.

아버지가 국가와 재벌이라는 괴물이 만든 폭력에 속수무책으로 끌려다니는 현상처럼 아들 또한 제도라는 괴물에 조련되는 과정을 지켜보며 박철수 씨의 마음은 금방 애처로운 느낌으로 바뀌고 말았다. 또한 맞벌이를 하는, 피곤한 샐러리맨 부모를 둔 아들이 아닌 부잣집 아들로 태어나서 부모 보살핌을 종일 받는다면 좋지 않았을까 하는 자괴감마저 더해갔다.

아이가 네 살이던 어느 토요일, 오전 근무를 마치고 퇴근하는 길이었다. 집에서 가까운 유치원 앞길에는 여러 대의 봉고 버스가 아이들을 집으로 데려가 주기 위해서 대기했다. 봉고 버스를 발견한 박철수 씨는 아이가 다니는 유치원 앞에 자신이 서있다는 사실을 문득 깨달았다. 먼 거리는 아니지만 모처럼 아이와 손을 잡고 함께 집으로 가면 좋겠다는 생각이 들었다. 박철수 씨는 차가 대기한 길옆에 스무 명가량이나 되는 어린아이와 유치원 선생님이 뒤섞인 무리 속으로 들어갔다. 그 속에서 녀석을 찾아 손을 꼭 잡고 함께 집으로 갈 요량이었다. 2~3분 동안 열심히 아이를 찾았

32) 『감시와 처벌』, 미셸 푸코, 297쪽 참고.

지만 그놈이 그놈 같은 조무래기 속에서 박정환 군을 발견하기란 쉽지 않은 일이었다. 꼬마 무리 속에서 아들을 찾지 못한 박철수 씨가 장소를 벗어나려는 순간이었다.

집과 유치원까지 거리가 그리 멀지 않으므로 집에서 만나면 되겠다는 생각을 하는데, 박철수 씨는 뭔가가 무릎에 닿는 느낌을 받았다. 이게 뭔가 하고 다리 아래쪽을 내려다보니, 정환 군이 박철수 씨의 다리를 꼭 붙잡고 있었다. 순간 박철수 씨는 눈시울이 붉어졌다. 아버지는 자식을 찾지 못하는데 아이는 멍청한 아버지를 알아보았기 때문이다.

박철수 씨는 몇 해가 지나서도 그날의 감동적인 장면을 잊을 수가 없었다. 다니던 회사가 망하고 새로 옮긴 회사에서 실시하는 전입 간부 교육 과정이었다. 교육진행자는 박철수 씨에게 회사 전입자로서 함께 교육받는 동료에게, '살아오면서 겪은 중요한 순간을 소개해달라'고 요청했다. 박철수 씨는 '우연히 아들을 만난 장면'을 이야기했다. 한 주 동안의 교육 과정이 끝나자 많은 이가 박철수 씨에게 전자 메일을 보내주었다. 박철수 씨가 무척 따스한 사람으로 느껴졌으며, 박철수 씨의 이야기에 그날 모두 울컥했다는 내용이었다.

박철수 씨는 이후 노트에다 그날 아이를 만난 느낌을 정성스레 적어보기로 했다. 적다 보니 한 편의 엉터리 시가 되고 말았다. 글은 회사 사보에 실렸는데 전문은 다음과 같다.

아들과 만남

네 살배기 아들아이가 다니는 어린이집 앞에서,

옹기종기 모여 줄을 서서 셔틀버스를 타는 정거장에서

재작년에 머리를 다쳐서 피를 많이 흘려 언제나 얼굴이 창백한

내 아이를 찾느라 두리번거렸다.

"정환아, 아빠가 기다릴 테니 아빠를 찾아야 한다!"

수십 명의 아이, 그 얼굴이 그 얼굴인 조무래기 속에서

나는 내 아이를 찾을 수 없었다.

막막해하며 돌아서는 무릎에 걸리는 작은 무게,

작고 파리한 아이는 내가 모르는 사이

나를 알아보고 다가와 내 다리를 꼭 붙잡았다.

아이를 안고 집으로 돌아오는 골목에서

내 얼굴에는 눈물이 이리저리 흩어졌다.

아이는 아무것도 모르는 채

어깨에 멘 가방, 양쪽 끈을 꽉 쥐고

"아빠, 왜 울어?"를 되풀이했다.

아, 어린 아들이 세상에서 처음으로 경험하는 마중.

67.

박철수 씨가 국민학교에 다닐 때 집안 형편은 가난하기 짝이 없었지만, 주변에는 더 가난한 이웃이 많았다. '윤씨 집'이라고 불린 앞집도 그랬다. 부부가 함께 노동하며 1남 5녀의 생계를 꾸렸지만 근근이 입에 풀칠하는, 가난하기 짝이 없는 이웃이었다. 그 집 큰아들과 장형 박도수 씨는 같은 나이였다. 아버지는 박도수 씨가 도시를 대표하는 국립대학에 입학할 때 이렇게 엄명했다.

"너, 저 집 아들 앞에서 '대학생 티'를 내면 안 된다. 알겠니?"

그해가 1974년이었다. 다 같이 가난한 집안끼리 누구 집 아들은 대학생이고 누구 집 아들은 공장에 다니는 현실이, 아버지는 못내 마음에 걸린 모양이었다. 7년이 지나서 박철수 씨도 어렵사리 그 국립대학에 입학했고, 이후 대학을 졸업하여 사회로 나가게 되었다.

패기만만하게 시작한 직장생활은 고달프기 짝이 없었다. 낯선 객지 생활은 피로감을 가중하여 번번이 향수병을 불러일으키곤 했다. 무슨 일이었는지 상사와 고객에게 곤죽이 되도록 시달림을 당해 극도로 피로감을 느낀 날이었다. 그날, 이유가 되지 않는 이유를 핑계로 짜증을 해소하기 위해 친한 동료와 술을 마셨다. 취하다 보니 영등포 시장 근처의 싸구려 선술집까지 흘러가게 되었다. 나중에 안 일이지만 그곳은 흔히 말하는 색주가였다.

맥주를 서너 병 주문하여 마시는데, 빨간 롱드레스를 입은 아가씨 두 명이 박철수 씨와 동료 옆에 앉았다. 그러다 박철수 씨는 한 아가씨와 눈이 마주치는 순간 놀라지 않을 수 없었다. 동네 여자아이에서 처녀가 되었다지만, 얼굴 생김은 분명 어린 시절 '윤씨 집' 셋째 딸이었다. 가름한 얼굴에 찢어진 눈초리, 눈 밑에 자리한 점까지도 어릴 때 모습 그대로였다. 어설프게 서울 말씨를 흉내 내었지만, 억센 경상도 사투리 억양은 어쩔 수 없었다. 스물일곱에서 여덟 정도가 되었을까? 박철수 씨가 묻는 말에 응한 대답은 예상한 그대로였다.

"아가씨, 고향이 당감동이지요?"

"네, 어떻게 아세요?"

"성이 윤 씨 아닌가요?"

"어머, 그걸 어떻게?"

예감대로 답이 나왔으므로 질문은 계속 그침이 없었다.

"형제가 1남 5녀였지요?"

"아저씬, 도대체 어떻게 그걸?"

"……"

박철수 씨는 그곳에서 마시다 남은 술을 동료와 비운 뒤 곧장 자리를 떴다. 찬바람 부는 추운 겨울날, 낯선 서울 거리에서 '부모'라는 단어가 생각났다. 생각해보면 가난하기는 박철수 씨네 집이나 그네 집은 매한가지였지만, 어린 시절 이후 15년이 지난 모습은 기가 막힐 지경으로 차이가 났다.

뼈가 빠지게 짐승처럼 일한, 처녀의 부모님과 오빠가 떠올랐다. 부모의 성실한 삶과 관계없이 자식의 운명이 비참하게 흐른다면, 힘들게 노력한 부모의 삶은 무슨 의미일까 하고 박철수 씨는 자문했다. 물론, 정상적이지 않은 방법으로 쉽게만 살려 한다면, 인생에서 '노력'이라는 단어는 존재할 이유가 없다. 노력했음에도 불구하고 가족과 개인이 영위하는 삶이 가난이라는 나락에 빠진다면, 누가 책임져야 할까 하는 질문을 하지 않을 수 없었다.

68.

박철수 씨가 무역회사에 다닐 때 협력업체라고 불리는 하청업체 영업사원 가운데 눈여겨본 직원 둘은 박철수 씨보다 여섯 살 가량 어린 동생뻘이었다. 두 사람은 물류 업무를 수행하는 운송과 보관업체에 각각 근무했다. 종업원 열 명 이하가 일하는 영세업체에 속했다고는 하지만, 두 사람 모두 두뇌 회전이 빠르고 업무에 해박하기 짝이 없었으며 일을 대하는 근성 또한 철저했다.

30대 초반인 박철수 씨는 힘든 업무가 끝날 때마다, 호주머니를 털어 선술집이나 포장마차 등에서 둘에게 인간적인 고마움을 표시하곤 했다. 그러다 보니 박철수 씨와 두 사람은 형제처럼 아주 친한 사이가 되고 말았다. 대기업 대리 박철수 씨가 두 사람을 업계에서 무시 못 할 존재로 키운 것이나 다름없었다. 때문에 20대 후반인 둘은, 다니는 회사 내에서 사장도 함부로 자를 수 없는 위상을 차지하게 되었다. 두 사람은 5년 동안 '피를 나눈 형제' 보다 더한 관계임을 강조하며 박철수 씨를 따랐다.

IMF가 터진 해였다. 둘은 박철수 씨가 조언한 계획을 받아들여 창업을 했다. 불황 전에 물류 업종별로 각각 운영한 운송, 보관, 하역, 통관 등 중견업체는 IMF가 만든 불황으로 물량이 줄어들면서 하나둘씩 무너졌다. 박철수 씨의 아이디어로 둘이 만든, 포워딩(forwarding)이란 종합물류 회사는 업계에서 새로운 돌풍을 일으켰다. 여러 가지 물류 업무를 각각의 개별 업체가 아닌, 한 회사가 통합해서 수행하니 중간 비용이 없어지고 불필요한 작업 단계가 사라져서 경쟁력은 탁월했다. 둘은 회사가 커지면 박철수 씨를 책임자로 모시겠다고 약속했고, 두 사람의 집요한 요청을 거절하지 못한 박철수 씨는 회사 설립 때 재정 보증을 서기도 했다. 불황이 기회라고 누가 말했던가? 창업한 회사는, 두 사람이 말단 직원으로 각각 몸담던 중소기업 덩치를 서너 배 능가하는 중견기업으로 자리매김하게 되었다.

IMF로 다니던 회사가 도산되었을 때, 절박한 마음인 박철수 씨는 두 사람에게 그곳으로 자리를 옮겨도 되겠느냐고 물었다. 약속이나 한 듯, 두 사람에게서 대답이 돌아왔다.

"원, 형님도……. 하하! 그때 지나가는 이야기로 한 건데 그 일을 지금까지 기억하시네요. 저희를 이렇게 키워주신 건 고맙지만, 다 옛이야기 아닙니까?"

박철수 씨가 속한 회사의 종업원은 1년 가까이 생존을 위한 거리투쟁을 벌였다. 시위가 장기화되면서 상사니 부하니 하는 구분은 없어졌고 하극상은 일상이 되었다. 종업원 모두는 2000년 12월 말부터 2월 말까지 무려 석 달 동안을 서울역 광장과 공장이 위치한 도시의 중앙역 광장에서 시위를 벌이며 회사 폐쇄가 부당함을 세상에 외쳤다.

공장 폐쇄 후 외국 기업은 회사의 기존 자산을 인수하여, 2000년 9월 1일 새로운 외국계 회사로 재출발하였다. 그날, 새로 취임한 대통령은 반대

진영인 전 정권이 만든 암 덩어리라 지칭하며 회사를 어떻게 처리할까 골머리를 앓았다는 정치적인 연설을 했다. 그 사이 회사 종업원 1/2가량이 회사를 그만두었고, 일부는 그룹에 속한 타 회사로 전출했다. 박철수 씨는 후자에 속하여 그룹 금융회사 한 곳에서 말석 간부로 겨우 직장 생활을 이어가게 되었다. 박철수 씨는 삶이 자신의 뜻대로 되지 않는다는 것을 온몸으로 깨달았다. 이렇게 해서 박철수 씨의 30대가 끝났다.

야생 세계

69.

이미 망한 회사에 들러 남은 이에게 인사를 한 후 금융회사 지점에 첫발을 디딘 날이었다. 쉰 살은 되어 보이는, 깍두기 머리를 한 지점장은 심드렁한 표정으로 박철수 씨를 쳐다보더니 이렇게 말했다.

"이보쇼! 당신, 뭐 하려고 이곳에 왔어요? 우리도 얼마 전에 구조조정을 했어. 피눈물 흘리며 동료를 집으로 보내고 살아남았는데 당신네는 뭐요? 낯짝도 두껍네. 당신네는 철면피요?"

같은 종살이를 하는 처지에 유세가 이만저만 아니었다. 깍두기는 자신보다 나이 많은 여성 영업소장에게 '이 년, 저 년'이라는 막말을 예사로 했다. 보험회사에 다니는 그룹 입사 동기에게 물어보니 그쪽 직장 분위기가 원래부터 좀 그렇다고 했다. 설계사에게 소장이나 지점장은 왕 같은 존재여서 '무식하게 찍어 누르는 능력'은 모두 한칼 한다고도 했다.

이렇듯 업무지시는 항상 욕과 고함으로 일관했다. 깍두기 머리는 회의하다가 말대꾸했다는 이유로 부하 직원에게 유리 재떨이를 집어 던졌고 폭행당한 젊은 직원은 상처로 얼굴을 네댓 바늘이나 기웠다고 박철수 씨에게 털어놓았다. ROTC에다 해군 UDT 장교 출신이라는 깍두기는 쉬지 않는 폭력과 폭언으로 손아래 직원을 강압적으로 다스렸다. 사장과 직속 임원은 좋은 실적을 계속 올리려고 하다 보면 생기는 문제라며, 그를 훌륭한 관리자로 높이 평가한다는 소문이었다.

조직 생활에서 누군가가 정해놓은 순리대로만 행동하게 될 경우, 자신만의 삶을 살지 못하는 문제가 발생했다. 타인이 원하는 뜻대로만 사는 인생은 불쌍한 월급쟁이에게 자아를 잃게 했다. 그간 박철수 씨가 받아들일 수 없는 새로운 가치와 가능성을 새로운 조직에서 발견해야 했지만 현실에서는 딴판이었다. 직장이라고 하는 조직 속에 몸을 담그면, 인간성이고 존엄이고 인격이고 뭐고 하는, 고상한 단어는 철지난 액세서리에 불과하다는 사실을 박철수 씨는 다시금 깨달았다. 그간 윗사람이 아랫사람을 함부로 부리는 사회에 기생하여, 자신도 무언가 '해 먹는다'고 생각한 기억 자체가 부끄럽게 느껴졌다. 사냥터에서 사냥꾼 쪽에 붙어서 약한 짐승을 함께 죽였다는 사실을 알게 되었다.

근·현대 한국사회는 많은 폭력으로 점철되었음은 모두 아는 사실이다. 그 결과 폭력은 사회 전체에, 구성원 각자에게 철저하게 내면화되었는지도 몰랐다. 약자를 완력이나 권력으로 짓밟아도 된다는 생각은 어느 조직에서나 기본이었다. 폭력 진압으로 유명한 경찰, 구타로 악명 높은 군대, 갑질로 손가락질당하는 재벌 등에서는 폭력이 가장 기초적인 상식임을 다시 깨달았다.

70.

새 시대가 시작된다는 2000년 1월이었다. 해당 금융회사에서 박철수 씨가 맡은 직책은 '콜센터' 또는 '고객 센터'로 불리는 부서의 과장 자리였다. 센터라는 부서 조직 아래에 네 개의 과(課)로 이루어진 대규모 조직으로, 과(課) 하나에 속한 인원이 100명이 넘었다. 그곳을 '콜센터'라고 부르기도 하고 '고객센터' 또는 'CRM센터'라고도 불렀다. 회사는 금융회사 객장에서 이루어지는 잡다한 고객 응대 업무를 전화로 대신하게끔 재구성했다. 객장의 인력 절감과 사무실 비용을 줄이고자 만든 의도를 짐작하기란 쉬웠다. 세계적인 추세라고도 하고, 데이터를 축적하기 위한 획기적인 시스템이라 했지만 받아들이는 실무선에서는 '3D 업무' 자체였다. 콜센터에서 근무하는 감정노동자는 가면을 쓴 연극배우와 같아서 기분이 좋지 않아도 고객에게 웃음과 친절로 상대해야 하고, 설사 고객이 무리한 요구를 하더라도 공손한 말투로 응대해야만 했다. 박철수 씨가 그간의 직장 경험을 통해 파악한 콜센터의 주요 업무는 컴플레인(Complain)이라 불리는, 악성 고객이 만든 거친 언사와 무리한 요구 또는 욕설 등을 참아내도록 직원을 독려하는 일이 주된 업무였다.

사업부를 책임진 임원은 박철수 씨 부류의 콜센터 간부에게 '조직의 촉수(觸手)'역할을 요구했지만, 뭘 몰라도 아주 모르는 발상이었다. 임원은 각계각층 다양한 고객에 관한 데이터 분석을 했는지 안 했는지 고객이 사이코패스(Psychopath)와 같은 행동을 하더라도 그를 만족시켜야 한다고 판단했다. 또한, 비정상적인 고객이 저지르는 '갑질'로 대다수 종업원이 고통 받아도 어쩔 수 없다고 생각했다.

박철수 씨는 임원에게 말했다.

"고객이 항상 옳다는 말은 틀렸습니다. 가치 있는 고객만이 대접 받을 권리가 있습니다. 전화 업무를 한다고 해서 성 희롱을 참아야 합니까? 이유 없이 욕설을 퍼붓는 이에게도 당연한 듯 굽실거리며 친절을 베풀 수는 없습니다. 저 직원들도 누군가의 사랑스런 딸이지 않습니까?"

임원은 얼굴을 찡그리더니 자리에서 일어났다.

"그런데 하라면 하는 거지. 당신, 왜 말이 많아?"

서비스산업이 도입되면서 한때 '고객은 왕'이라는 말이 생겨났다. 소비자와 만나는 모든 산업 군에는 '소비자 만족'을 최우선으로 고려했고, 이러한 정책이 서비스산업에서 질적 성장을 가져온 사실은 일견 분명해 보였다. 그러나 언젠가부터 '블랙컨슈머[33]'라는 말이 생겼고, 소비자로 인해 피해를 보는 기업과 직원이 늘어났다. '소비자 만족'정책이 초래한 부작용으로 '갑과 을의 전도'나 '을의 갑질'이 보다 노골화되고 지능화되었다.

옆 도시에 사는 아무개 씨라는 남자는 매일 '전화 시스템'이 열리는 아홉 시가 되면 전화를 걸었다. 전화가 연결되면 받는 상담원에게, '전화 받는 태도가 기분 나쁘다', '목소리가 퉁명스럽다'라는 이유로 한 달 동안 하

---

33) 악성을 뜻하는 블랙(black)과 소비자를 뜻하는 컨슈머(consumer)의 합성신조어로 악성 민원을 고의적, 상습적으로 제기하는 소비자를 뜻하는 말이다. 기업들은 제품이나 기업 이미지 손상을 우려하여 블랙컨슈머들의 상식 밖의 무리한 요구나 불만을 수용해야 하는 곤란한 처지에 놓인다. 〈출처: 『시사경제용어사전』 2010년 11월, 대한민국정부〉

루 평균 5시간에 걸쳐 쉬지 않고 전화하여 업무를 방해했다. 상담원에게서 자신이 원한 답이 나오지 않거나 상담을 통해 평소 가졌던 불만을 풀지 못하면 높은 사람 바꾸라고 하여, 전화를 넘겨받은 책임자에게 '직원이 건방지게 굴었으니 자신을 찾아와서 무릎 꿇고 빌어라'라고 요구했다. 전화 받은 박철수 씨가 난처해하자 정신적인 피해보상금 몇 백만 원을 주지 않으면 언론사에 제보하겠다고 협박하여 돈을 뜯어내려고도 했다. 또한 그는 여성상담원과 통화하면서 여성만의 특정 부위를 지칭하며 "××를 짝 찢어 버리겠다"고 말한 사실을 박철수 씨에게 자랑하기도 했다.

박철수 씨가 그에게 "상담원은 인격이 없느냐? 만약 댁의 따님이라면 이렇게 함부로 말씀하시겠느냐"고 말하자, "개새끼, 왜 내 개인 정보를 이용하느냐? 경찰에 고발하겠다"고 윽박지르며 사장을 바꾸라고도 했다. 며칠 후 그는 콜센터를 찾아왔다.

불합리한 현실은, 콜센터에서는 고객이 먼저 전화 끊기 전에 전화를 끊지 말아야 한다는 불문율을 지켜야 한다는 사실이다. 그런 이유로 박철수 씨를 비롯한 상담원은 쉼 없는 욕설을 하루에도 몇 시간 동안이나 참으며 들어야 했다. 이런 진상 고객이 생산하는 소동은 매주 한두 번씩 빠짐없이 계속되었다. 이후 그는 박철수 씨가 근무하는 콜센터를 직접 방문하여 난동을 피웠다. 그는 처음 상담한 여직원을 지칭하며 '그년을 죽여 버리겠다'며 욕설을 퍼부었다. 누가 봐도 정상적인 응대를 했음에도, 그는 자신이 상대방에게 우월한 '고객'임을 강조했다. 그가 행패를 부리기 시작하자 박철수 씨는 말려야 했다. 그러자 말리는 박철수 씨를 폭행하려다, 옆에서 함께 말리던, 동료 과장에게 전치 3주라는 상처를 입혔다. 그가 지속한 폭언으로 해당 상담원은 정신과 치료를 받았고, 박철수 씨와 동료 과장은 외과 치료를 받았다. 밑바닥 직원인 전화 상담 여직원은 그날 실신하였고 이후 환청으로 고통 받다 사표를 제출했다. '고객 만족'을 위해 그럴 수 있는 일로 판단한 회사는 쓰러진 여직원에게 아무런 보상을 하지 않았다.

유사한 사례는 전화상담원 인당 매주 두세 번씩은 일어나기 마련이어서, 정상적으로 살아가는 실감이 들지 않는 근무 환경일 수밖에 없었다. 회사가 무분별하게 '고객이 왕'이라는 친절 의식을 강조할수록 감정노동자는 병들어 갔다.

회사는 서울을 비롯한 세 군데의 도시에 각각 500명가량이나 되는 비정규직 여성 전화상담원 인력을 배치했다. 세 군데를 모으면 모두 1,500명에 가까운 대규모 인력임에도 회사는 상담원의 감정 관리나 처우를 아예 먼 산 보듯 했다. 회사의 주요 관심 사항은 부담스럽게 많은 대량인력이 단체행동을 할 수 있는 노동조합을 구성하지 않는 일뿐이었다. 상담원 동태를 안팎으로 감시하는 일은 박철수 씨와 같은 부류의 관리자 몫이기도 했다.

회사가 감정노동자를 감시하는 방법은 치졸하고 비열하기 짝이 없었다. 방법은 의외로 간단하고 수월했는데, '컴퓨터 전화 통합 기술'인 CTI[34] 시스템에서, 사원끼리 주고받는 '쪽지'를 비밀리에 실시간으로 감시했다. 예를 들어 'A'라는 이가 'B'에게 '회사에 불만이 많다'는 쪽지를 보내고, 또 다

34) 컴퓨터와 전화 시스템의 통합을 지칭하는 것으로 PC를 통해 전화 시스템을 효율적으로 관리하는 기술이다. CTI 시스템을 활용하면, 고객이 전화 음성안내에 따라 음성으로 원하는 정보를 듣거나 팩스를 통해 문서로 볼 수 있고, 음성안내에 따라 주문 사항과 거래내용을 입력하여 은행 계좌이체나 티켓 예약판매 서비스를 받을 수 있다. (출처: 『매경시사용어사전』)

른 동료가 호응하는 의견을 쪽지를 통해 답한다면, 인사담당자는 메인 컴퓨터에 앉아서 전체 인력 동태를 어렵지 않게 파악할 수 있었다. 뿐만 아니라 쪽지를 엿보면서 감정 노동자 각각이 회사에 어떤 감정을 가졌는가 하는 충성도를 파악했다. 인사 담당자와 노사 담당자는 인트라넷 메시지 비밀열람을 통해 감정노동자 동향과 일반 관리자의 업무 능력을 자의적 기준으로 평가했다. 생각 없이 주고받는 쪽지를 훔쳐보는 행위는 사생활을 보장하지 않고 이뤄져서 비열하고 야비했다. 노조를 허락하지 않겠다는 회사의 행동은 역설적으로 노조가 왜 필요한가를 설명했다.

71.

그러는 사이, '고객은 왕이다'라는 슬로건은 어느새 옛말이 되고 말았다. 2001년이 되자 '고객은 신이다'라는 새로운 슬로건이 등장했다. 기다리기라도 했다는 듯, 고객이 생산하는 '갑질'은 눈덩이처럼 불어났다. 직원과 서로 얼굴을 대하는 객장에서 상상하기 어려운 언사를 고객은 전화기를 통해서는 예사로 던졌다. 악성 고객은 상대방이 눈에 보이지 않는다는 이유로, 전화상담원에게 상식으로 이해하기 어려운 고통을 가했다. 그간 세상에서 '을'로서 당한 쌓인 울분을 터트리듯, '이 년, 저 년, 씨발년' 등 욕설을 예사로 던졌다. 너, 나 할 것 없이, 툭하면 '윗사람 바꿔라', '사장 바꿔라', '정신적인 보상을 해라'라는 말을 노래처럼 불러댔다.

어떤 이는 한 시간 가까이 욕설과 불평을 계속했다. 매일 아침이면 전화를 걸어 재미로 또는 장난으로 시비를 걸었다. '폭언'으로 전화가 길어지면 상담원은 헤드셋 마이크를 끈 채 "아, 나 미쳐!"라고 고함지르기 마련이다. 상담원이 헤드셋에 부착된 통화 마이크를 끄면 고객에게 상담원의 목소리는 들리지 않는다. 상담원이 혼자서 고통스러워하는 목소리는 옆에 앉아서 상담하는 동료에게 두려움과 공포, 짜증스런 감정으로 전해져 근무 공간을 종일 우울하고 어둡게 만들곤 했다.

근본적인 해결책은 욕설을 하거나 부당한 요구를 하는 '갑질' 고객에게 규정에 따라 경고하고, 그럼에도 시정이 안 될 때는 상담원이 먼저 전화 끊도록[35] 해야 했다. 회사 경영진이 내리는 판단은 상담원이 비정상 고객에게 당하는 고통보다, 비정상적인 블랙컨슈머를 향한 '고객 만족'이 더 중요한 듯했다.

회사는 '고객 제일주의'를 포기 못한다며, 직원을 '폭언으로부터 보호해야 한다'는, 박철수 씨의 품의서를 번번이 뭉개버렸다. 전화를 사용하는, 보이지 않는 고객은 언어를 통한 폭력과 성희롱을 일삼았다. 회사는 아무런 대응을 하지 못한 채, 꾀꼬리처럼 '고객 만족'이라는 말만을 되풀이했다. 많은 고객은 폭력으로 감정노동자를 대했고, 회사 또한 무관심이란 폭력으로 감정노동자를 대했다.

---

35) 「막말 들은 콜센터 직원, 전화 끊을 수 있다」《서울신문》, 2017년 11월 7일 참고.

72.

중앙정신보건사업지원단이 갑질과 정신건강 사이의 상관관계[36]를 분석한 '갑을관계, 일상에서의 상처와 트라우마' 보고서에 따르면, '갑질'에 당하는 사람은 분노, 억울, 화, 우울감, 무기력 등 감정을 느낀다고 조사되었다. 특히 업무 현장에서 상습적인 갑질에 노출된 경우, 발생한 의욕 상실은 심각한 수준이었다.

열 명으로 구성된 상담원과 일하는 조장(組長)으로, 서른이 되지 않은 미혼여성 한지현 씨는 고객에게 받은 폭언에 힘들어 했다. 아침 회의를 하면서 박철수 씨는 그녀가 다른 조장 몇 명과 이야기하는 내용을 옆에서 듣게 되었다.

그녀는 자신이 치료받는 치과 의원에서 상식으로 이해하기 어려운 과잉치료를 받은 모양이었다. 그녀는 의사에게 항의하는 과정에서, 해당의사의 지나친 치료가 불법이라는 사실을 알게 되었다. 그녀는 격하게 항의하며 담당 보건소에 고발하겠다고 의사를 수차례 압박했는데, 부담을 느낀 의사가 얼마면 되겠느냐고 해서, 4백만 원을 받은 후 없는 일로 합의했다고 자랑했다.

이야기를 듣던 박철수 씨는 놀라움에 한숨을 쉬었다. 갑질은 사회 전체에 전염되었다. 직장에서 상사에게 폭언을 당한 직원이 회사 밖에서는 악

---

36) 「갑자기 욱해서 "사장 불러!"…… 을의 숨은 얼굴 '갑질'」, 《조선일보》, 2017년 7월 22일 참고.

성 소비자로 변했고, 갑질 하는 소비자에게 당한 상담원이 당한만큼 갚아 주는 블랙컨슈머가 되고 말았다. 대중은 자신이 을이 되는 타인의 갑질에는 분노하면서도, 자신이 갑이 되는 일상에서는 갑질 문화에 수긍하기도 했다.[37] 박철수 씨는 갑질에서 피해자와 가해자가 따로 구분되지 않는 우리 사회 갑질 문화를 보며 놀라지 않을 수 없었다. 갑질이 만드는 악순환을 끊기 위해서는, 자기 직업이나 직위를 자기 가치와 같이 보지 말고, 위계질서에서 자신을 떨어뜨리는 연습이 필요하다는 사실은 먼 나라 이야기처럼 들렸다.

과장 박철수 씨가 담당한 과(課)의 인원은 100명이 넘었으나, 고객에게 상처받기 일쑤인 감정노동자 상담원을 관리할 대책이란 전무했다. 100명이 넘는 여성 인력은 대부분 비정규직이었다. 회사는 감정노동자라는 인력이 세력을 규합하여 노조를 만들지 않기 위하여 비밀리에 동태를 감시하라고 요구할 뿐이었다. 국가와 재벌은 보이지 않는 상대방에게 폭력을 요구하고, 자신 역시 폭력에 무방비 상태인 관리자는 구경꾼이 되어 갔다. 진정한 폭력 집행자는 어쩌면 개별 행위자가 아니라 박철수 씨와 같은 구경꾼 집단인지도 몰랐다.

37) 「"욕하고 때리는 것만 갑질?" 나도 모르는 새 '일상 갑질' 벌어진다」, 《SBS 뉴스》, 2017년 9월 11일 참고.

73.

어느 날 팀장은 박철수 씨에게 자신과 '집중 근무조' 상담원이 함께 하는 저녁 회식 자리를 만들어달라고 주문했다. '집중조'는 오전 아홉 시에서 오후 여섯 시까지 풀타임 근무가 아닌, 오전 열 시에서 오후 두 시까지 일하는 조직을 부르는 명칭이었다. 점심시간에 특히 전화가 많이 밀려오고, 상담원은 식사시간을 가져야 하는데, 집중조는 중심 인력의 점심식사 시간 틈을 메우기 위해 만든 별도 조직이었다. 시간제 근무가 주는 이점 때문에 구성원 중에서 3~40대 주부나 올드미스가 많았다. 금융권 회사 간부 출신이나 대학원을 졸업한 고학력자도 여럿이었다. 팀장은 센터의 주된 구성원인 20대 상담원의 회식 자리에는 단 한 번도 나오지 않았다. 그런 그가 집중조와 회식 자리를 요구하는 의도를 선뜻 이해하기 어려웠지만, 한편으로는 뭔가가 짚이는 구석도 없진 않았다.

팀장과 박철수 씨, 그리고 후배 과장 등 간부 세 명과 집중조 여성 상담원 여덟 명은 이른 저녁 시간에 식사를 겸한 반주를 했고, 이어서 2차로 노래방에 갔다. 그날 회식자리에 나온 집중조 여성 상담원 가운데 대학원을 나온 노처녀 한 명은 유달리 술을 즐긴다는 평판이 많았다. 초반부터 양주를 주문한 그녀는 팀장과 두 간부에게 폭탄주를 권하며 자신의 주량을 과시했다. 시간이 30분가량 흐르자, 참석자 모두는 너나 할 것 없이 취기가 짙어갔다. 팀장은 이에 응답하기라도 하듯, 상업고등학교를 졸업한 후 현재의 자리에 오르기까지의 고생을 늘어놓으며 자신이 상담원의 '생사여탈권을 쥔' 부서장이라는 사실을 은근히 과시했다. 학력 콤플렉스가 많은 그만의 자랑스러운 무용담이기도 했다. 한 시간 정도 시간이 흐르니 분위기는 엉망으로 변해갔다. 양주를 권하고 마시던 그녀는 술에 취했는지, 아니면 애교를 부리려 했는지, 팀장에게 '오라버니'라는 표현을 사용했다. 팀장은 그녀의 어깨에 손을 얹으며,

"동생, 힘든 일하느라 고생 많은 거를, 다 안다."

라고 말했다. 독주가 안기는 피곤한 시간이 계속되었고 전날부터 계속 몸이 좋지 않은 박철수 씨는, 일행에게 양해를 구하며 노래방을 나와, 일찍 귀가했다.

다음 날 오전, 박철수 씨는 인사팀 노사담당 과장으로부터 전화를 받았다. 모 상담원에게서 '회사 내 성희롱'을 당했다는 신고를 접수했으니, 전날 밤 회식 자리에서 무슨 일이 발생했는지를 자세하게 이야기해 달라는 주문이었다. 박철수 씨는 자신이 노래방을 나올 때까지를 기억나는 데로 설명하고 전화를 끊은 후, 전날 함께 했던 후배 과장과 상담원 한 명을 불렀다. 자신이 떠난 뒤에 술자리에서 무슨 일이 일어났는지 알기 위해서였는데, 이후 술자리에서 벌어진 사건 내용은 이랬다.

얌전하게 술 마시던 팀장은 선임 과장 박철수 씨가 자리를 떠나자 갑자기 돌변했다. 그는 '오라버니'라는 칭호에 답하며, '동생'에게 블루스 춤을 요구했다. 만취한 그는 노래에 맞춰 어깨를 껴안았고, 곧 손을 내려 허리를 감다가, 이어서 두툼한 엉덩이를 만졌다. 취중 애교가 지나쳐서 엉뚱한 결과를 초래했다는 사실을 뒤늦게 깨달은 그녀가 "팀장님! 왜 이러세요!" 하며 그의 몸을 밀쳤다. 그런데도

불구하고 팽팽해진 그는, 여직원이 거절하는 말과 행동을 무시하며, 팔로 두 손을 제압한 후 큼직한 가슴을 주물렀다. 이후, 어색하게 흐르는 술자리 분위기를 깨달았는지, 그는 넥타이를 머리에 매고 테이블 위에 올라가서 엉덩이를 흔들며 '카스바의 여인'이라는 트로트 노래를 부르다가 이어서 '긴 머리 소녀'라는 애절한 포크송을 열창했다. 그러다가 테이블에서 바닥으로 내려온 그는 '동생'을 다시 껴안으려 했고, 그녀는 그가 근처에 올 때마다 피했다. 테이블 사이를 다람쥐가 쳇바퀴 돌 듯 둘은 계속 뱅뱅 돌았다. 실랑이 가운데 만취한 그는 다시 '동생'에게 가서 몸을 더듬으려 했고, 그녀가 피하는 행태를 반복되다가 술자리는 파했다.

이틀 후, 성희롱 사건을 조사하기 위해 인사팀 소속 '직장 내 성희롱' 담당 과장이 회식 참가자 전원을 대상으로 한 명씩 면담했다. 대상 상담원 가운데 한 명이 박철수 씨를 찾아와 물었다.

"과장님, 인사팀에서 그날 일을 조사한다면서 잠시 후, 저쪽 회의실로 오라는데요. 뭐라고 이야기해야 합니까?"

일어난 사건이 용납할 수 없는 일이기에 박철수 씨가 고심 끝에 대답했다.

"나도 이야기를 들었어요. 그런데, 진실을 이야기해야 할 상황에서 뭐가 맞고, 뭐가 틀렸는지는 어느 정도 알지 않나요?"

"일어난 일을 사실 그대로 이야기하라는 말씀이군요? 그러면 팀장님이 사실대로 말한 우리를 가만히 둘까요? 반드시 복수할 텐데요?"

또 다른 한 명이 찾아와서 같은 질문을 했고, 박철수 씨는 앞과 비슷한 대답을 했다.

"아무리 그래도, 검은 것을 검다고 하고, 흰 것은 희다고 말해야지, 그날 아무런 일이 없다고 거짓말한다는 일은 옳지 않다는 생각이 들어요."

"무슨 말씀이신지 알겠는데요……. 진실을 이야기하면 처벌을 받을 이는 뻔한데, 같은 월급쟁이끼리 그날 일어난 일을 가감 없이 이야기한다는 자체가 부담스럽기도 하구요."

박철수 씨는 순진하게도 회사의 공정한 판단을 믿으며 말을 매듭지었다.

"인간이 추구하는 옳고 그름은 자유로울 때만 의미가 있지요. 자유가 없다면 책임도 없구요. 이 상황에서 내가 할 수 있는 말도 정해져 있습니다. 인간에게 자유가 많은 만큼 책임도 많은데, 조직에 속한 사람이 가진 자유는 무한하지 않지요. 이 상황에서 여러분도 마찬가지고. 아니면 자유를 행한 책임을 져야하든지……."

회식 참가자 열 명을 조사했으나, 인사팀이 팀장을 향해 내린 결론은 '징계보류'로 귀결되었다. 그만한 일로 팀장을 징계하면 회사 내에서 살아남을 간부가 과연 몇 명이 되겠느냐는 게 인사팀의 의견이었다. 며칠 지나지 않아, 인사팀에 제보한 상담원이 누군지도 밝혀졌고, 여섯 달 후, 그녀는 재계약 대상에서 제외되었다. 언제나 그랬다. 상식에서 일탈한 이는 아무런 불이익 없이 근무했고, 피해를 받은 이는 오히려 문제를 일으킨 사람이 되어 회사에서 사라졌다. 박철수 씨가 자신에게 불리한 증언을 했다며, '빚은 갚겠다'는 말을 팀장이 했다는 후문이 들렸다.

74.

아무런 일이 없는 듯 박철수 씨에게 일상은 계속되었고, 월급을 받으니 침묵해야만 하는 체념 또한 쌓여갔다. 그러던 어느 날, 회사는 새로 업무를 위촉한 임원 명단을 전산 게시판에 발표했다. 놀랍게도 그는 30대 초반의 재미교포로, 미국 굴지의 금융회사에서 부장급으로 근무한 이였다. 회사는 게시판을 통해 선진 금융기법을 도입하기 위해 국내에서 처음으로 실시하는 인재 영입이라고 설명했다.

며칠 후, 미국 출신의 젊은 임원이 사업부 현황을 파악하기 위해 박철수 씨가 근무하는 고객센터를 방문했다. 팀장은, 간부와 남자 사원은 예외 없이 건물 1층에 늘어서, 그가 나타나면 고개 숙여 인사하며 예의를 표하자고 지시했다. 새 임원은 건물 1층 승강기 입구에 도열한 남자 직원 여럿을 발견하고 놀라는 표정이 역력했다. 교포라고는 하지만, 한국은 처음이었고, 모든 환경이 어색한 만큼 우리말도 서툴러서 표현 또한 어눌했다.

그는 회의실에서 대강의 브리핑을 받은 후에 네 개 층에서 근무하는, 4백 명이 넘는 상담원의 근무 모습을 살펴보는 내내 아무런 말이 없었다. 그러다가 퇴근 시간이 되었고, 항상 그랬듯이 간부와 임원이 함께 하는 회식이 기다렸다. 일식집에서 임원을 상석에 앉히고, 팀장 한 명과 과장 네 명이 서열대로 앉아 식사를 시작했다. 팀장이 50대 초반, 선임 과장인 박철수 씨가 40대 초반이었고, 나머지 과장 셋은 30대 후반이거나 40대에 막 접어들어서, 30대 초반 나이의 임원은 젊어도 너무 젊어 보였다.

참석자 모두는 누가 말하지 않아도 각각 소주를 옆 사람의 잔에 따랐고,

누군가가 '건배'를 외쳤다. 여러 간부의 눈치를 보던 젊은 임원은 함께 잔을 들었다가 곧바로 마셨다. 그렇게 두 순배 정도 잔이 돌자, 간부 모두는 젊은 임원의 캐릭터를 파악하는 듯했다. 말이 없고 얌전한 사람, 또한 우리말에 능통하지 못한 사람, 우리 기업이 가진 조직문화에 문외한이라는 확신이 그랬다.

주위의 시선과는 상관없이 팀장은 임원에게 다가가, 무릎을 꿇은 상태에서, 두 손으로 공손하게 잔을 권했다. 그리고 그만이 가능한 서사를 진행했다.

"상무님, 저희 센터가 세 개 센터 가운데에서 전번 달 실적이 가장 좋질 않았습니다. 그에 대해 뭐라 드릴 말씀이 없습니다. 죄송하기 짝이 없습니다. 상무님, 그렇지만 지켜봐 주십시오. 앞으로 정말 잘하겠습니다. 직원 개개인 콜 생산성이 부족한 문제는 어떤 방식으로 야단을 치든 간에 목표를 달성하겠습니다. 고객 만족 항목뿐만 아니라 채권회수 실적이 나쁜 점도 그렇습니다. 어떻게 쥐어짜든 간에 상무님 눈높이에 맞추도록 하겠습니다!"

젊은 임원은 눈만 껌뻑이며 계속 말이 없었다.

팀장은 처음처럼 계속 애처로운 표정으로 말을 이어갔다.

"상무님! 저, 앞으로 정말 잘하겠습니다. 제발 한 번만 지켜봐 주십시오. 진심입니다……."

옆에서 지켜보며 이야기를 듣는, 박철수 씨를 비롯한 과장 여럿은 터지는 웃음을 참고 또 참았다. 팀장은 이전 임원에게 행한 대로, 향후에도 농업적인 근면성에만 매진하겠노라고, 또는 이 한 몸 바쳐 무조건 충성하겠다는 맹세를 하면 만사형통하다고 믿는 듯했다. 그가 상업고등학교를 졸업한 후 '무조건'식 과잉 충성을 되풀이한 만큼, 그만큼 부하직원을 쥐어짜는 요령은 그만의 노하우가 되었음을 회사에서 모르는 사람은 없을 터였다. 회사가 거금을 들여, 나이 어린 미국인을 파격적으로 영입한 의도는 기존 방식에서 벗어난 '창의'라는 말로 표현되는 선진 경영기법을 터득하기 위해서였다. 팀장은 회사의 의도를 죄다 무시하고 '나 홀로'식의 구시대가 만든 충성 타령을 반복했다.

그래도 행운은 항상 그를 따라다녔다. 부하직원을 괴롭히고 쥐어짜야만 조직이 돌아간다고 믿는 임원이 대부분이었고, 구조조정 때마다 팀장은 예봉을 피해갔다. 어째서 그렇게 됐는지 알 수 없지만, 미국에서 온 젊은 임원은 1년 후 재계약 대상에서 제외되어 직원 모두의 기억에서 사라졌다.

75.

20년 만에 재회하게 된 동창은 박철수 씨와 고등학교 때는 아주 친했으나, 같은 대학을 다니면서 소원해진 옛 친구였다. 대학 시절, 그는 무지한 민중을 가르치며 결국은 무산대중을 위한 대변자가 되겠다고 밝혔고, 목표한 세상을 이루기 위해 가진 자와 싸우며 계급 없는 세상을 만들겠다고 다짐했다. 운동권에 속하지 않은 동창에게는 '부르주아 사고에서 파생된 껍질을 벗지 못하는, 식민지 분단 현실에 노예처럼 길들어 사는 이'라고 지칭하며 벌레처럼 대했다.

자신이 판단하는 가치에서 우선순위는 마르크스보다는 레닌이 우선하고, 레닌보다는 스탈린이나 모택동이 이상적이라고 입버릇처럼 말했다. 그런데 스탈린이나 모택동보다는 주체사상 비슷한 내용을 주장하는 논리가 박철수 씨는 이해되지 않았다. 기억을 종합해보면, 그가 그다지 대단한 사상가는 아니라는 학교 운동권 내부의 평도 적지 않았다. 당시 박철수 씨는 고교 시절부터 이어져 온 친구 관계를 유지하길 바랐다. 뭐, 사상을 위해 같은 방식의 삶을 살지 않더라도 친구 관계는 유지하기를 바라는 마음은 누구나 가지는 보편적인 현상임이 분명했다.

그와 함께 보낸 지난 시절을 다시 생각하니, 박철수 씨에게는 두고두고 잊지 못할 쓰린 기억 하나가 되살아났다. 박철수 씨의 아버지가 50대 초반의 나이에 갑자기 세상을 떠난 이후였다. 그때 서로 나눈 대화 내용은 인간관계가 존재하는 이유를 의심하게 했다.

"철수, 슬픈가? 그런데 나와 같은 방식으로 세상을 살려하지 않으면 앞으로 내게 연락하지 마라!"

친구에게 냉정하기 짝이 없는 통보를 받고나서 1년 후에 박철수 씨는 군대에 입대했다. 이후 3년이 지나 복학하니 학교에서 그를 찾을 수 없었다. 누군가는 그가 다른 학교의 대학원에 진학했다고 말했고, 또 누군가는 그가 경인 지역 어느 공단에 위장 취업하여 노동전사가 되었다는 소문을 들었다고 했다.

2002년. 마흔두 살이 된 그해는 학교 동창을 연결해주는 '아이 러브 스쿨(I love school)'이란 인터넷 사이트가 인기를 끌었다. 아침에 출근해보니 고교 동창회에서 보낸 우편물이 박철수 씨의 책상 위에 놓여있었다. 봉투를 뜨자 그간 헤어진 동창의 주소가 기록된 '동창회 명부 수첩'이 나타났다. 수첩에 적힌 내용을 보니 600명 동기 가운데 주소가 기록된 이는 기껏 200명 정도로 그야말로 명부를 만들어 가는 과정임을 짐작케 했다. 박철수 씨의 휴대전화 번호나 직장명, 전화번호 등도 게재되어 있었다.

그러던 어느 날, 박철수 씨는 근무 중에 낯선 전화를 받게 되었다. 기억에서 사라진 목소리가 박철수 씨의 이름을 부르며 말을 건넸다.

"철수, 나, 기억하겠나?"

역사에서 권력자는 가지지 못한 이에게 핍박하고 폭력을 가했다. 운동권의 권력자인 그가 마르크스와 같은 사상을 갖지 못한 이에게나 마르크스를 이해하기 어려운 이를 박대하던 기억이 되살아났다.

"그럼, 기억하지. 내가 너를 어찌 잊겠나?"

"하하, 그렇군. 어떤 기억인가?"

"그때 너와 같은 생각을 갖지 않으려거든 연락하지 말라는 말을 했지. 내가 그걸 어떻게 잊겠나?"

"하하, 별별 사소한 내용을 다 기억하는군. 우리 언제 한 번 만나서 이야기 좀 하지."

"음, 그렇구나. 사소한 내용…… 사무실이 중앙역 근처이니 연락하게."

이튿날 퇴근 무렵에 서무 여사원이 손님이 찾아왔다고 박철수 씨에게 보고했다. 박철수 씨와 그는 20년 만에 만나게 되었다. 정장 차림이었지만 어울리지 않는 어색한 옷매무새에다 나이에 비교해 지나치게 늙은 얼굴은 대머리와 조화되어 50대 이상으로 착각하게 했다. 차를 마시면서 그간 살며 부대낀 이야기를 나누다 보니, 흘러간 시간 동안에 일어난, 살아온 삶의 궤적을 파악하게 되었다. 그는 이렇게 말했다.

"80년대, 우리가 맞이한 20대를 나는 열정을 갖고 혁명을 만들 기회를 찾으며 살았다. 시대가 만들어낸 압제와 잔학함, 군사 파쇼가 민중을 착취하는 권력, 불합리한 분배구조는 세상을 바꾸어야 한다는 확신을 더욱 강하게 만들었지. 당시, 나와 여러 동지가 추구한 이념은 아직도 유효하며, 어떤 희생을 치르더라도 지금까지 즐비하게 남은 악질 반동 세력을 몰아내야 한다고 믿는다. 시대가 변했다고 하지만 보수 세력과 악질 자본가는 여전히 나라를 지배하고 있다. 자본가를 위한 제국주의, 특히 미제가 신자유주의라는 미명으로 자국의 자본이익을 위하여 주변국인 후진국을 착취함으로써 우리와 같은 식민지 후진국은 구조적으로 기아에 신음해야만 한다. 혁명이 현 시대 이치에 맞지 않거나, 수정할 부분이 존재한다면, 나약한 패배주의거나 비굴한 타협이 만들어낸 논리겠지.

그러나 지금은 내가 당면한 생활고를 스스로 외면하기 어렵기에, 새로운 길을 모색하다가 신세계를 발견하게 되었다. 나는 너에게 최대한 부를 안겨줌으로써 지난 시절, 친구로서 못다 한 도리를 다하려 한다."

무슨 이야기를 하려고 계속 뜸을 들이는 것일까? 부하 직원은 모두 퇴근하고 저녁 시간이 훨씬 넘은지라, 박철수 씨는 사무실 근처에 위치한 음식점으로 자리를 옮겼다. 술이 몇 잔 들어가니 그간 삶을 지탱한 이야기가 상세하게 전개되었다.

군대 징집을 피하기 위해 손가락을 잘랐다는 시점에서 이야기를 시작했다. 제국주의 식민지의 주구 역할을 하지 않기 위해서라고 덧붙여 말했다. 대학 졸업 후 구로공단에 위장 취업하여 노동 전사를 지도한 보람찬 성과를 훈장과도 같은 영예로운 기억으로 자랑했다. 박철수 씨는 인내심으로 이야기를 들었지만 그가 이제야 나타나 자신에게 주장하는 내용을 종잡을 수 없었다. 이제 와서 뭘 어쩌잔 말일까. 그러나 궁금함은 오래가지 않았다. 그가 물었다.

"철수, 재산은 얼마나 되는가?"

"많진 않지만, 그간 열심히 저축한 결과, 끼니를 걱정하거나 남에게 돈을 빌리러 다닐 정도는 아니지."

"그렇다면 지금 그걸로 만족하며 살 건가?"

"지금의 내 삶이 어때서?"

짜증난 박철수 씨는 그쯤에서 이야기를 마쳤으면 하는데, 그는 난데없는 제안을 했다.

"자네가 책임자로 있는 사무실을 보니 직원이 굉장히 많더구먼. 모두에게 엄청난 부를 안겨 줄 테니 내 제안을 받아주길 바라네. 내 말대로 한다면 자네에게는 행복의 나라가 기다리게 된다. 세상은 빠르게 변하는데 그대만 모르시네?"

그가 말하는 내용을 간단하게 요약하면 이랬다. 군대 징집을 피한 그는 학부 졸업 후 노동운동을 하며 사회 변화를 도모했지만 모두 뜻대로 되지 않았다. 이후 30대 중반부터 40대 초반까지 사법고시 공부를 했으나 결과는 모두 실패에 그치고 말았다. 다시 사회에 나와 뭔가를 이루어보려는 차에 획기적인 사업 아이템을 발견하게 되었다. 그가 혼자서 차지하기에는 아까운 사업이어서, 친한 친구와 함께 하려고 찾아왔다고 말했다.

박철수 씨가 물었다.

"혼자하기에 아까운 사업이란 내용이 뭔가?"

"네트워크 사업이라고, 들어보았나?"

이야기를 듣는 순간 박철수 씨는 실소가 났으나 애써 참았다.

"피라미든가 뭔가 하는, 다단계 판매를 말하는구먼."

"부정적으로만 생각하지 말게. 자네가 그쪽에 대해서 알면 뭘 아나? 자네가 '네트워크 사업'에 관해 아는 내용은 모두가 자투리 상식에 불과함을 미리 말해주겠네. 내가 볼 때는 가장 과학적이고 합리적이며 또 자본주의가 만든 꽃이기도 해. 동참해주게. 진정, 자네를 위해서 내 이러는 거야. 자네처럼 많은 부하직원을 둔 경우는 금방 돈방석에 앉게 되네."

"네 말대로 하려면, 나는 내 휘하 직원 모두를 피라미드에 밀어 넣어야 하겠군. 회사 방침도 어겨야 하고, 어쨌든 나를 통해 다단계를 해서 획기적인 부자가 되겠다는 말이로군."

"……"

"자네, 술 마시고 싶으면 언제든 연락하게. 내 그 정도 능력은 되니까. 그러나 자본주의가 배설한 쓰레기를 나에게 권유할 생각을 더 이상 말아줬으면 좋겠어."

"이 봐! 뭘 제대로 알지도 못하면서 왜 이러는가? 지금부터 내가 설명할 테니 잘 들어봐!"

알면 뭘 아느냐는, 상대방을 무시하는 어법은 과거 그가 속했던 세계나 현재 속한 세계에서는 보편적인 듯했다.

"듣고 자시고 할 필요조차 느끼지 못해. 이제 그만하지!"

박철수 씨는 자리를 박차고 일어났다. 뜻밖에 이뤄진 만남인 만큼 어이 없는 시간이었고, 한 혁명투사가 보여 준, 일그러진 뒷모습에 실망을 금치 않을 수 없었다.

다음날 점심시간이었다. 박철수 씨는 옆 건물에 입주한, 선박회사에 근무하는 대학 후배를 청하여 차를 마시게 되었다. 그를 마주하니 기억하기도 싫은 1980년대 중반 5공화국, 전두환 정권 시절에 일어난 일이 되살아났다. 박철수 씨가 다니는 대학교의 중앙 도서관 내에서 한 학생이 나타나, 갑자기 '군사독재정권 타도!'를 외치며 전단을 뿌렸다. 순간 어디서 나타났는지 사복경찰이 달려들었다. '짭새' 여럿은 학생에게 돌진해 양쪽 팔을 꺾은 후 질질 끌고 어디론가 사라졌다. 군에서 제대한 박철수 씨 부류의 복학생은 구석에서 숨죽인 채, 끌려가는 장면을 지켜보아야만 했다. 분노와 무기력, 비굴한 감정이 뒤섞였다. 한 달에 몇 번씩 이런 장면은 반복되었다.

박철수 씨 앞에서 단정하게 차를 마시는 이는, 어둡고 암울한 시절, 모교에서 총학생회 사회부장을 지낸 이였다. 그는 시위 때마다 핸드마이크를 들고 도서관에 들이닥쳐,

"도서관에서 공부하는 학우 여러분! 부끄럽지도 않습니까? 고문 정권! 학살 정권! 군부 독재 타도합시다!"

하고 외친, 총학생회의 핵심멤버였다.

전날 일어난 이야기를 듣다가, 그가 박철수 씨에게 말했다.

"알만한 친구는 훈장이나 전리품을 받듯이 정부 고위직으로 가고, 행정부 특채나 공공기업으로 괜찮은 자리를 한 자리씩 차지했지요. 다단계를 한다는 그 선배는 논공행상에서 제외된 모양이네요. 훈장을 받은 부류와 노선이 달랐든지."

계속 듣기만 하는 박철수 씨에게 후배는 조심스러운 목소리로 일침을 가했다.

"그런데 형은 왜 말하지 못했습니까? 그 잘난 다단계를 하려고 친구에게 그토록 함부로 대했느냐고."

76.

2003년 봄, 팀장 박철수 씨는 그 금융회사에서 3년째 승급에서 누락되었다. 한 번은 사내 최우수 관리자로 선정되어 사장의 표창장과 상금 천만 원을 받기도 했지만, 수상이 승진과는 연결되지 않았다.

그해 연말이었다. 백 명에 가까운, 회사 간부만 모인 망년회 술자리였다. 다가오는 신년에 회사가 구조 조정을 한다는 소식 때문에 우울해진 박철수 씨는 정신을 잃을 정도로 만취했다. 옆 테이블에 앉은, 간부 세 명이 박철수 씨를 가리키며, 낮은 목소리로 말을 주고받았다.

"저 양반, 밀어주는 임원이 없으니 저 나이에 이 모양이네."

"전에 다닌 회사에서는 잘 나간 사람이라는데?"

"여기에서도 실적은 좋잖아. 실적만 좋으면 뭘 해? 지방 도시에서만 근무하니 누가 밀어주겠나? 개밥에 도토리 신세지."

"아, 저 사람은 지방대 출신이군? 저 실적에 스카이였으면 기회가 넘쳤겠지."

같은 테이블에서 침묵하며 이야기를 듣던 나머지 한 사람은 딱하다는 듯 쯧쯧 혀를 찼다.

야생세계는 사람이 대상을 모조리 없애기 전까지만 해도 신화가 주장하는 것처럼 그다지 야만스럽지 않았다. '문명인' 역시 스스로 생각하는 만큼 문명 친화적인 존재는 아니었을 것이다. 수많은 사람을 살육하는 일은 결코 이전 시대의 특권이 아니었다. 폭력은 어쩌면 인류만이 갖는 숙명인지도 몰랐다. 폭력을 자행하는 형태와 장소, 시간, 기술 효율성, 제도적인 구조와 정당성 등에서 오늘날의 폭력과 과거에 행해진 폭력은 차이가 난다. 그럼에도 불구하고 발생하는 여러 가지 변화는 일관되었다든가 목표 지향적이지 않다. 누적하여 발전하는 과정도 아니었다. 오히려 지속하는 왕복운동이나 상승과 하강을 반복하는 운동과 비슷했다.[38]

박철수 씨는 울적할 때마다 장자가 꾼 나비꿈을 생각했다. 나비가 되어 꿈과 현실 사이를 오간 장자는 두 세계 사이에 분명한 한계가 존재하며, 확실한 구분도 가능했을 터였다. 장자가 그런 의식을 가졌다는 것은 그가 그 순간 현실 속에 있었음을 증명했다. 만일 그가 행복한 나비로 즐거움에 빠져서 헤어 나올 수 없었다면 '호접몽'이라는 선명한 분별력으로 고민할 수 없었기 때문이다.

---

38) 『폭력사회』, 볼프강 조프스키, 325쪽 참고.

77.

박철수 씨는 20년 동안 다닌 '그 그룹'이라는 이름에 속한 여러 직장에서 한순간도 행복하지 않았다. 옆 동료에게 어쩌다 살짝 내비친 고충 한마디는, 얼마간의 시간이 지나면 부메랑이 되어 자신에게 돌아왔다. 자신이 살기 위해서 누군가를 짓밟아야 하는 사실을 박철수 씨만 늦게 깨달았을 뿐이었다. 직장이라는 정글은 박철수 씨를 영양과 같은 먹잇감으로 만들었다.

아프리카 초원에서 영양은 허구한 날 사자한테 잡아먹히곤 했다. 얼룩말이나 크고 단단한 뿔로 겉으로는 무장이 잘 된 듯 보이는 물소나 오릭스도 그랬다. 오릭스의 날카롭고 기다란 뿔은 창처럼 장대하여 나름대로 무기를 가진 것처럼 보였지만, 사자의 먹잇감에 불과했다. 덩치가 커서 외모가 강하고 번드레해 보인 물소도 마찬가지였다. 사자가 노리지 않더라도 표범이나 하이에나는 물론 리카온 같은 들개 떼도 물소와 오릭스에게 덤벼들어 숨통을 끊었다. 틈만 보이면 잡아먹히는 게 한국에서 평범하기 짝이 없는 월급쟁이의 말로였다. IMF를 겪으며 평생직장이라는 단어는 사라져 버렸다. 시간이 지나면 사계가 흐르는 현상처럼, 40대가 되면 불시에 회사에서 쫓겨나가는 일은 당연한 현상이 되어버렸다.

언제는 '최고의 무슨 맨' 운운하는 세뇌 교육을 하더니 어느 날 표변한 회사가 보여준 얼굴을 대하면서 월급쟁이 모두는 고통스럽게 자조했다. 모두 앞으로 어떻게 살아야 하는지에 관해 자신이 없었다. 월급쟁이 을은 근본적으로 갑에게 처분을 기다리는 소작인에 불과할 뿐이라는 체념이 넘쳤다. 소비자에게 갑질 하는 대기업과 감정노동자에게 갑질 하는 소비자의 몇 배로 경영진은 종업원에게 갑질을 가했다. 임원이라고는 하지만 월급쟁이인 그도 어차피 같은 신세가 될 것이 분명함에도, 자신만은 예외가 되어 영구히 회사에 존재하리라 믿었다.

78.

금융회사에 전입한 박철수 씨는, 직원에게 언어와 신체 폭력을 일삼는, 특수부대 ROTC장교 출신 깍두기 지점장과 싸우느라 1년을 보냈다. 나머지 4년은 콜센터에서 감정노동자가 당하는 '갑질'이라는 폭력과 싸우다 또다시 구조조정을 맞고야 말았다. 남을 달래는 것까지는 좋았는데, 자신이 어려울 때 박철수 씨를 달랠 사람은 아무도 없었다.

박철수 씨가 사원, 그러니까 대리에서 과장으로 진급할 때의 일이다. 과장이 된 사람은 서울 근처 전원도시에 위치한 연수원에 집합하여 한 달 동안 교육을 받았다.

첫날 강사는 이름만 대면 모두가 아는 대학교수로, '구름에 달 가듯이'라는 시로 유명한 시인을 부친으로 둔 이였다. 쇳소리 나는 쉰 목소리로, 처음에는 조근조근 이야기하다가 갑자기 고함치듯 내지르는 강의 방식이 특이했다. 강사가 교육생에게 자신을 소개한 후 잠시 침묵이 흘렀다. 그는 100명이 넘는 교육생을 둘러보더니 절규하듯 한마디 외쳤다.

"그런데! 과장님 여러분!"

"……"

"과장님들은 오늘 이 자리에 오느라 얼마나 많은 동료들을 짓밟았습니까?"

순간, 강의를 듣는 이, 모두는 갑자기 충격을 받은 모습이 되어버렸다. 누구 하나 빠짐없이 자신이 똑똑해서 과장이 되었지, 누군가를 짓밟아서 현재 자리에 왔다고는 생각지 않았기 때문이다. 그제야 박철수 씨는 과장 진급에 탈락한 동료들의 얼굴이 떠올랐다. 그 사람 모두는 무능하지 않았다. 단지 운이 나빴을 뿐이었고, 다음 단계에서 자신도 밀려날 가능성은 넘친다는 깨달음이 다가왔다. 똑똑하고 멍청한 현상, 유능하고 무능한 사실, 성실함과 나태함이란 무엇이던가? 도무지 객관화하고 계수화 어려운 성질인 무엇이라는 사실은 모두가 느꼈다. 단지 운이 나빴다든지, 줄을 잘못 서거나 또는 재수가 없어서, 혼자 어찌해 볼 수 없는 별 볼 일 없는 부서에 속했다는 이유였다. 짓밟은 이는 당연하다고 생각했다. 결과는 누군가를 짓밟아야만 살아가는 구조이기 때문이었다.

이 세상은 온통 악으로 뭉쳐졌다고 누군가 푸념을 하곤 했다. 자신이 살기 위해서는 누군가를, 남을 죽여야 하기 때문이다. 더 따져서 생각해 보면, '악'이 아니라 약육강식이라는 자연계의 법칙이기도 했다. 휴머니즘, 낭만주의, 이성 중심주의, 이데아, 양심과 같은 말은 존재하지 않는 유토피아를 향한 헛된 희망 사항일 뿐이었다. 어떤 사람이 스스로가 원치 않는 모습으로 존재한다 하더라도, 그 모습 또한 자신의 존재다. 자신이 원하지 않는 삶을 살더라도 현재의 모습은 여전히 자기 자신이며, 인간이기에 스스로가 책임져야만 했다.

박철수 씨가 강가에 깔린 조약돌처럼 흔한 인재였는지, 아니면 재수 없는 회사를 돌아다닌 업보인지는 신만이 알듯했다. 20년 동안 그 사실을 알고 싶지 않았고, 알았어도 별 차이가 없었을 것이다. 영양이 아무리 변신을 위해 노력해도 사자가 될 수 없음은 틀림없는 사실이다. 영양이 뼈를 깎는 노력 끝에 뿔이 장대하고 덩치가 큰 오릭스와 같은 존재가 되었더라도 본질은 맹수에게 잡아먹히는 먹잇감일 뿐이었다.

79.

도시 동쪽 끝에 위치한 칠암리라는 장소였다. 무슨 원자력발전소가 보이고, 근처에는 화사한 음색으로 한 시대를 풍미한 미모의 여가수가 운영하는 카페가 보였다. '아나고회'라고 불리는 붕장어회가 유명한 곳이기도 했다. 월드컵 열기를 넘기고, 한 해를 기록하는 달력을 두어 번 더 바꾸고 난 해, 늦은 가을 '부서원 단합대회'가 열렸다.

부서장 박철수 씨는 늦은 회사 업무를 마치고 밤이 이슥할 즈음 그곳에 도착했다. 부서장 인사말을 마치자마자 소주잔이 분주히 움직였다. 술판이 시작한 지 한 시간도 채 되지 않아 열 명의 남자 사원은 모두 정신을 잃을 정도로 만취하고야 말았다. 모인 이는, 공식 발표가 없었음에도, 두 번 다시 같은 부서원으로 만날 수 없으리라는 묵시적인 공감대를 가진 상태였다. 부서는 부서장 박철수 씨와 예하 직원이 갖은 노력을 했음에도 불구하고 회사 내 최하위의 실적을 기록했다.

부서장 박철수 씨는 전국 지점장 회의에 출석해서 발표자가 되어 '반성의 시간'이라는 '자기비판'하는 발표를 해야만 했다. 잔인하게도 '자기비판'을 하는 이에게, '뭐가 잘못되어서 생긴 결과'라며 진행자인 임원에 합세하여 박철수 씨에게 돌을 던지는 동료도 여럿이었는데, 그 무리는 우수 관리자가 되어 빠짐없이 승진했다. 박철수 씨는 '사고부서장'으로 지목받았기에, 부서장을 비롯한 아래 간부도 교체된다는 소문이 파다했다.

단합대회가 시작된 지 한 시간도 못 되어 박철수 씨는 폭음으로 인해 인사불성 상태가 되고 말았다. 불안했는지 아니면 우울했는지 박철수 씨는 부하 직원 여럿이 권하는 대로 술을 마셨다. 그러다 어느 순간, 더 마시면 정신줄을 놓고야 말겠다는 판단이 들었다. 박철수 씨에게 한 가지 판단만은 명료했다. '직장인은 뒷모습이 아름다워야 하고, 기억 속에 남는 좋은 상사, 훌륭한 선배로 남아야 한다'는 강박관념이었다.

초겨울 밤, 바닷가의 하늘에는 둥근달이 빛났다. 만취한 박철수 씨는 부하 직원이 식당 근처에 예약해 둔 민박집 방에 몸을 누이고 눈을 감았다. 곧바로 누군가 방문을 열고 비틀거리며 들어왔다. 박철수 씨 휘하의 과장인 '인내(忍耐) 과장'이었다. 여러 해 동안 대기 발령 생활을 한 그가 인내심이 강하다고 해서 붙여진 별명이었다. 인내 과장은 소주 두 잔 정도만 마시면 정신을 잃을 정도로 알코올에 면역력이 없었다. 사색이 된 그는 박철수 씨가 누운 오른편에 시체처럼 넘어지더니, 신음을 내며 곧장 정신을 잃었다. 모든 환경이 재빨리 변하는 시대였다. 변하지 않고는 사람이 살 수 없는 시대에, 보름달은 어쩌자고 지상에 없는, 변하지 않는 경이로 중천에 떴는지 기가 찰 노릇이었다.

한밤중에 목이 말라 박철수 씨가 눈을 뜨니, 또 다른 부하 과장 한 명이 박철수 씨가 누운 왼편에서 탱크 소리를 연상하는 코골이를 했다. 주전자를 찾다가 박철수 씨는 옆방 문을 열어보았다. 그 방에는 '아랫것'이라고 스스로를 칭한 일곱 명의 사내가 쓰러져 자고 있었다. 부주의하게 진열된 젓가락처럼 이리저리 몸을 누인 상태에서, 곤한 삶을 확인하며 코를 골았다. 박철수 씨보다 젊은 그네도 누군가에게서 사표를 종용받을 예정이었다. 박철수 씨는 갑자기 아내 김미경 씨와 박정환, 박유진 두 아이의 얼굴이 떠올랐다.

잠을 이룰 수 없어 방문을 열고 밖으로 나간 민박집 마당 앞 편에는 바다와 모래사장이 끝없이 펼쳐졌다. 잿빛 어둠 속에서 새벽 파도는 넘실거렸다. 박철수 씨의 복잡한 마음은 중심을 잡지 못해 밤새도록 어지러이 헤매었다. 끝없는 막막함 때문에 현기증은 계속되었다.

80.

한 달 후, 우려한 일이 현실로 돌아왔다. 자신만을 믿으라고 했던 임원은 팀장 박철수 씨의 부서를 떼어서, 타 임원 휘하로 돌려버렸다. 박철수 씨는 타 회사에서 굴러온 돌이 박힌 돌과 경쟁하지 못한다는 진리를 또다시 깨달았다.

"박철수 팀장 덕을 좀 보려 했는데 도움이 안 되는군. 그냥 이전으로 돌아가야겠어. 하하."

그가 박철수 씨를 건드리지 않고, 이전 사업부에서 고유 업무를 하도록 내버려 두었으면, 꼴찌 운운하는 수모를 당하지는 않았다고 생각하니 세상살이의 비루함이 더해갔다. 박철수 씨의 부서 고과를 최하위로 그려놓은 그는 겸연쩍어했다. 달면 삼키고 쓰면 뱉는 모습이 세상살이의 일면이었다. 평소 정치적이지 못했던 박철수 씨는 지난 시절이 후회스럽게 느껴져 한숨이 났다. '계급이 깡패'라는 말이 또다시 실감으로 다가왔다. 게다가 박철수 씨는 타 관계사에서 전입한 '굴러온 돌'이었기에 이런 상황이 왔다고 생각하니, 자기 학대와도 같은 서글픈 감정은 더해갔다. 소문에 따르면 박철수 씨가 명퇴 일 순위라는 설과 대기 발령설, 팀장이 아닌 담당 간부로 좌천되어 타부서로 전출된다는 소문 등 회사에서 살아남을 길은 없어 보였다.

좌천을 이유로 업무를 거부하면, 해당하는 이의 책상을 복도 승강기 앞에 두어서 망신을 줘 사표 쓰게 만든 사례도 여럿이었다. 박철수 씨 자신만은 부하 직원 앞에 추한 모습을 보이지 말자고 평소 다짐했기에 망설일 필요는 없었다. 더는 추한 꼴을 당하기 전에 먼저 사표를 제출해야겠다고 결심하기에 이르렀다. 뒷모습이 아름다운 사람이 되어야 한다는 막연한 생각은 박철수 씨 자신도 모르는 사이에 행동으로 옮겨갔다.

2006년 봄, 박철수 씨는 금융회사 채권부서장에서 지점 업무담당자로 보복성 좌천 인사를 당했다. 인사 부서의 허술한 인사관리를 항의한 내용이 권력 집단의 역린을 건드린 결과가 되고 말았다. 전년에 최우수 관리자상을 받았음에도 승진이 되지 않아, 인사 담당 상무와 인사부장에게 따진 사실이, '괘씸죄'라는 부메랑으로 돌아왔다.

시상식 날, 사장실에 가서 사장을 만나 '오늘 연도 상을 받은 아무개입니다. 최우수 실적으로 오늘 큰상을 받았음에도 불구하고 전달 정기 인사에서 진급하지 못했습니다. 인사팀에 따지니 제 요구를 들어주면 인사팀 위상이 흔들려서 안 된다고 합니다. 이 일을 해결해줄 분은 사장님뿐입니다.' 라고 따졌어야 했다. '극단 행동을 자제하고 기회를 한 번 더 도모함이 어떠냐'라는 임원이 던진 회유를 덜컥 받은 순진함이 스스로를 절벽으로 밀어놓았다. 아니면 용기가 너무도 없었거나.

인사발령문이 전자 게시판에 발표되는 즉시 박철수 씨는 사표를 제출했다. 자존심이 망가질 대로 망가진 뒤여서, 참고 다녀달라는 김미경 씨의 호소는 소용이 없었다.

박철수 씨가 제반 양식에 따라 사직서를 작성한 후 사원증, 간부 카드, 건강보험증 등을 반납하고 회사를 나서니, 갑자기 시야가 하얗게 보였다. 부서장 서무를 담당하는 여직원이 갑자기 눈물을 흘렸다. 며칠 전부터 돌던 '팀장이 잘렸다더라'라는 소문이 현실이 되었다고 확인했는지, 부서 여직원 모두는 승강기 앞까지 따라와서 배웅했다. 이렇게 해서 박철수 씨는 대학 졸업 후 뼈를 묻겠다고 다짐을 한 '그 그룹'이라는 회사와 결별했다. 그간 항상 기대던 언덕은 사라지고 말았다.

또다시 아내 김미경 씨와 아직 어린 두 아이 얼굴이 동시에 떠올랐고 또 눈에 밟혔다. 하늘이 무너져도 박철수 씨에게 솟아날 구멍이란 없었다.

이후에 알게 된 사실이었다. 예하의 '인내 과장'은 팀장 박철수 씨가 낸 사표에 도의적 책임을 느끼고 연이어 사직서를 제출했고, 부서장 서무를 맡은 여직원 두 명도, 무슨 이유였는지, 명퇴를 신청했다. 박철수 씨는 함께 근무하면서 이들에게 좀 더 잘해주지 못한 것이 항상 마음에 걸렸다. 그 무렵 박철수 씨의 일기장에는 이런 글귀가 적혔다.

아아, 막차에서 만난 길동무들이여. 지금은 모두 어떻게 지내시는가.

박철수 씨가 사표를 제출하고 며칠 지난 어느 날, 여러 부하 여직원이 모여 송별 회식 자리를 만들기로 했다는 연락이 왔다. 어색하게 웃으며 함께 술을 마시는 자리는 오래 가지 못 했다. 만취한 박철수 씨는 부하 직원 앞에서 취한 모습을 보이지 않으려 회식 도중 양해를 구하고 자리를 빠져나왔다. 회사에 잘려서 취한 상사의 모습은 가련하고 불쌍하게 보이기 마련이었다. 귀가하는 택시 안에서 구두를 살펴보니 구겨 신은 두 쪽 구두에서 한 쪽은 박철수 씨의 신발이 아니었다. 차 안에서 발견한 구두는 '짝신'이었다. 취기 때문에 신발 구분이 제대로 안 된 탓이었다. 박철수 씨는 짝신을 신고 집에 와서도 아내와 두 아이 앞에서 취한 모습을 보이지 않으려 노력했다.

그날은 박철수 씨 일생에서 잊을 수 없는 날이 되었다. 취해도 취한 모습을 보일 수 없는 가장으로서 비극은 이후 몇 년 동안 계속 이어져 갔다.

81.

인간이 서로 협력하지 않는 이유는 무엇일까? 타인과 어울리고 싶어서나, 노동이 필요해서 조직이나 사회가 만들어지지는 않았을 것이다. 인간을 협력하고 단합하게 하는 이유는 다름 아닌 폭력을 경험하면서가 아닌가 한다. 사회는 공동체 구성원끼리 공동 보호를 위해 만든 예방 조치이지만, 일단 사회가 구성되면 구성원 개인이 누린 절대 자유 상태가 끝남은 분명했다.

박철수 씨가 그간 '그 그룹'이란 특정 회사에 다니며 유지한 자부심은 사표를 던진 순간 사라졌다. 그가 가진 자부심의 원천이 내면이 아닌 외부 시선에 근거했기에, 그러한 자부심은 신기루였고 집단에 속한 개인은 언제든 다른 사람과 교환이 가능했다. 대기업이라는 조직을 떠난 박철수 씨가 타인과 교환되는 순간, 그가 가진 자부심 또한 허망하게 사라졌다.

실직자 박철수 씨는 2007년 1월까지 각종 자격증을 따기 위해 공부했고, 힘들게 취득한 자격증으로 여러 군데 회사에 입사 서류를 보냈으나 연락 오는 곳은 많지 않았다. 그러다 보니 불면증이란 병이 생겼다. 불면이 계속되어 견디다 못해 신경정신과에 가게 되었다.

의사가 물었다.

"며칠 동안 잠을 못 잤습니까?"

"열흘이 넘었습니다."

의사는 무슨 고민이냐고 물었지만, 자존심 때문에 그 이유가 실직 이라고 말하지 못했다. 설사 그렇게 대답했더라도 의사가 무슨 뾰족한 대답을 주었겠는가. 설문지를 적게 하고 이런저런 질문을 계속한 의사는 '불면증'과 함께 '경증 우울증'이라는 병명을 추가했다. 그날부터 박철수 씨는 이후 '졸피뎀[39]'이라는 약을 먹어야만 잠을 자게 되는 신세가 되어버렸다.

전 직장과 비교하여 반 토막 난 급여를 감지덕지하고, 몇 군데 중소기업

---

39) 불면증 치료에 사용하는 마약 성분의 약품. 향정신성의약품으로 의사의 처방이 없으면 구입할 수 없다.

에 다녔으나, 오래 일할 곳은 없었다. 박철수 씨의 업무 스타일이 해당 회사와 맞지 않다거나, 회사에 사정이 생겨서라는 이유가 대부분이었다. 특이하다고 표현할 수밖에 없는 직장도 경험했다. 박철수 씨가 어린 시절부터 알고 지내는 동네 선배가 운영하는, 지방 소도시의 건축 자재 제조업체에서 부사장 직함으로 일하게 되었다. 경기 탓인지 공장 가동은 가다 쉬기를 반복되었다. 직원 월급이 넉 달째 지급되지 않았다는 현황을 부임 첫날 알게 되었다. 박철수 씨가 열흘 정도 자리에 앉아 회사 운영 현황을 파악해보니, 상식으로 이해하지 못할 부분이 넘쳤다. 사장은 부인을 고향에 둔 채, 공장이 위치한 도시에서 다른 여자와 동거했고, 내연녀의 친동생은 공장 경리 과장이었다.

사장의 부인은 대도시에서 어음할인 하는 사채업자로, 공기업에 다니는 남자를 회사의 임원으로 임명해, 매주 토요일마다 출근케 하여 남편을 감시했다. 남편이 영입한 박철수 씨도 사모님의 감시 대상에 올랐다. 직원 사이에 사모님과 공기업에 다니는 남자가 내연 관계라는 소문이 파다했다. 놀랍게도 누군가는 사장이 여직원 세 명 가운데 두 명을 건드렸다는 정보를 구체적인 증거로 제시했다. 아무리 좋게 보려 해도 희망 없는 회사였다. 현황 업무를 조금씩 파악하던 박철수 씨는 조용히 집으로 돌아왔다.

82.

이후 박철수 씨는 진입장벽이 낮다는 숙박·음식점업에 뛰어들 계획을 세웠다. 경험도 전무했지만 은행에서 대출 받는 일 또한 쉽지 않았다. 숙박 및 음식점업 생산 감소와 대출 증가가 구체적으로 나타나기 시작한 2010년은 베이비붐 세대가 본격적인 은퇴를 시작한 시기였다. 베이비붐 세대는 은퇴 자금과 은행 대출금을 모아 상대적으로 진입장벽이 낮은 숙박과 식당 창업에 몰렸다. 결국 시장이 포화상태에 이르러 생산이 오히려 줄어들었다.[40]

그러다 박철수 씨는 불교 재단에서 운영하는 사회적 기업에 근무하게 되었다. 교계에서 세칭 '큰스님'으로 불리는 승려가 운영하는 재단이었다. '큰스님'은 교계는 물론, 여러 사회 분야에서 꽤 이름이 난 사판(事判) 승으로 대형 사찰을 몇 소유하고 있었다. '큰스님'이 모셨던 스승은 대처승으로, 슬하에 딸 하나를 두었다고 알려졌다. 스승이 입적하자, 스승이 남긴 사찰과 인근 전답이 누구 앞으로 가느냐가 쟁점이 되었다. 딸은 아버지가 남긴 재산이니 자기 재산이라고 주장했고, '큰스님'은 자신이 상좌였으니 문중 소속의 재산이 되어야 한다고 주장했다. 스승이 남긴 재산은 상좌가 아닌 딸 앞으로 등기되어 있었다. 박철수 씨를 그곳에 근무하도록 주선한 이는, 큰스님 스승의 사위가 해당 재단을 법적으로 소유하고 있으니, 사위를 재단 운

---

40) 「은퇴 베이비부머 뛰어든 숙박·음식점, 돈 벌기는 어려워지고 빚은 2배 늘어」, 《조선일보》, 2017년 11월 27일 참고.

영에서 손 떼게 하고 소유권을 포기하게 만들면 박철수 씨를 해당 기관의 책임자로 임명하겠다는 큰스님 의중을 전했다. 해결사가 되어달라는 요구였다. 곰곰이 이야기를 듣던 박철수 씨는 요청을 거절하고, 한 달 만에 다시 실직자가 되어 고향으로 돌아왔다.

83.

박철수 씨는 아버지가 남겨 놓은 집에서 대학생 때부터 어머니와 둘이서 살았다. 장형 박도수 씨 부부가 홀어머니 봉양을 거부하면서부터였다. 대형 아파트 단지 뒤 재개발 대상 주택가에 위치한, 오래된 집에 살면서 김미경 씨와 결혼했다. 결혼 후 두 명의 아이를 슬하에 두게 되니 3대 다섯 명이 사는 집이 되었다. 두 아이가 커감에 따라, 좁은 집에서 더 이상 살기 어려워진 박철수 씨는 집 앞에 위치한 아파트타운으로 이사했다.

박철수 씨 부부가 맞벌이한 관계로 또래와 비교해 형편이 넉넉했음에도 재래식 주택에 계속 지낸 이유는, 아파트가 주는 편리함보다는 이웃 간의 보이지 않는 정이 좋았기 때문이다. 박철수 씨와 김미경 씨 사이에 태어난 아이 두 명은 집 옆 골목을 노닐면서 친구를 사귀었고 집으로 데려오곤 했다.

큰아이 박정환 군이 다섯 살 즈음일 때였다. 재개발 지역인 만큼 동네에는 빈한한 가정이 많았다. 점심때가 되면 꼬마 친구가 여럿 놀러 오곤 했다. 할머니 김종순 씨는 눈이 멀었음에도 귀찮아하지 않고 새 밥을 해서 꼬

맹이 여럿을 일일이 밥 먹여서 집으로 보냈다. 어느 토요일 정오, 박철수 씨가 퇴근해서 집에 도착하니, 거실에 차려진 밥상 앞에는 예닐곱 명의 아이로 북적거렸다. 밥 때인데 어찌 내 손주만 밥을 먹이느냐고 어머니는 항변했다. 박철수 씨 슬하의 아이 두 명은 무엇을 혼자 가지기보다 남과 나눔을 더 좋아했다. 이유는 두 아이가 어린 시절부터 할머니 밑에서 익혀온 습관 때문이리라고 박철수 씨는 생각했다.

동네에는 다섯 살짜리 사내아이 박정환 군을 좋아하는 여섯 살짜리 '최하나'라는 소녀가 살았다. 최하나 양도 박철수 씨네 집에 와서 점심을 먹곤 했다. 최하나 양 집 앞에는 금발미용실이라는 허름한 미장원이 위치했다. 이전에 이발소에서 머리를 자르던 박철수 씨는 좀 더 세련되고 싶어서 미용실을 찾게 되었다. 변두리 동네 미용실이지만 어쨌든 이발소가 아닌 미용실이기 때문이었다. 미용실 여주인은 50대 초반으로 보이는 뚱뚱한 여인으로, 박철수 씨의 머리를 손보면서 다른 손님과 대화를 나누었다.

"앞집 하나 할머니 말이에요. 올해로 여든이지요? 한 번씩 아들 몰래 담요를 들고 버스에 타데요. 다음 날에는 하나가 빠짐없이 가게에 가서 과자를 사 먹으니 틀림없어."

미용실 주인과 손님이 주고받는 대화를 듣다보니, 하나네 할머니는 용돈이 궁하면 구걸을 다닌다는 사실을 추측할 수 있었다. 미용사는 그 실례를 들었고, 실제로 동네사람 아무개가 시내 중심 거리에서 구걸하는 할머니를 보았다고도 했다.

이전에 박철수 씨는 오지랖이 넓어서, 하나 아빠가 실직했다는 어머니의 하소연 때문에 협력회사에다 부탁하여 일자리를 구해주기도 했다. 미용사

아주머니의 이야기를 들으니 슬픔 같은 감정이 밀려왔다. 무엇이 선량하기 짝이 없는 사람들을 저렇게까지 만들었을까. 가난 때문이 아니었을까?

박철수 씨네 아이 둘, 박정환 군과 박유진 양이 커감에 따라 방이 두 개뿐인 재래식 주택에서 다섯 명이 살기란 불편하기 짝이 없었다. 박철수 씨가 하루에 왕복 60킬로미터가 되는 직장까지 출퇴근하려면 승용차가 필수인데 좁은 동네 골목길에 주차하는 일 또한 여간 신경 쓰이는 일이 아니었다. 동네 바로 앞에 위치한, 집과 가장 가까운 아파트를 구입했고 박철수 씨는 함께 이사 가기를 종용했지만 어머니는 살던 집에 남겠다고 고집했다. 큰아들이 엄연히 존재함에도 막내아들을 따라 이사 가는 모양이 좋지 않고, 남편이 남긴 집에 계속 사는 일이 아내로서 도리라고 여겼다.

84.

'행복한 가정은 다 비슷하지만 불행한 가정은 저마다 이유가 다르다.[41]'

2008년 겨울, 어머니 김종순 씨는 일흔세 살의 나이로 세상을 떠났다. 장례식날 슬픔을 참지 못한 박철수 씨는 눈물을 흘리며, '주님을 믿고 살아온 그 보람 주소서, 세상의 온갖 수고 생각해 주소서'라는 성가를 불렀다.

어머니는 친정을 제대로 도울 능력이 없음을 늘 안타까워했다. 한국전쟁 때 작은오빠가 우익에게 살해당했고, 친정의 기둥인 큰오빠 김두천 씨

41) 『안나 카레리나』, 톨스토이, 7쪽.

가 전향 후 40대의 젊은 나이로 세상을 떠나자 친정을 도와야 한다는 생각은 무슨 강박관념처럼 어머니를 괴롭혔다. 어머니의 가난은 친정에 아무런 도움이 되지 못한다는 자책감 속의 세월을 견뎌야했다. 김두천 씨가 슬하에 둔 자녀(그러니까 박철수 씨의 외사촌), 5남 2녀의 삶 역시 힘겹기는 마찬가지였다.

1960년대 중반, 외사촌 장형 김우경 씨는 질풍노도와 같은 청소년기를 방황하며 보내다 결국은 공업고등학교를 중퇴한 후 입대하여 맹호부대에 소속되어 월남전에 참전했다. 연좌제[42] 때문에 무엇 하나 마음대로 꿈을 펼칠 수 없는 좌절감이 원인이었다. 참전의 대가로 받은 얼마간 보상금으로 집안을 일으키는 방법만이, 장남으로서 선택할 수 있는 유일한 길이라고 판단한 듯했다.

그러나 제대 후 사회생활은 뜻대로 풀리지 않았다. 먹고 살기 힘든 때여서 농사지을 땅뙈기조차 하나 없는 상태에서 모친과 여러 명 동생을 책임지고, 생계를 도모하기란 쉽지 않았다. 마흔이 다 된 나이에 겨우 결혼하여 슬하에 딸 하나를 두었으나, 여전히 변변한 직장을 얻지 못했다. 월남전 고엽제 후유증 때문이 아닌가 한다. 뚜렷한 병명 없이 시름시름 앓던 그는 30대 후반의 나이로 사망했다.

외사촌누이 두 명은 고향을 떠나 대도시 방직공장에서 일하다가, '그리

42) 연좌제는 한국전쟁과 남북분단이라는 특수한 시대적 배경에서 사상범, 부역자, 월북인사 등의 친족에게 사실상 불이익처우를 하는 것이 일반적인 관행이었다. 1980년 헌법은 제12조 3항에서 연좌제 폐지를 헌법적 요청으로 규정했다. 현행 헌법 제13조 3항은 '모든 국민은 자기의 행위가 아닌 친족의 행위로 인해 불이익한 처우를 받지 아니한다'고 규정하고 있다.

스도가 십자가가 아니라 일자 형태의 기둥에서 죽었다'고 주장하는 종교를 믿게 되었다. 이후, 직장을 그만둔 채 포교에만 열중하다 가족에게마저 소식을 끊고 말았다.

외사촌 장형 바로 밑, 박철수 씨 보다 열댓 살 정도 많은 형님은 술을 지나치게 많이 마셨다. 그는 도시에 사는 유일한 친척인 고모 김종순 씨 댁에 들릴 때마다 항상 만취한 상태였다. 대낮에도 끼니 대신 진로 포도주 두 병을 마시는 모습을 박철수 씨는 여러 차례 목격했다. 고향에서 목수 일을 하면서 생계를 유지한 그는, 결혼 후 슬하에 자식을 두지 못했다. 태어날 때부터 약한 체질에다 술이 원인이었는데, 그 역시 마흔 살을 넘기지 못하고 간암으로 단명했다.

중소기업을 전전한 박철수 씨가, 다니던 회사를 다섯 달 만에 그만둔 때였다. 당뇨병으로 면역력이 약해진 어머니는 심심찮게 병원에 입원했다. 마지막으로 입원했을 때 의사는 간단한 수술을 받으면 경과가 좋아진다고 해서 모두 그렇게 알았다. 어머니는 미래에 관해 어떤 낌새를 느꼈는지, 병원에 들른 박철수 씨에게 이렇게 말했다.

"낮잠 한숨 잔 듯한데, 벌써 가야 하나 보다. 그런데 죽더라도 실직자인 네가 걱정되어 제대로 눈을 감지 못하겠다."

"……"

박철수 씨는 아무런 말도 하지 못했다. 쉰을 바라보는 나이였지만 부모에게는 어린 자식에 불과했는지도 모른다.

며칠 후, 환자가 위독하다는 연락이 와서 박철수 씨를 비롯한 형제와 며느리 등 모든 일가가 병원에 모였다. 간호사는 풍선처럼 생긴 도구로 인공호흡을 시키며, 어머니를 억지로 숨 쉬게 했으나 이미 의식을 잃은 상태였다.

어머니의 사망 이후 장례비용을 둘러싸고 아내 김미경 씨와 장형 박도수 씨 사이에서 이견이 발생했다. 이견은 곧바로 언쟁으로 번졌다. 병원비 명세서를 든 박도수 씨는, 비용을 형제 셋이 삼등분 하겠노라고 말했다. 김미경 씨와 둘째 동서 조희자 씨의 생각은 박도수 씨의 그것과는 달랐다. 그간 3형제가 나란히 어머니의 생활비를 부담해왔고, 장형 부부가 아닌 박철수 씨 부부가 어머니를 봉양하며 병구완을 해왔기 때문이다. 조희자 씨와 김미경 씨는, 그런 식이라면 시부모가 남긴 유일한 유산인 양옥 한 채도 3등분 해야 한다는 의견을 조심스레 밝혔다.

"어머니로 인해 발생하는 모든 비용은 3등분 하면서, 유산은 고스란히 큰형님 댁이 가져가는 건 이치에 맞지 않습니다."

라고 김미경 씨가 말했다. 그러자 둘째며느리 조희자 씨도 같은 의견이라며 김미경 씨를 거들었다. 박도수 씨는 제수가 어디 감히 시숙에게 따지느냐며 고함을 지르기 시작했다. 이어서 박철수 씨에게 말했다.

"너, 이 새끼! 마누라 교육 똑바로 해!"

이후 그는 형제간 의절을 선언했다. 침묵으로 사태를 방관한 둘째형 박이수 씨는, 그래도 집안에 큰집은 있어야 한다며 박도수 씨 편을 들었다. 남편 눈치를 보던 조희자 씨는 갑자기 태도를 바꿔 시동생 박철수 씨와 손아랫동서 김미경 씨를 맹비난하기 시작했다. 자연히 박철수 씨와 박이수 씨 사이 형제 관계도 끊기고 말았다. 박철수 씨는 고립된 섬이 되고 말았다.

불면증은 계속되었고 그때마다 박철수 씨는 졸피뎀을 복용했다. 후유증으로 아침마다 어지러웠고 구역질은 멈추지 않았다. 그렇게 하지 않으면 '하얗게' 밤을 새우게 되는 '공황'상태가 이어졌다.

그 와중에 박철수 씨는 꿈에 관해 계속 생각했다. 장자가 꿈속에서 나비로 변한 것일까? 아니면 나비가 장자로 변한 꿈일까? 그것을 분별할 수 있다는 것은 절대적인 의미를 가질까? 홀연히 잠에서 깨어나기 전, 장자와 나비를 구별할 수 있음은 중요할까? 그렇다면 불행하고 행복하던 느낌은 진실이 아니란 말인가? 이런 느낌이 설마 환상[43-1]이란 말인가?

85.

박철수 씨 부부는 낯선 도시 역전에 도열한, 맨 앞쪽 택시를 잡아타고 공원 묘원으로 가자고 기사에게 주문했다. 목적지는 외져서 평소에도 차 잡기가 힘든 곳이었다. 그곳에 도착하자, 택시기사는 부부가 용무를 마칠 때까지 기다리겠다고 말했다.

부모님이 안치된 납골당 내 위치는 여전히 3년 전 자리 그대로였다. 묘원 측에서 게시한 공지문이 보였다. 망자 이름 밑에 아크릴판에 넣은 사진을 붙이고 싶으면 첨부한 양식으로 신청하라는 내용이었다.

간단한 기도와 묵상을 한 박철수 씨가 택시가 있는 묘원 주차장까지 걸어가면서 아무 말이 없으니, 김미경 씨는 자신이 간절히 간구한 기도 내

43-1) 『장자』 장자 지음, 황효순 감수, 75쪽 참고

용을 말했다.

"이제 아무 걱정 말고 그곳에서 편히 쉬셔도 된다고, 제가 기도하면서 어머니께 말씀드렸어요."

다시 두 사람은 택시를 타며, 처음 탑승한 역전으로 되돌아가자고 주문했다. 60대 중반 정도의 나이로 보이는 택시기사는 운전하면서 두 사람에게 물었다.

"사람이 죽으면 혼백이 존재할까요?"

택시 기사는 계속 말을 이었다.

"유가족은 자신이 마음 편하기 위해 무덤이나 납골당 그런 곳에 죽은 사람 몸을 갖다 두는 거 아녜요? 그렇지 않아요? 죽으면 흔적도 없도록 자녀에게 당부하고 죽어야 해요. 뭐하려고 자식을 귀찮게 해요. 안 그래요?"

평소의 버릇처럼 침묵을 지키고 싶었으나 점잖은 느낌을 주는 사람이었기에 그랬는지도 모른다. 박철수 씨가 대답했다.

"돌아가신 분이 자식의 마음에라도 남으면 좋지요."

"이봐요, 선생님, 나이가 더 들면 이렇게 한 해에 두어 번 방문하는 일도 힘들어져요. 자식을 귀찮게 만드는 게 좀 그렇지 않아요?"

택시기사는 전직이 무엇일까? 박철수 씨가 판단하기에 쓸데없이 박식한 면이 많았다. 그는 말을 이어갔다.

"손님, 제 생각은 그래요. 화장이 늘었다고 하지만 여전히 매장을 많이 하잖아요. 땅은 좁은데 무덤은 나날이 늘고……. 후손을 위해서라도 매장하면 안돼요. 그리고 납골당에 안치하는 일도 저는 반대예요. 교외에 가다보면 계속 납골당을 짓잖아요. 땅은 좁은데. 뼛가루도 오래되면 벌레가 모인데요."

박철수 씨가 물었다.

"납골당에서 보관 용기로 사용하는 단지에 담긴 내용물은 뼛가루라기보다는 재 아닙니까? 불에 태우고 남은 가루 같은 물질이잖아요. 완전히 연소되어 단백질도 없을걸요. 벌레가 모인다니 말이 됩니까?"

"아니에요. 선생님, 벌레가 모인데요. 그래서 요즘은 납골당 같은데서, 단지에 담긴 재에다 살충제를 뿌리기도 한데요. 제 말은, 죽으면 납골당 같은 곳에 두는 일, 그런 흔적을 만드는 일조차 후손에게 피해가 된다는 말이지요. 저는 이렇게 생각해요. 사람이 죽으면 모두, 티베트나 중앙아시아 알타이족처럼 조장(鳥葬)을 해야 해요. 우리 인간은 짐승 고기를 먹으며 평생을 살잖아요. 그러니 죽을 때는 우리 몸을 짐승이 먹게 해야 평등하지요. 그래야 평등한 게지요. 동물원 육식동물에 줘도 좋고요."

이 말이 끝나자 박철수 씨는 큰소리로 "푸핫!" 하고 웃었다. 원칙적으로 맞는 말로, 우주나 대자연 질서에도 어떤 방식으로건 원칙이 존재함은 분명했다. 그러나 단 한 번이라도 원리원칙대로 흘러갔던가?

86.

휴일 오전, 박철수 씨는 머리를 자를 때가 되어 아파트 단지 상가에서 미용실을 찾았으나, 그날따라 미용실 두 군데는 문을 열지 않았다. 발길을 돌려 아파트 뒤 주택가로 갔다. 예전에 자주 들른, 기억 속의 '금발미용실'이 생각났기 때문이다. 주택가 좁은 골목 끝에 위치한 가게이기에 손님이 많지 않아서 금방 이발을 하겠다는 생각이 들었다. 문을 열고 들어가니 주인 아주머니와 친구로 보이는 여인이 담소를 나누고 있었다.

"어머! 정환이 아빠 아니세요?"

"예, 안녕하세요."

주인은 박철수 씨를 기억했다.

"어머니가 돌아가셔서 마음이 아프시죠? 벌써 1년이 다되어가네."

차례가 된 박철수 씨의 머리를 다듬기 시작한 여자는 말을 이어갔다.

"정환 아빠가 이사 가고 나서 동네에서 말이 많았어요. 정환 아빠는 형님이 둘이나 계시는데도 결혼 전은 물론이고 결혼 후에도 계속 모친을 모셨잖아요. 이전에 단정하기 짝이 없던 정환 할머니의 행색이 정환네가 이사 가버리고 난 후로 변하기 시작하더라고요. 할머니를 본 동네 사람마다 효자 아들을 쫓아내더니 저 할머니가 추레해졌다고도 하구요."

아내와 사별한 박철수 씨의 동창이 있는데 홀아비가 된 탓에 유난히 옷차림이 너절해졌다는 소문이 기억났다. 하아, 박철수 씨는 누구라 하더라도 가족과 함께 살지 않으면 추레해지기 마련이라는 표현이 오히려 맞는다고 생각하며 이렇게 물었다.

"하나네는 지금도 이 앞집에 사나요?"

"아니요. 벌써 이사 갔어요. 누가 그러는데, 하나 할머니는 아직 살아 계시다는데."

한참 동안 망설이던 박철수 씨가 말했다.

"그때 어머니가 저를 쫓아낸 건 절대 아니구요. 사는 집이 좁아서 제가 앞쪽 아파트로 이사를 하였습니다. 어머니 처지에서는 돌아가신 아버님과 함께 사시던 집을 떠난다는 건 상상하기 어려운 일이었지요."

"……"

"그리고 어머니가 그렇게 추레하게 보이게 만든 원인은 전적으로 제 책임이지요. 저는 입이 열 개라도 할 말이 없는 사람입니다."

87.

이후, 3년이라는 시간이 지났다. 그해 봄, 교사 김미경 씨는 포상으로 단체여행을 가게 되었고 박철수 씨는 배우자로서 동반하게 되었다. 박철수 씨는 '단체'라는 단어에 항상 시큰둥한 편이지만 여행지가 백령도라는 말을 듣고 함께 가겠다는 의사를 전했다. 제주도, 울릉도 가봤다는 사람은 많았어도 백령도 여행을 했다는 이를 그때까지 만나지 못했기 때문이다.

관청에 납품하는 모 여행사만의 여행 상품은 인천까지 관광버스로 이동하여, 연안부두터미널에서 배를 타고 백령도에 도착해서 하루 숙박한 후, 다시 배를 타고 인천으로 돌아와 경기도 이천에서 또다시 하루 숙박하여 도자기 축제를 구경하고 남쪽으로 돌아오는 일정이었다.

5월 초순의 어느 날 이른 아침, 부부는 인천 연안부두에서 백령도로 향하는 유람선을 탔다. 배가 백령도에 도착해서 선착장에 내리자 천연비행장이라는 모래사장이 보였고 그곳에는 관광버스 운전사 겸 가이드가 반겼다. '백령도 1박 2일' 코스라고 소개하고 '지상에서 가장 아름다운 섬'이

라 칭하며,

"이 섬은 군사 요지인데 섬에서 오야붕은 해병대 준장이지요."

라며 너스레를 떨었다.

1박 2일 스케줄 동안 심청이가 빠져죽은 곳을 기념하는 심청각 구경이나 기암절경이라는 두무진을 해상 관람했다. 섬 내 관광지 북서쪽 암초 두무진은 고려 시대 충신 이대기가 쓴 '백령지'에서 '늙은 신의 마지막 작품'이라 표현했다는 기묘한 절경이었다. 그러다가 이튿날 정오 무렵에 갑자기 가이드에게서 해무가 심해서 여행객을 싣고 나가야 할 배가 무기한 입항 연기되었다는 연락을 받았다. 현지인 말을 들으니 백령도에 1박 2일 코스로 들어와서 안개 때문에 배가 움직이질 못해서 한 달가량 체류하는 일도 적지 않다고 했다.

박철수 씨 부부보다 너덧 살 연배가 많아 보이는 부부 중 남편 최 선생님은 박철수 씨처럼 교사의 남편 자격으로 여행에 참여한 고등학교 교사였다. 참가한 이 대부분은 교사 남편을 둔 아내가 부부 여행 배우자의 자격으로 남편을 따라온 경우인데, 최 선생님과 박철수 씨만 교사의 남편으로서 온 터였다. 그 학교 남성 교사만의 특유의 분위기에 쉽게 휩싸이지 못한 최 선생님과 박철수 씨가 별 할 일 없이 며칠째 붙어 다니던 어느 날 오후였다.

무료하게 선착장 인근을 산책하는 두 사람 앞에 더플 백을 짊어진 해병대 병사 두 명이 나타났다. 자세히 보니 한 명은 작대기가 두 개인 일병이었고 또 한 명은 작대기가 하나인 이병이었다. 어린 군인 두 명을 발견한 최 선생은 갑자기 눈시울이 붉어지더니 이내 닭똥 같은 눈물을 흘리기 시작했다.

"야, 너들 여기에 와 봐라!"

놀란 군인 둘은 걸음을 멈췄다.

이윽고 최 선생님은 주머니에서 지갑을 꺼내더니, 둘에게 한 명당 3만 원씩의 지폐를 손에 쥐어주었다.

두 병사는 당황한 모습이었으나 아버지뻘 되는 최 선생님의 눈물에 이내 평정을 되찾고, 선임 병사인 일병이 최 선생님을 향해 질문을 던졌다.

"왜 이러십니까?"

"내가 너희를 보니 열흘 전에 입대한 우리 아들이 생각나서 그런다……. 자, 받아라!"

최 선생님은 계속해서 눈물을 흘렸다. 그러나 해병 용사만이 가진 특유의 자존심도 만만치 않았다.

"괜찮습니다! 이러지 마십시오!"

그 광경을 지켜보던 박철수 씨가 근엄한 표정으로 한마디 했다.

"얘들아! 아버지가 주신다고 생각하고 받아라! 오늘은 우리가 너네 아버지다……."

박철수 씨의 말이 끝나자마자 두 병정은 왼손에 지폐를 쥐고 최 선생님과 박철수 씨를 향해 "필승!"이라는 구호와 함께 경례를 붙이고 사라졌다.

일행은 1박 2일 일정이 아니라 해무가 사라진 일주일 후에야 백령도를 겨우 빠져나왔다. 아무리 경치가 좋은 곳이고 일이 없는 일정이라고 해도, 자신이 하고 싶은 일을 할 수 있는 자유가 없으면 아무런 소용이 없다는 사실을 깨닫게 만들었다. 그곳에서의 가장 소중한 경험은 최 선생님이 해병대 병사 앞에서 눈물을 흘린 사건이었다. 그때 박철수 씨의 아들 박정환 군은 대학에 막 입학한 상태였다.

그로부터 1년 후, 스무 살, 앳된 티가 가시지 않은 박정환 군은 국방의 의무를 다하기 위해 부모 품을 떠났다. 아들이 논산으로 떠난 그 날 저녁, 박철수 씨는 혼자서 끝없는 슬픔 속에 눈물을 흘렸다.

그즈음 어느 날 저녁이었다. 시내 중심지 식당가 앞에서 휴가 나온 육군 일병 두 명을 발견한 박철수 씨는 눈물을 흘리며 만 원짜리 지폐 여러 장을 그들에게 건네주고 있었다. 마다하는 두 군인에게 박철수 씨의 친구는 '아버지가 준다고 생각하며 받아라' 하며 야단을 치고 있었다.

88.

2007년 가을, 두 달 근무한 종교계 복지재단을 그만둔 박철수 씨는 앞으로는 어떤 직장에도 다니지 않기로 결심했다. 쉰이라는 나이를 바라보는 자신을 받아줄 회사는 아무데도 없다는 판단 때문이었다. 그러다 보니 위기가 기회라는 격언처럼, 위기를 계기 삼아 공부를 해서 재기하면 어떠냐 하는 생각에 이르렀다.

질적인 변화는 연속적인 변화 속에서만 이뤄지는지 몰랐다. 게다가 박철수 씨 자신은 허점투성이로 살았다. 변화하지 않는 자신에게 더 이상의 발전이란 없으리라는 확신은 전화위복이란 말을 교훈 삼아 대학원 진학이란 선택을 하도록 했다. 학교에서 배운 내용이 회사에서 아무런 쓸모가 없었던 경험은 확신을 더하게 만들었다. 기업에서 겪은 경험을 반영해서 전공을 다시 공부하면, 현장과 연결하는 연구 성과를 도출하여, 관련 분야에서 무시 못 할 존재가 될 수 있다는 생각은 거듭 확신을 주었다.

학창시절 알고 지내던 후배가 시내 사립대학에서 부교수로 근무했다. 방문하여 가진 생각을 이야기하니, 자신이 근무하는 대학교에는 석사과정밖에 없지만 만일 입학하면 성심성의껏 지도하겠다는 말을 했다. 그러다 의외의 말을 했다.

"제가 근무하는 학교든, 다른 대학이든, 대학원 선택은 선배님 자유지만, 한 가지 각오는 하셔야 합니다."

이어서 이야기를 계속했다.

"모교에서 알면 괘씸죄에 걸림은 기정사실이고 어떤 형태든 불이익이 올 겁니다."

모교의 학과는 박철수 씨를 강제로 군대에 보냈고, 우수한 학점을 받았음에도, 졸업하는 학기까지 가난한 박철수 씨에게 장학금을 한 푼도 주지 않았다. 복학생에게 성접대를 받고 장학금을 나눠준, 전임강사인 그때 지도교수는 이미 정교수가 되고, 학과장이 되었다. 몇 년 전에는 단과대학 학장을 지냈다고 했다. 지난 일을 복기하며 괘씸죄를 내세우고도 남을 사람이었다.

2008년 봄, 박철수 씨는 모교가 아닌, 모 사립 대학교 대학원에서 박사 학위를 위해 늦깎이 대학원생 생활을 5년 동안 계속했다. 경제적 능력이 없는 박철수 씨와 가장이 된 아내 김미경 씨 사이의 불화는 쉬지 않았다. 두 아이는 사춘기를 넘기려고 하거나 이제 막 겪고 있었다. 자녀의 시각에서 경제력이 사라진 아버지는 가정에서 불필요한 존재였는지 모른다. '돈도 못 버는 주제에'라든가 '아버지가 우리에게 해준 게 뭐냐'라는 말이 쉽게 튀어나왔다. 그럴 때마다 자격지심에 상처받은 박철수 씨의 불면증은 깊어져 졸피뎀 복용은 멈추지 않았다.

박철수 씨가 또다시 경험한 대학 사회는 군대만큼이나 서열을 중시하고 권위적이었다. 중세 도제제도의 면모를 닮은 교수와 학생 관계는 상명하달 원칙이 엄격히 지켜지는 사적인 주종 관계일 뿐이었다. 대학원도 마찬가지였다. 현대에서 당연시 되는 공적이고 평등한 동료 지식인 사이의 관계는 아니었다. '교수님'이 틀어쥔 '성적'이라는 공적인 권력은 학생에게, 직장에서 승진을 좌우하는 고과 제도만큼의 위협으로 존재했다. 학생을 불러 '혼내주는', 사적이고 가부장적인 권력은 학교를 중세시대 관청으로 착각하게 만들었다. 나이 쉰을 시작하는 박철수 씨는 자신과 동갑인 지도 교수 앞에서 맞담배는 엄두도 내지 못했고, 회식 때는 무릎을 꿇은 채 두 손으로 술을 따라야 했다. 술자리에서 교수가 행하는 '당신, 당신' 하는 하대 말은 예사였고, 심지어 지도교수가 요구하는 대필 요구조차도 고맙게 받아들여, '써줄수록 뭔가를 내게 돌려주겠지' 하는 마음이었다.[43)]

표면적으로 볼 때 교수 사회는 일반 사회에 비하여 도덕과 상호 신뢰 그리고 협조를 더 중시하는 듯했다. 하지만 기본적으로 교수사회도 엄격한 상하 질서와 개인 인연을 중심으로 하는 관료주의나 재벌 자본주의 모습을 닮아있었다. 교수라는 무리도 한국 특권층 전체의 가치를 공유하는 또 하나의 특권 집단으로 밖에 볼 수 없었다.

2011년 2월, 졸업식장에서 박철수 씨는 박사학위 가운을 입고 가족과 사진을 찍었다.

---

43) 『당신들의 대한민국』, 박노자, 176쪽 참고.

호루라기

89.

박철수 씨가 대학을 졸업할 즈음인 80년대 말과 90년대 초에는 박사 학위자에게 교수직과 연구직이 보장되어 있었다. 베이비붐 막내 세대가 대입 학령에 도달한 1980년대 초반에는 입학 정원을 두 배로 늘려 공급과잉 사태를 해결했다. 석사 학위자가 병역을 피할 요량으로 대학원에 남았다가, 별반 힘들이지 않고 교수가 되는 예기치 않은 행운을 누리는 경우도 다반사였다. 그때 학부에서 열심히 공부하여 상위 성적을 받은 이는 모두 약속이나 한 듯 대기업으로 몰렸다. '개천의 용'이기를 바란 이는 고시에 올인 했다. 학문에 뜻을 갖고 대학원에 남은 이는 상상하기 어려웠다. 대기업에 취직할 실력은 도저히 되지 않고, 고시에도 떨어지며, 중소기업에 갈 실력조차 안 되는 이가 택한 막다른 골목이 대학원이었다. 그곳에서 어영부영하다 보면 어느새 교수가 되어버린 이가 태반이었다. 무능으로 단죄를 받아야 할 이가 세월이 흐르니 기득권 가운데 가장 큰 기득권이 되어 세상을 단죄했다.

교수 증가율은 대학진학률과 동시에 급상승했다. 그러나 교수 시장은 곧 포화상태에 이르고 말았다. 임용이 정년 보장을 뜻하는 교수직이 가진 불문율은 지성 인력이라는 세계에서 신진대사를 차단했다. 퇴임 교수의 빈 자리를 채우는 경우를 제외하고 교수 공채는 내림세로 바뀌었다. 90년대 중반, 연구 능력과 교육 특성화 경쟁에 나선 긴박한 대학 재정 형편이 교수를 늘이지 못하게 했다. 그나마 국책연구소와 민간연구소가 박사 인력을 흡수했는데 문과 계통의 박사는 갈 곳이 그다지 많지 않았다.

대학이라는 회사의 취업 시장은 국내 박사와 외국 박사가 뒤섞여 북새통을 이룬 지 오래였다는 사실을, 박철수 씨는 학위를 받고서야 알게 되었다. 풍문에 따르면, 하버드나 MIT 같은 명문대를 졸업한 박사도 취직난을 겪는다고도 했다. 대학에서 교수 자리 취직은 조선시대의 과거 급제만큼 힘든 시대가 되었다.[44]

시간강사 자리도 하늘에서 별 따기가 되어버렸다. 누군가는 박사가 '가문의 영광'이 아니라 '낭인의 징표'가 되었다고 말했는데, 2000년대 들어 누적된 수만 명이 그런 형편이었다. 이제 박사 박철수 씨와 같은 이는 집안을 일으킬 동량은커녕, 식구가 그를 먹여 살릴 구빈 대상자 신세가 되고야 말았다.

그해 2월, 박철수 씨는 접경한 소도시의 작은 대학을 찾았다. 시간 강사 자리를 구하기 위해서였다. 시간강사는 공식적으로 '일회용 잡직'으로 분

---

44) 「송호근 칼럼」, 《중ㅎ보》, 2017년 11월 14일 참고.

류되었다. 학교와 정식 교원 고용관계를 맺지 않아서 '직장'을 사람 '얼굴'로 인식하는 신분 중심의 한국 사회에서 '명함을 내밀지 못하는 신세'지만, 뭔가 밥벌이를 위해서는 어쩔 수 없었다. 40대 중반으로 보이는 학과장은 박철수 씨의 이력서를 훑어보며, 아무런 말없이 차를 마시다, 먼 산을 바라보았다. 그에게 인사를 하고 학과장실을 나온 박철수 씨는 건물 밖 외진 곳에서 줄담배를 피워댔다.

90.

20년간 고등학교에서 국어교사로 교편을 잡은 구상욱 씨는 40대 후반의 어느 날 갑자기 직장을 그만두고 귀촌했다. 그는 도시에서 50킬로미터쯤 떨어진 시골 외딴 곳에서 농사를 지으며 산다. 고등학교 동창인 박철수 씨와 구상욱 씨는 서로의 집이 멀어서 자주 만나기 어려워서 두 도시의 중간 지점쯤 되는 철도역 앞에서 매월 마지막 화요일을 '상봉의 날'로 정해서 만나곤 했다. 한창 농사일이 바빠지는 철이면 구상욱 씨에게 시간이 나지 않았고 또 어떤 달에는 박철수 씨에게 시간이 나지 않았다. 어쨌든 매월 마지막 주는 서로에게 신경 쓰이는 주간이었다. 지난달은 박철수 씨가 열흘 이상 장염을 앓는 통에 만나지 못했다.

약속을 지키지 못한 미안한 마음은 이번 달에 별고가 없기를 바랐지만 아니나 다를까, 전날 구상욱 씨에게 사정이 생겨 만나기 어렵겠다는 연락이 왔다. 4월 초순, 만개한 벚꽃은 거대한 꽃동네를 만들고 있었다. 술 생각이 간절해진 박철수 씨는 아파트 베란다 문을 열어놓은 채, 창밖 벚꽃을 보며 아름다운 봄밤이 만드는 정취를 혼자서라도 즐겨야겠다고 생각했다. 그렇게 마음을 정리하고 사무실에서 집으로 돌아가는 중이었다. 갑자기 휴대전화 벨소리가 울렸고, 액정화면에서 구상욱 씨 이름이 떴다.

이후 둘이 만난 기차역 앞 광장은 벚꽃이 부슬비 속에서 장관을 이뤘다. 두 사람이 식당에서 주문한 도다리 회는 '봄 도다리, 가을 전어'라는 속설처럼 절정에 오른 맛을 보였다.

"살아보니 세상살이, 별거 아니더라! 이젠 우리도 적은 나이가 아니잖아. 매월 말, 금방 또 한 달이 지나서 달력을 넘길 때마다 느낀다. 아, 나이가 들수록 시간은 빨리 지나가는구나. 나도 이젠 할배구나. 늙어가는구나. 월말이나 월초마다 달력 앞에서 심각해하면서 인간은 통속과 한패가 되어 늙는 사실을 깨닫는다. 삶에서 숭고한 건 바로 그거야. 달력을 넘기면서 심각한 표정이 되는 통속. 내 소심함과 조바심이 만드는 통속."

박철수 씨는 비가 그친 가로등 아래서 붉게 변하기 시작하는 꽃가지를 바라보았다. 불빛 때문이었다. 목련은 이미 사라지고 없었다. 마지막 남은 벚꽃 꽃잎이 휘날려 떨어지는, 팔차선 대로변 버스 정류장에서 구상욱 씨를 태우고 떠나가는 버스를 보며 그에게 전화했다. 버스는 도시 변경에 위치한 열차 역으로 갈 예정이었다. 박철수 씨는 아까 한 말을 또 했고, 그는 대답했다.

"어쩔 수 없잖아. 이렇게 계속 늙어 가겠지. 그렇지만 다음 달에 또 만나자. 다시 연락할 때까지 건강해라."

"그래, 알았다. 너도."

박철수 씨는 몸을 돌려 부슬비가 다시 내리는 벚꽃 길을 걷었다. 가로등에 비친 벚꽃 행렬과 떨어지는 꽃비가 저녁놀 같은 느낌을 주었다. 바람이 그쳐 꽃비가 멈출 때까지 걸어볼 작정이었다.

91.

박철수 씨와 함께 근무했던, 동갑내기 직장 동료인 그는, 마흔이 넘었음에도 결혼하지 않고 계속 독신으로 살았다. 오랫동안 함께 근무한 사이라면, 아침에 출근해서 얼굴만 보아도 그가 어떤 삶을 지속하는지를 알게 된다. 마흔 살 배태훈 씨는 한눈에도 홀아비 냄새를 풀풀 풍겼다. 30대 중반일 때, 그는 자동차 회사 일본 주재원으로 발령이 나서 그곳에서 몇 년을 근무했다. 발령 전에 사귀던 여자는 그가 일본에 간 사이에 다른 남자와 결혼했다. 누구보다 그 여자를 좋아했던 그는 상처를 받았는지 계속 혼자서 살았다.

"지구 인구에서 절반은 여자인데 그러면 다른 여자와 결혼하면 되잖아?"

박철수 씨가 물었다.

"그 여자만한 여자가 눈에 띄지 않아, 그래서 계속 그냥 혼자 살기로 했어."

그가 잊지 못하는 여자는 잘 살고 있고, 혼자인 남자가 만드는 삶은 비루하기 짝이 없었다. 게다가 그는 여자 때문에 생긴 상처를 트라우마로 안고 산다. 혹자는 혼자 사는 일도 좋은 데 뭐가 문제냐고 반문할지도 모른다. 그러나 그렇게 간단하지만은 않다. 결혼해보고 좋지 않아서 혼자 사는 사실과, 결혼을 아예 해보지도 않고 혼자 살아야만 하는 운명은 좀 다르지 않은가? 그는 결혼에는 도무지 관심 없고 상사가 던지는 자잘한 폭언에 괴로워하곤 했다.

그는 박철수 씨에게 독백하듯 말했다.

"우리 사회는 한쪽이 상대방 인격을 높여주고 받들어서 나머지 상대방 인격이 높아지는 사회가 돼야 해. 상하 간 존경과 신뢰라는 대인관계 위에서 존재하는 평등한 사회 말이야. 나는 아직도 꿈꾼다. 경쟁과 시기가 없는 세상 말이야."

박철수 씨가 대답했다.

"장담하건데, 그런 세상이란 없을 걸? 이제 우리도 쉰이 넘었잖아. 아직도 세상 사는 감이 오지 않아?"

물론 사람에 따라서 각자의 개성에 따라서 제각기 선택하는 직업이나 사고방식도 다르다. 인간은 누구나 자신이 원하는 대로 살아갈 뿐이다.

과거에 집착하는 사람은 현재를 온전하게 살아가기 힘들다. 그는 새로운 일을 낯선 무엇으로 받아들이고 불편하게 느낀다. 그는 자신을 지배하는 기억에서 벗어나야만 했다. 망각하지 않는다면 희망과 자부심, 행복과 명랑함을 모두 박탈당한 채 자신에게 발생한 모든 과오를 짊어지고 허덕여야 했으리라.

박철수 씨가 그를 다시 만난 때는 쉰이라는 나이를 훨씬 넘겨버린 어느 늦은 가을날이었다. 전철 1호선 환승역 근처 주점에서였다. 박철수 씨와 배태훈 씨는 각자 건너편 술집에서 지인과 술 마시는 서로를 알아보았다.

그도 박철수 씨만큼 늙고 있었다. 작은 회사에서 이제는 더 작은 회사로 옮겼다고 그는 말했다. 여전히 총각인 그는, 그곳에서도 상사가 선사하는 자잘한 폭언을 고충사항으로 안으면서 살아간다.

92.

2016년. 쉰여섯이 된 해, 연말에 우연히 고교 반창회에 참석한 박철수 씨는 모임의 반장이 되었다. 모임에 자주 나가지 않는 그를 향해 급우들이 족쇄를 만든 셈으로, 이후로는 꼬박꼬박 모임에 나갈 수밖에 없었다. 얼마 후에는 전체 동기회에서 반장 등 임원진 모임이 열려 회식 장소에 가야만 했다.

그날, 뜻밖에 스물다섯 명가량 동창이 모였는데 어떤 동창은 40년 만에 만나게 되었다. 박철수 씨는 자신의 또래가 저토록 늙은 얼굴임을 예전에는 깨닫지 못했다. 개중 열 명 정도는 뒤와 옆쪽만 머리카락만이 대충 남았고, 나머지 앞과 위쪽은 홀랑 빠진 전두환 형 대머리였다. 머리숱이 그런대로 남은 친구 몇은 얼굴의 주름살이 어찌도 많은지 박철수 씨는 동창 모두가 자신보다 열 살은 더 많다고 생각했다.

박철수 씨는 자신이 서른 살이 될 때까지 어머니의 나이가 항상 서른여덟인 줄 알았다. 어머니는 일흔이 가까워지자 이런 말을 자주 했다.

"살아온 날이 너무 빠르네. 낮잠 한숨 자며 꿈을 꾼 느낌인데 벌써 이렇게 흘렀구나."

박철수 씨는 그 말이 다소 허풍스럽고 과장되었다는 생각을 했다. 아무리 그래도 그렇지 살아온 반백 년 이상 세월을 낮잠 한번 잔 경우와 비교할 수는 없지 않는가? 꿈이란 현실 속에서 정확하게 파악하기 어려운 대상임은 분명하다. 하지만 꿈은 우리 삶에 깊고도 중요한 관계를 맺고 있음에 틀림없는 게 아닐까? 꿈이 있기에 인간은 완전히 다른 차원의 세계에 접근하는 통로를 발견할 수 있으며, 그런 통로는 진정성을 보이곤 했다. 그 통로를 통해 또 다른 세계로 진입하는 경이를 누리며, 자신과 세계만물이 서로 하나로 통한다고 믿지 않았는가?

93.

반창회 반장을 맡았다고 하지만 박철수 씨가 계속 모임에 출석하지 않자 여러 동기로부터 성화가 심해졌다. 계속 모임에 나오지 않으면 제명도 불사하겠다고 했는데, 박철수 씨는 나름의 여러 핑계를 대며 모임에 불참하곤 했기 때문이다. 만났다 하면 밤새도록 퍼마시는 분위기가 취향에 맞지 않았고, 마시지 않는 날에는 산행하기 일쑤였는데 모두 전문산악인 수준이었지만 박철수 씨만 저질체력이어서 산행을 감당하지 못했다.

게으름 병이 절정에 오른 박철수 씨는, 혈압이 높은 관계로 높은 산은 절대 오를 수 없으니 모임에 참석하지 않겠다고 버텼다. 총무는 설악산이나 태백산 같은, 높은 산은 절대로 계획에 넣지 않을 예정이라고 장담했다. 아울러 조금이라도 높은 산이라는 판단이 들면, 박철수 씨를 무조건 참석 열외로 하겠다고 말했다. 이로써 박철수 씨가 모임에 나가지 않겠다고 우길 이유는 없어진 셈이었다.

그날 산행 코스는 인접한 도시에 위치한 신어산이었다. 신어산 정상으로 향하는 산행은 능선에서 도시 시가지를 바라보면서 걷게 되어 박철수 씨가 걷기에는 좋았다. 기암절벽 사이로 구름다리가 놓여 근교임에도 국립공원과 같은 곳에서 느끼는 묘미를 안겨주었다. 산의 북동쪽으로는 낙동강이 흐르고, 남쪽에는 광활한 평야가 펼쳐졌다가 능선은 바다와 작은 섬으로 이어졌다. 산 아래 내외동 지역은 아버지 박재현 씨가 태어나고 자란 곳으로, 박철수 씨에게는 마음 속 고향이어서 감회가 더욱 깊었다. 가락국의 시조인 김수로왕 탄생지로 전해오는 구지봉은 서쪽 끝부분에 자리했다.

산행을 마친 일행은 식사와 뒤풀이를 겸하여 두 도시의 경계인 대저동에서 술자리를 갖게 되었다. 총무가 예약한 식당은 낙동강 지류인 맥도강 강변에 위치했다. 친구를 따라 걷던 박철수 씨는 식당의 위치가 무척 눈에 익은 느낌이 들었다. 식당은 주된 메뉴로 민물장어구이를 팔았고, 잉어찜은 부메뉴인 듯했다. 일행이 앉은 홀은 아직 저녁 시간이 되지 않은 탓인지 썰렁하기 짝이 없었다. 흔히 카운터라 부르는 입구 계산대 옆에는 의자가 하나 놓였고, 일흔이 넘어 보이는 정갈한 모습을 한 할머님 한 분이 그곳에 앉아있었다.

주고받는 술잔 속에 우정이 싹튼다고 했는가. 50대 초로의 중년에겐 주고받는 술잔 속 숙취만 남을 뿐이라고 누군가 농을 던졌다. 한의사 친구는 붕어즙이 여름에 땀을 많이 흘리는 태음인에 좋다는 말을 했다. 그러자 누군가는 바퀴벌레가 정력에 좋다는 속설이 생기면 비슷한 아무 벌레라도 우리나라에서 살아남기 어려우리라는 말을 했다. 술자리가 시작된 지 30분가량이 지나자 참석자 모두는 거나해져 갔다. 누군가는, 이렇게 불경기가 계속되다가는 10년 후에 자신은 폐지를 주우려 다닐지도 모르겠다는 말을 했다. 또 누군가는, 비아그라를 먹어도 발기가 되지 않으니 자신이야말로 당장 죽어야 할 놈이라고 했다. 또 어떤 이는, 애인을 믿고 이혼했는데 믿은 애인이 이혼한 자신을 만나주지 않으니 그년이야말로 '죽일 년'이라는 말을 했다. 어떤 이는 여관까지 따라와서 안 주는 나쁜 년을 만났다는 이야기를 했다.

혼자서 술 마시는 경우가 많다는 사실은 공통된 화제였다. 어떤 이야기는 새로운 이야기고, 또 어떤 이야기는 전에도 몇 번 들은 내용이어서 그저 그랬다. 원래 뭔가를 분출하기 위해 그렇게 마실 뿐이었다. 혼자서 마시는 술이 빨리, 그리고 많이 취하는 이유는 자신이 가진 고민이나 에너지를 분출하지 못하고 혼자서 삼켜야 하는 때문인지도 몰랐다.

모친이 치매를 앓는 어느 친구는 간병 중에 생긴 스트레스가 많은 듯했다. 모친께선 구덕산 근처의 요양병원에 입원했는데, 하루의 절반은 제정신이었다가 나머지 반은 기억력이 도통 없다고 했다. 매주 한 번씩 면회를 가는데 그때마다 아들 손을 잡으며,

"아들아, 부탁이다. 제발 나를 이것에서 꺼내 줘! 나가게 해줘!"를 반복한다고 했다. 이야기를 듣던 누군가가 이유를 묻다가 나름대로 해석했다.

"네 어머니는 평생 깨끗한 성격이었는데, 남자 환자들과 공유하는 병실이 마음에 들지 않으신가 봐."

친구가 대답하지 않자 누군가 말을 보태었다.

"그렇겠지. 아무리 늙어도 여자는 여자잖아. 그런 환경에 불편해하시는 분은 못 견딘다. 니가 어떻게 방법을 찾아봐야겠네."

이후에는 말 같지 않은 말이 오가다가 갑자기 조용해졌고, 박철수 씨에게 다른 기억이 떠올랐다. 몇 년 전 국민학교 동기 모친상에 갔을 때였다. 아들만 3형제를 둔 동기 모친은 남편을 먼저 떠나보낸 후 곧바로 중증 치매를 앓았다. 세태가 그래서 그랬는지, 아들형제는 홀로 된 모친을 서로 모시지 않으려 했다. 형제간 갈등이 심해지자 세 명은 번갈아가면서 모친을 모시기로 합의했다. 한 달을 세 등분하여 열흘은 첫째 집에서 또 열흘은 둘째집, 나머지 열흘은 막내 집, 이런 식으로 모친을 간병했다. 하필이면 동창네 집에서 머문 모친이 배변 조절을 못 해서 아들 앞에서, 옷에다 그것을 묻히고 말았다. 그는 모친의 머리를 지어 박으며,

"할망구, 그것도 제대로 못해요!"

하며 핀잔한 사실이 계속 양심에 걸린다고 했다. '장병에는 효자 없다'는 옛말이 만들어진 사실은 나름 필연적인 이유가 존재하기 때문이겠지만, 상가에서 윤리적인 말을 하는 일은 주제넘은 일이어서 박철수 씨는 침묵을 지켜야만 했던 기억이 떠올랐다.

94.

박철수 씨가 소주를 반병 정도 마시니 식당 근처의 위치가 눈에 익은 이유를 알 듯했다. 스무 살 시기에 어머니의 심부름으로 해당 동네를 방문한

기억이 되살아났기 때문이다. 무슨 보통이 하나를 전달하기 위해서였는데 어머니의 친구는 강 근처 동네에서 일식당을 운영했다.

식당 벽 창문에는 낙동강 지류 풍경이 펼쳐졌다. 아주 어린 시절, 어머니 등에 업혀서 바라본 외가 근처의 강변 풍경이 기억 속 들꽃처럼 다시 피어났다. 박철수 씨가 말을 이어갔다.

"저곳 창문에 보이는 대사리를 넘어서 일직선으로 3~40분을 걸으면 죽림동이라고 나온다. 내 외가거든. 외삼촌이 6·25 때 이곳 민청 위원장이었어요. 빨갱이 대장인 셈이지. 동네 이름이 죽림, 어머니는 죽림초등학교를 졸업했는데 내가 외가 동네에 직접 가보니 실제로 대나무가 아주 지천이데. 외갓집은 죽림초등학교 근처 남쪽이었고, 강나루는 학교 앞이었어. 지금은 무슨 가든이라고 해서 숯불에다 오리갈비를 구워 파는 집이 즐비하지만 말이야.

내가 국민학교 저학년 때 어머니한테서 들은 얘긴데 말이야. 추적추적 비가 오는 날이었다고 해. 갑자기 급한 일이 생긴 마을 처녀가 강을 건너려고 나룻배를 타려 하는데 뱃사공이 미처 그걸 못 본 모양이야. 처녀가 배를 타려 발을 배에 디딜 때 사공이 배를 움직이기 시작했지. 그만 처녀는 물에 빠져서 죽고 말았다는 거야. 저곳 보이는 샛강이 그때는 수심이 깊었던 듯해. 그때부터 비가 오는 날이면 저기 저 나루터에는 '뱃사공, 뱃사공!' 하는 소리가 들린다는 거야. 요새도 비슷한 소리가 나는지 모르겠다."

이야기를 들은 한 친구가 탄성을 질렀다.

"야! 너는 기억력이 어찌 그리 좋으냐?"

다른 친구가 말했다.

"철수는 진작 선생이 되었어야 했는데."

박철수 씨가 대답했다.

"너희도 알다시피 나는 머리가 돌이잖아. 그래서 단단해. 한 번 입력되면 빠져나가질 않지. 그리고 나는 지금의 내가 좋아. 내 인간성으로 누구를 가르친다는 건 상상하기 어렵잖아. 안 그래?"

일자리가 없어서 가르치지 못한다는 게 맞겠지만 박철수 씨는 그렇게 말하지 못했다.

순간, 박철수 씨는 누군가가 자신을 뚫어지게 바라본다고 느꼈고, 눈빛이 어디에서 오는지를 파악하는 데는 오랜 시간이 걸리지 않았다. 계산대의 의자에 앉아 계신 할머님. 대낮이어서 홀에 앉은 손님은 박철수 씨 일행 여덟 명뿐이었다. 박철수 씨의 목소리가 목욕탕 안에서처럼 카랑카랑했기에 할머니는 이야기가 시작될 때부터 유심히 들었음이 분명했다. 그러다 박철수 씨와 할머니는 눈이 마주치고 말았다.

잠시 망설인 할머니는 자리에서 일어나 일행이 앉은 테이블 쪽으로 걸어왔다. 정확하게 표현하자면 박철수 씨를 향해 걸어왔다. 그리고 조심스럽게 그에게 말을 걸었다.

"이봐요, 젊은 양반, 나를 모르겠어요?"

각각 반병씩 마신 소주가 한 병으로 불어난 참이어서 떠들썩했다가, 할머니가 보인 돌연한 행동으로 갑자기 조용해졌다. 박철수 씨가 대답했다.

"글쎄요. 누구신지요?"

"서면 부근에 살지 않았어요? 동양 고무 근처에."

"맞습니다. 그런데 어떻게 저를 아십니까?"

갑자기 할머니 목소리에서 톤이 높아져 갔다.

“아이고! 이게 누구야? 종순이 아들이네!”

아아, 식당 할머니의 입에서 세상을 떠난 박철수 씨의 어머니 이름이 나오고 있었던 것이다. 박철수 씨가 그렇다고 하자 할머니는 슬픔이라는 봇물이 터진 듯 말을 이어갔다.

“하이고, 이 사람아! 이거를 어쩌나? 나를 모르겠어요? 당신 엄마 친구 장두선이예요. 자네를 어릴 때부터 여러 번 보았지. 아이고! 자네 엄마가 죽은 사실도 모르고 소식이 없다, 소식이 없다 해서 전화를 아무리 해도 안 받고 해서, 친구 몇몇이 모여 자네 집 찾아가니, 세를 사는 사람이 몇 달 전에 수술 받다 죽었다고 하데. 그날 방문한 우리 모두는 얼마나 울었는지 모른다. 자네 형제는 사람들이 어째 그래? 알려주지도 않구 말이야.”

할머님은 눈물을 철철 흘렸고, 박철수 씨는 갑자기 입을 봉쇄당한 죄수처럼 되어버렸다. 그날 자리를 함께한 친구 가운데 누구는 세상이 참 좁다고 했으며, 누구는 살다보면 충분히 일어날 수 있는 일이라고 말했다. 또 누군가는, 우리가 죽을 때도 비슷한 일이 일어난다고 하며 박철수 씨 어깨를 두드려 주었다.

40대 중반에 아버지를 저 세상으로 보내고 아들 셋을 키우며 홀몸으로 살았던 박철수 씨의 어머니는, 당뇨병을 오래 앓은 관계로 망막이 상해 40대 후반부터 앞을 제대로 보지 못했다. 어머니의 삶에서 한 달에 한 번씩 모이는 국민학교 동기회는 유일한 낙이었을 것이다. 어머니의 동창 모두는 수시로 박철수 씨 모자가 사는 집에 들른 관계로, 어린 시절 박철수 씨를 모습과 특징까지 잘 기억했다.

7년 전 어머니가 갑자기 돌아가셨을 때, 부음을 어머니의 친구 누군가에게 알려야 한다는 생각을 박철수 씨가 하지 않은 것은 아니었다. 아들 셋과 며느리 셋은 각자의 직장이나 지인에게 부음을 돌렸지만, 어머니의 부음을 알려야 할 대상이 누구인지는 어머니만이 가장 잘 알았다. 그러나 눈이 어두워 앞을 제대로 보지 못하는 어머니가 전화번호를 적는 수첩을 장만할 리는 만무했다. 모든 전화번호를 언제나 어머니 머릿속에 저장했기 때문이다. 결과적으로 박철수 씨는 어머니의 친구 누구에게도 부음을 알릴 수 없었다. 따라서 어머니의 친구 어느 분도 어머니가 세상을 떠났음을 알 수 없었다.

의도하지는 않았지만, 상당한 고통을 어머니 친구 여럿에게 안긴 결과여서, 박철수 씨는 또다시 죄인이 된 느낌이었다. 그리고 갑자기 흩어진 기억의 모자이크가 다시 조합되었다. 청년 시절, 어머니의 심부름으로 강가에 위치한 식당에 심부름을 오곤 했던 기억이 되살아났다. 그때 어머니 친구분은 박철수 씨를 그냥 보내기 미안했는지, 술상을 차려 오시어 먹고 가라고 당부하셨다. 그때에 만난 아드님은 이제는 식당 주인이고, 그때 어머니 친구 분은 계산대에 앉은 분이었다.

95.

박철수 씨는 국민학교 때 친구 몇 명을 나이 쉰이 넘어도 계속 만난다. 그중 한 명과는 1년에 한 번씩 만나기로 한 약속을 10년 이상 지키고 있다. 몇 년 전 어느 날, 그는 갑자기 쓰러져서 심근경색 수술을 받았다. 그런데도 하루에 두 갑의 담배를 피우고, 술자리마다 말술을 마다하지 않았다. 그와 1년에 한 번 만나는 날은 늘 연말 즈음이어서, 박철수 씨는 연례행사로 그에게 연락을 취했으나, 그날따라 그는 전화를 받지 않았다. 다음 날 다시 전화했으나 계속 받지 않았다. 갑자기 불안한 생각이 박철수 씨의 머릿속에 넘쳐났다.

다행히 이틀 후에 그에게서 전화가 왔다. 휴대전화를 분실했는데, 찾지 못해서 결국 새로 구입하여, 다시 개통했다는 것이다. 그는 박철수 씨에게서 온 여러 통의 부재중 전화와 문자를 보고 즉시 전화했다고 말했다. 그를 만나자마자 박철수 씨는 이렇게 말했다.

"그런 일이 없었잖아. 전화를 받지 않아서 네가 죽었을지도 모른다고 생각했다."

그가 대답했다.

"그랬구나. 우리 나이에 전화를 받지 않으면 그렇게 생각해도 무리는 아니지. 요즘은 휴대전화에 등록된 사실만 믿고 친구 전화번호를 외우는 경우란 없지. 주소조차 모르잖아. 세 번 정도 전화해도 받지 않으면 내가 죽었다고 생각해라."

박철수 씨가 말했다.

"내가 세 번 정도 전화를 안 받으면 너도 그렇게 알아라."

연말이어서 더 그랬을지도 몰랐다.

'참을 수 없는 존재의 가벼움' 이라는 문장이 머리에 떠올랐다. 그러다가 박철수 씨는 장자와 나비를 다시 생각했다. 장자가 현실과 꿈의 괴리를 깨달으면서 곤혹감과 함께 치명적인 매력을 느꼈음이 틀림없다고 확신했다. 꿈이란 장자가 직접 경험하여 무한한 상상을 하게 만든 원인이었고, 그가 세계의 참 모습을 돌아보고 생각하도록 도운 대상이지 않은가?

96.

그즈음 박철수 씨는 가슴 한군데가 텅 빈 느낌이었다. 그런 경험은 없지만, 수술로 신장이나 폐와 같은 중요한 장기 하나를 잘라낸 기분이 들기도 했다. 그런 느낌은 친구 오영만 씨가 세상을 떠나 빈소에 다녀오면서부터였다.

30년 가까이 다닌 전자회사를 그만둔 그는, 무슨 까닭에선지 회사가 운영하는 하청회사에 근무한다고 박철수 씨에게 말했다. 거짓말의 이유는 자존심 때문이었을 것이다. 그러다 공사판에서 발생한, 끔찍한 사고로 세상을 떠났다. 그와 친구라고 자부하던 이, 모두는 빈소에 가기 싫어 슬금슬금 꽁지를 감추고 사라졌다.

장례식장 입구를 지키는 친형에게서 들은 사연은 이랬다.

전자회사에서 차장으로 근무한 그는, 나이를 이유로 몇 년 전부터 계속 퇴사하라는 압박을 받았고 어느 날 사표를 썼다. 직장을 알아봐주겠다고 했음에도, 회사는 경기 불황을 이유로 차일피일 약속을 지키지 않았다. 두 아이는 유학을 위해 미국으로 떠났다. 아내마저 아이를 돌보기 위해 미국으로 떠난 뒤에는 실직자로서 초조함은 극에 달했다. 쓸쓸한 기러기 아빠가 된 그는 가족의 생활비를 한 푼이라도 더 보내야 한다며 막일도 마다하지 않게 되었다. 사고는 휴일에 일어났다. 관리자가 부재할 때, 더군다나 업무에 미숙한 초보자가 여럿일 때 일어나는 사고라고 했다.

세상살이가 주는 가혹함이란 세상 곳곳에 널렸다.

폭력도 그랬다. 혹독한 체벌 속의 학교 교육과 인간 존엄성을 짓밟는 의무 군대, 정신적 위무 대신 죄인임을 강요하는 권위적 종교, 주당 55시간이라는 세계에서 가장 높은 강도의 노동을 강요하는 회사는 동반자처럼 베이비부머의 인생을 쥐고 흔들었다.

밥벌이를 위해 하루의 대부분을 직장에서 보내는 일은 비루한 인간사를 직접 겪어야하기에 경쟁과 시기가 없는 세상을 꿈꾸게 했다. 성실한 사람이 잘사는 사회는 먼 나라 이야기가 되고 말았다. 학연, 지연, 특정 조직 출신 등으로 엮인 특정세력은 틈만 나면 만만하게 보이는 이에게 폭력을 가했다.

박철수 씨와 오영만 씨가 다니던 회사가 망해서 외국계 기업이 운영하는 다국적 회사로 넘어갈 즈음이었다. 오영만 씨와 박철수 씨는 살 길을 찾아 각자 다른 회사로 헤어져야만 했다. 그즈음 박철수 씨와 동창생 여럿이 모인 술자리에 오영만 씨가 참석하게 되었다. 늦은 저녁 시간이었다. 박철수 씨는 동창 친구에게 소개했다.

"여기 오영만 씨는 내 친구인데, 이제까지 좋은 친구였고 앞으로도 그럴 것이다."

누군가 말할 수 있는 것과 말할 수 없는 것을 구분했다. 박철수 씨만의 내면에서 나온 말은 말할 수 없는 말이었는지도 몰랐다. 진심은 말하는 데서 나오지 않고 그냥 드러나기 때문이다. 그럼에도 말이 끝나자마자 그는 박철수 씨의 손을 꼭 잡으며 눈물을 흘렸다.

97.

2017년 가을. 놀랍게도 장례식장은 텅 비어 있었다. 10년 전, 동생이 먼저 세상을 떠났을 때 장례식장은 발 디딜 틈 없었던 기억이 되살아났다.

세상에 이토록 조문객이 없는 장례식장은 처음 본다는 탄식이 저절로 터져 나왔다. 그가 한때 삶의 전부라고 믿었던 이들은 아무도 나타나지 않았다. 영정 앞에는, 미국에서 돌아온, 아내와 두 딸이 검은 상복을 입고 우두커니 선 자세로 박철수 씨의 시선을 피했다. 박철수 씨는 '한 직장 한 부서에서 근무했었고 오랜 동안 친구인 아무개'라고 유족에게 자기소개를 하는데, 모두 말이 없어서 어색하기 짝이 없었다. 박철수 씨는 장례식장 구석 식탁에 혼자 앉아서 혼자서 밥을 먹고 일어섰다. 문 밖으로 나갈 때까지 상주 누구도 조문객인 박철수 씨를 응대하지 않았다. 쓸쓸한 장례식장을 보며, 생전에 그가 친구로서 그토록 믿고 의지한 감성용 씨가 생각났다.

문득 중학교 영어 교과서에서 읽은, 벤자민 프랭클린 자서전에 나오는 '호각'이라는 일화가 생각났다.

"You pay too much money for the whistle."

'너는 호루라기 값을 매우 많이 지불했다'라는 의미인데, 이 문구는 쓸데

없는 데다 지나친 비용을 치르는, 어리석은 경우를 뜻한다. 순진하고 정 많은 그는 불필요한 호각을 사느라 지나치게 많은 비용을 지급하지는 않았을까? 오영만 씨는 호각을 사느라, 또 부느라 세상인심이 어떤지도 모른 채 유명을 달리했다.

이런저런 생각을 하며 빈소를 나서는 박철수 씨에게, '뭐락카노 뭐락카노……' 하며 그가 부르는 듯했다. 가을바람은 차가웠다. 떨어지는 낙엽을 보며, 박철수 씨는 대답했다.

"오냐, 오냐, 오냐…… 이승 아니믄 저승에서라도…… 그렇게 행복의 나라로……."

사망하기 전날에도 오영만 씨는 하루도 빠짐없이 박철수 씨와 감성용 씨에게 카톡으로 소식을 보냈는데, 기억할 만한 교훈이나 경구와 그림 같은 내용이었다. 그는 그런 행위를 소중하다고 여겨서 어떤 가치를 부여하는 듯했다. 이제는 그에게서 전화나 소식을 받을 일이란 없을 것이다. 남쪽으로 달리느라 부산한 열차 안에서, 박철수 씨는 다시 스마트 폰을 열어보았다. '카카오톡 대화방'에는 그동안 그가 박철수 씨와 감성용 씨에게 보낸 문자와 글이 끝없이 나열되어 있었다. 그가 세상을 떠나 휴대전화가 사용 중지되었어도, 그와 주고받은 흔적은 그대로 남았다는 사실이 신기했다. 메시지를 보낸다 하더라도 그가 받을 수 없겠지만, 박철수 씨는 다시 인사하기로 했다.

"잘 가시오, 가까이서 오래 사귄 그대. 빛과 사랑이 넘치는 그곳에서도 다시 친구로 만나기를……."

어떤 꿈

98.

오영만 씨의 장례식에 참석하고 돌아온 박철수 씨는 며칠 동안 꼼짝할 수 없었다. 술병 때문에 생긴 몸살은 심해졌고, 얼마간 뜸해 보인 불면증은 재발해서 의사가 처방한 졸피뎀 한 알로는 어림없는 지경에 이르고 말았다. 그날, 박철수 씨는 기분이 우울해져서 또 술을 마시게 되었다. 만취한 상태에서 복용하는 졸피뎀의 효과는 극대화되기 때문이다. 왜 그랬는지 모르겠다. 취중인 늦은 저녁, 그간의 심정을 카톡에다 적어 그에게 발신했다.

'친구, 자네가 세상을 떠나니 견디기가 힘드네…….'

놀랍게도 휴대전화에서 오영만 씨가 박철수 씨의 메시지를 받았다는 표시가 떴다. 상가에 다녀오면서 보낸 메시지도 그랬다. 가족이 휴대전화를 폐기하지 않았을지도 모른다는 생각이 박철수 씨의 뇌리를 스쳤다. 가족 가운데 누군가는 그의 죽음을 받아들이기 어려웠을 것이다. 아니면 떠나지 못한 영혼이 그런 현상을 만들었든지. 헤르만 헤세가 쓴 『크눌프(Knulp)』

를 읽으며 받은 감상이 되살아났다. 애정도 우정도 가족이 만든 인간관계도 인간에게는 모두 속박이라는 상징일 뿐이어서 맑은 인간 영혼은 모든 곳을 떠나 자유 속에서 만나는 사람에게 떠돌아다닌다. 이러한 자유는 역으로 인간이 가지는 행복이나 가족이 주는 안온함을 포기한 데서 연유하는 관계로, 삶의 주인공이 생을 마감할 무렵이면 쓸쓸하게 마련이다. 어떻게 살다 죽든 간에 인생은 얼마나 짧으며 또 비루한가?

99.

연말이 돌아왔다. 늦은 저녁에 고등학교 반창회가 열렸고 이번에는 평소보다 많은 숫자인 여덟 명이 참석했다. 고등학교 교감인 친구는 5년 만에 참석했다. 손주를 본 탓인지 아니면, 아니면 술을 많이 마셔서인지 얼굴이 쭈글쭈글하기 짝이 없어 완전한 늙은이로 보였다. '지잡대'라고 불리는 대학에서 강의하는 교수 친구는 학과가 폐과되어 해당 대학교의 사회교육원에서 강의한다고 했다.

같은 대학 교수라도 학과에 소속된 교수와 그렇지 않은 교수를 보는 사회 인식이 다르다고 그는 생각하는 듯했다. 정부가 투자한 기관에서, 자칭 차관급으로 근무한다는 친구가 박철수 씨에게 물었다.

"철수야, 내 머리에 뚜껑 씌운 거, 표시가 나니?"

"응, 나야 보면 대번에 알지. 뭔가 부자연스럽잖아."

"하하, 신경 많이 썼는데도 그래 보이는구나."

고등학교를 졸업한 지 사십 년이 다 되어가기 때문인지 모두 자신을 폐차 직전의 자동차 상태라고 평가하는지도 몰랐다. 술을 조금만 마셔도 취해서 노래방에 갈 체력조차 되지 않을 또래였다. 이제는 욕정이나 열정보다는 농담이나 정치 화제가 우선하는 그런 사이가 되고 말았다. 자식 자랑이나 아파트 평수를 넌지시 이야기하고, 넓어지는 대머리보다는 금전적 수입과 지출에 온 신경을 곤두세우는 쩨쩨한 처지가 되어버렸다. 누군가가 애인이 없는 한심함을 고백하자, 맞은편에 앉은 이가 곧바로 애인이 있으면 불편한 점을 조목조목 설명했다.

"뭐든 관리를 해줘야 현상이 유지되잖아? 시도 때도 없이 전화가 오지, 잊을 만하면 선물 사줘야지, 안 만나주면 토라지지……. 경험해 보니 없는 게 더 좋아!"

장소는 횟집이었고, 동해에만 난다는 값비싼 가자미회가 준비되어 있었다. 생선회뿐만 아니라 서비스로 나온 삶은 문어와 고동, 멍게 등이 먹을 만했다.

누군가가 소주와 맥주를 혼합한 소맥을 돌리기 시작했고, 몇 순배 돌자 전원 취색이 짙어갔다. 만성피로, 자리가 파할 즈음 박철수 씨는 한의사 친구에게 뜬금없이 '열이 많은 사람이 녹용을 먹으면 부작용이 생기느냐'는 질문을 또 다시 했지만 신통한 답변은 없었다. 취기가 돌기 시작하자 누군가 아쉽게 자리를 파하지 말고 한잔 더하자고 말했다. 멀지 않은 법원 근처에 위치한 작은 맥줏집으로 자리를 옮겼다. 술집의 홀 중앙에 자리한 작은 무대에서 대학생 나이로 보이는 젊은 총각이 '그대여 걱정 말아요'라는 노래를 불렀다. 이상하게도 박철수 씨는 몇 년 전에 자살한 여배우가 생각났다. 그러면서 계속 맥주를 마셨다.

자리가 파하려는 찰나였다. 만취한 박철수 씨는 낮지만 강한 목소리로,

"인생은 지랄 같아! 이따위로 구차스럽게 살아갈 바에는 차라리 뒤져버려야겠다!"

라며 횡설수설 떠들고 말았다.

자리를 함께 한, 동창 여럿은 빠지지 않고 한마디씩 보탰다.

"철수는 이제 늙어도 많이 늙었어! 이 정도 마시고 아예 맛이 갔구먼."

"늙은 나이에 고생해가며 공부해서 박사가 되어도 시간 강사 자리도 못 구하더니 애가 많이 상했어. 쯧쯧……."

"좀 쉬어라, 철수야! 해가 바뀌면 기분이 좀 나아질 거다."

박철수 씨가 한잔 더하자고 주장했지만, 모두 말을 빙빙 돌려가며 대답을 얼버무렸다. 모임을 주최한 총무는 이날 술을 마시지 않았다. 석 달째 금주 중이라고 했다. 총무는 친구 두 명과 박철수 씨를 차에 태워 전철역까지 태워주었다.

차에 탄 여럿 가운데 한 명은 평소 친구 여럿에게 '반편이'라는 말을 사용하곤 했는데 그날도 그랬다. 취기가 사라진 박철수 씨가 정제된 언어를 사용하라며 그를 나무랐다. 만취하여 비틀거리던 그는 쌍욕을 쓰며 고래고래 고함과 함께 차에서 내렸다. 술 때문일 것이다.

박철수 씨는 전철역에서 택시를 타고 집에 돌아왔다. 취기는 가시고 피로만이 밀려왔다. 그래도 모임 전에 '겔포스'를 마셨으니 그만하다고 스스로 위로하면서 잠을 청했으나 쉽게 눈이 감기질 않았다. 불면의 고통을 새벽녘까지 견디다 못한 박철수 씨는 또다시 졸피뎀을 복용했다.

100.

이상한 꿈이었다.

박철수 씨 모습은 30대 중반이었다. 장소가 베트남이나 중국 남부였을까? 평소의 꿈에서 자주 접한 장면이었는데, 매우 깨끗한 그 마을이 또다시 등장했다. '입' 구(口) 자로 된 이층 건물로 지은 공동주택이었고, 빈 공간인 중간은 운동장 같은 곳이었다. 공동주택 밖은 허허벌판이었다. 작업복을 입은 수많은 사람이 그곳에서 꽃밭을 가꾸고 있었다. 그 가운데 누군가는 온화한 얼굴로 친절하게 작업을 지시했다. 평화스러웠다. 가까이 가서 누군가에게 말을 거니, 그는 대답하는 일조차 고통스러워했다. 벌판 너머 작은 동산이 몇 보였고, 황무지와 숲으로 이뤄진 언덕이 끝없이 계속되었다.

말년의 프로이트는 제1차 세계대전 이후 인류 문명 저변에 깔린 파괴 본능을 탐사했다. 인간이 에로스뿐만 아니라 죽음에 대한 본능을 갖고 있기 때문에 자멸의 길을 선택하는 충동에 시달린다고 했던 그의 이론서가 생각났으나 제목이 무엇인지는 기억나지 않았다. 박철수 씨는 그곳 벌판 끝쪽, 작은 숲에 자리한 공동주택 2층에 사는 듯했다. 알 수 없는, 온순한 얼굴을 한 30대 여성이 청혼했고 박철수 씨는 흔쾌히 승낙했다. 그리고 매우 애틋한 감정을 버리지 못했다. 주위에는 20년 전 박철수 씨가 다니던 회사 동료가 여러 명 보였고, 모두가 그곳 이웃이었다. 그러다 중간에 잠이 깼다. 전날의 과음과 약물도 효과를 지속적으로 발휘하지 못했기 때문이다.

박철수 씨는 꿈에서 만난 여자가 누군지 생각해보았다. 20년 전, 공장에서 근무할 때, 공장 식당에서 일한 외주업체 직원이라는 기억이 났다. 아주 오래전, 몇 번 지나치면서 간단한 인사를 몇 번 주고받은 사실이 전부인 그녀가 나타난 이유는 무엇일까? 박철수 씨를 대하는 표정만 평화스러웠지, 기실 그녀도 고통스러움을 숨기는지도 몰랐다. 허허벌판에서 작업한 사람도 생각해보았다. 그들 모두는 행복했을까?

우리가 사는 세상에는 끊임없이 폭력이 난무했다. 지난 시절에도 그랬고 지금도 변함없다. 우리가 일상에서 만나는 폭력 가운데에서 가장 소름 끼치는 내용은 분노하지 않고 당하는 폭력이었다. 박철수 씨는 타인에게서 억울한, 인간적 모욕은 물론이고 국가가 만든 제도 아래에서 물리적 피해를 입으면서 그 일을 당연하게 받아들이며 살았다. 하지만 눈에 보이지 않더라도 일상에서 일어나는 사소한 일 속에서, 또는 아무렇지도 않은 모습으로 자연스럽고 능숙하게 폭력은 존재한다. 폭력은 우리 삶을 초토화시켰다.

돌고 도는 생각을 계속하다 박철수 씨는 다시 잠이 들었다. 또다시 꿈을 꾸었는데, 이상한 동네와 지난 꿈에서 만난 여자가 다시 나타났다. 그날 밤 꿈은 생생하기 짝이 없어서 현실과 구분하기 어려웠다. 박철수 씨는 꿈꾸는 순간마다 끊임없는 의문을 던졌다.

삶이란 내 의지와 관계없이, 현재의 모습으로 살아가도록 미리 정해진 것인가? 아니면 내가 노력하면 바뀌는 걸까? 지금 꾸는 이 희한한 꿈이 현실인가, 아니면 깨어나서 맞이할 서글픈 현실이 꿈인가. 그렇다면 언덕 위 행복의 나라는 어디인가?

작가의 말

*

때로 때때로, 초등학교(당시 국민학교) 1학년 때 같은 반으로, 나보다 한 살 많았던 '김성태'라는 급우가 생각나곤 한다. 2학년에도 같은 반이 되었는데 어느 날 갑자기 이름이 '구성회'로 바뀌어서 놀라게 되었다. 알고 보니 그 아이의 어머니가 재혼해서 이름이 바뀐 게 이유였다. 걔는 틈만 나면 나를 은근히 괴롭혔고, 무슨 이유인지 나는 그것을 덤덤하게 받아들였던 기억이 난다.

30대 후반에, '아이 러브 스쿨'이라는 동창 찾기 사이트가 유명해져서 어린 시절 친구 한 명을 만나게 되었다. 그는 자신을 잠시 쉬는 '개업의'라고 소개했는데, 초등학교 때 '구 아무개'로 성과 이름이 바뀐 친구 이야기를 했다. 외할머니 슬하에서 외롭고 불행한 유년 시절을 보낸 그는, 성년이 되어 마약중독 상태로 지내다가 최근에 자살한 사실을 내게 전했다. 죽은 이와 친하게 지내지는 않았지만 잘 아는 사이여서 상당한 충격으로 받아들이고 말았다.

그런데 또 놀랄 만한 일이 또 생겼다. '개업의'라고 자신을 소개한 이는 의사가 아니었다. 원래 제약회사 직원이었던 모양으로 병·의원에 자주 들락거리다 보니 의료 지식은 물론, 의사의 생활에 관해 나름대로 통달하게 되었고, 처음 만나는 사람에게 자신을 의사라고 소개하며 사기 행각을 벌였다는 후문이었다. 내 이야기를 듣던 다른 친구는 내게 별 피해가 없는 일이 다행이라고 말했다.

이런 기억도 있다. 초등학교 2학년 때로, 급우 한 명은 손버릇이 좋지 않았다. 조금 멍청하게 생긴 그 애 이름을 아직도 기억하는데, 학급 친구가 가진 연필이나 공책은 물론, 체육 시간을 이용해서 빈번하게 돈까지 훔치다 여러 번 선생님에게 들키곤 했다.

2년제 초급대학인 교육대학을 나온 지 몇 년밖에 안 되는 20대 중반의 여선생님은 참다못해 윗선에 보고하고 퇴학 조치를 하고야 말았다. 나이 어린 선생님의 고심이 얼마나 컸는지, 요즘도 한 번씩 그때가 생각난다. 그 아이가 퇴학당하고 난 후, 선생님은 우리들 철부지에게 며칠 동안 잠을 못 이루었다는 고백을 수없이 하시곤 했다. 아마도 퇴학당함으로 인해 망가질 수밖에 없는 한 아이의 인생을 걱정했다고 판단해본다. 제도나 규칙상 어쩔 수 없는 일이었지만, 그게 과연 최선이었냐는 판단이 어린 선생님을 괴롭게 만들었음이 분명하다.

*

나는 군대 생활을 특이하게 보낸 편에 속한다. 대구시의 위성도시에 위치한 후방 부대에서, 방위병을 훈련하는 기간병 조교로서 3년을 보냈다. 부대에 입소하는 사람들 가운데에는 가난하고 불우한 환경에서 자란 이가 유독 많았다. 나는 체질상 남에게 괴로움을 주는 일을 싫어한지라, 구타나 얼차려라고 부르는 기합을 방위병에게 가하지 않았다. 때문에 내가 맡은 소대는 부대 내에서 군기가 약하기로 소문이 자자했다. 그런 문제를 해결하기 위해서는 방위병을 때리거나 쉴 틈 없이 괴롭혀야 한다고 선임이나 동료는 나를 쉼 없이 압박하곤 했다. 그렇지만 '폭력'을 사용하지 않았다는 사실을 지금도 자랑스럽게 생각한다.

이후, 나는 사람이 가진 인품과 성숙도는 자기보다 약한 사람을 어떻게 대하느냐에 따라 가늠된다고 믿게 되었다. 언제부터인지 모르게 우리 사회에 만연해 온 폭력 때문이다. 부하 직원이나 감정노동자는 물론이고, 식당 종업원, 택시 운전사, 환경미화원, 아파트 경비원, 폐지 줍는 노인, 노숙자 등 자기에게 아무 말 못 하는 사람이라고 함부로 대하는 사람을 보면 같은 인간으로서 부끄럽기 짝이 없다. 상대방이 자신보다 조금이라도 낮은 위치에 처하거나 만만하게 보일 때, 자신이 얼마간의 권력을 가진 '갑'임을 느낄 때도 폭력은 쉬지 않는다. 주변에서 흔히 보는, 기업체에서 고객을 대하는 직원이나 민원담당 공무원도 그 대상임은 말할 나위도 없다.

요즘은 틈날 때마다 여러 사람이 쓴 세계 일주 여행기를 읽는다. 어차피 이룰 수 없는 꿈을 타인이 이룬 경험을 통해 대리 만족해보자는 심사다. 잘

사는 나라 국민보다, 국가가 가난해도 서로 도우며 선량하게 사는 사람이 지구 구성원의 대다수라는 사실을 알게 된다. 거의 매일, 신문이나 방송에는 제도나 인습, 국가가 만든 폭력인 '갑질'이라는 부끄럽고 창피한 기사로만 도배되어 '국민 노릇'하기도 힘들다. 사회적 폭력이나 갑질은 좌·우파 정권과 관계없어, 정권이 바뀌어도 없어지지 않는다.

앞에서 언급한 '아무개'처럼 불행하게 살다가 생을 마치는 사람도 있고, 내 어릴 적 여선생님처럼 자신의 임무에 충실하다가 고통에 빠지기도 한다. 그리고 남을 괴롭히거나 짓밟아야만 자신이 건재하다고 믿는 사람도 계속 만나게 된다. 결국, 김수영 시인의 시에 등장하는, '조그만 일에만 분개함을 부끄러워할 줄 아는' 사람 때문에 어두운 세상에서 불빛을 찾듯 희망을 안고 사는 게 아닌가 하는 생각을 해본다.

*

젊은 세대와 대화하다가, '꼰대'라고 불리는 '베이비붐' 세대가 국가발전 속도에 맞춰서 평탄하게 살았으리라 이야기하는 것을 듣고 놀란 적이 많다. 이야기에서 등장하는 박철수 씨는 진영논리를 떠나서 좌파에게 이용당하고 우파에게도 배척당하는 인물이며, 종교나 가족, 친구로부터도 보호받지 못한다. 어느 한쪽에만 줄서기를 강요받았던 시대적인 상황이나 전체주의적 사회 환경과 무관할 수 없었기 때문이다. 박철수 씨가 살아가며 겪었던 여러 이야기에서처럼 베이비붐 세대는 살아온 고비마다 가난과 수

많은 폭력에 절망했고, 이를 극복하기 위해 나름대로 분투했음을 일관되게 연결된 이야기로 전하고 싶었다. 나보다 앞선 세대를 사신 분들은 그 농도가 몇 배로 더했을지도 모르겠다.

끝으로 출간에 도움 주신 여러분께 감사드린다. 사랑하는 아내와 두 자녀의 보이지 않는 성원이 컸다. 청어출판사 이영철 대표님, 편집부 여러분, 교육자 김만곤 선생님, 소설가 김노 님, 초고부터 탈고 때까지 시종일관 질책과 격려를 아끼지 않았던 내 오랜 글벗님께도 고마움의 말씀 올린다. 열심히 50대 중반의 언덕을 넘는, 여러 '박철수 씨'에게 이글이 작은 위로가 되기를 바란다.

황령산이 보이는 언덕에서

윤 혁

| 작품 해설 |

제도화된 폭력과 머나먼 탈출구

이재영
(문학평론가 · 독문학 박사)

몇 해 전이었을까? 기억을 더듬어 본다. 잘츠부르크 시에서 만난 천재 음악가 볼프강 아마데우스 모차르트, 그는 5살 때 이미 작곡을 시작했을 정도로 음악의 신동으로 불렸다. 문학을 전공한 나로서는 문학에 신동이 있다는 말을 듣지 못했다. 이는 문학에는 신동이 있을 수 없다는 표현으로 이해될 수 있다. 그런 의미에서 이 작품 『기억과 몽상』은 감각적 또는 단편적 소고가 아닌, 작가가 살아오면서 줄곧 목격한 체험이 인간과 사회에 대한 통찰로 엮어진 자전적 소설이다.

내가 아는 작가 윤혁은 작가의 자기소개처럼 굴지의 대기업에서 20년 동안 일했다. 그 회사는 요즘 많은 청년 구직자들이 첫손가락으로 선망하는 기업이다. 또한 그곳에 몸담고 있다는 사실 만으로도 친척 모임에서나 동문의 만남에서조차도 은근히 어깨에 힘이 들어가기도 하고, 능력과 재력이 있는 것으로 비치기도 한다. '일등만 기억하는 더러운 세상!'이라는 어느 개그맨의 외침처럼 그 기업에 입사한 것으로 우리 사회에서 1등, 능력 있는 사람, 출세한 것으로 부러움을 사기도 한다. 그만큼 치열한 경쟁과 고속 성장의 초일류를 지향하는 인간으로 변하지 않고서는 견디기 힘든 곳이라는 의미로 느껴진다.

하지만 전체주의적 환경 속에서 인간적 삶을 도외시한 타율적 인간형을 요구한 그곳은 출퇴근이라는 시간의 보이지 않는 창살이 처져 있고, 목표와 성과라는 심리적, 정신적 채찍이 휘둘러졌음은 자명한 사실이다. 피라미드형의 승진제도는 인간으로서의 '나'보다는, 기업에 더 적합한 '나'를 끊임없이 개조시켜야 하는 또 다른 시시포스로 만들고야 만다. 그곳에서 삶의 주체인 자신은 마치 로마 시대의 콜로세움에서, 살아남기 위해 타인을 짓밟으며 서로에게 서슬 퍼런 칼을 휘둘러야 하는 검투사의 모습은 아니었는지?

작가는 그런 대기업에서 거의 강산이 두 번 변하는 세월 동안 자신의 몸과 마음을 내맡기며 살았을 것이다. 모르긴 해도 정글의 울타리가 만든 불의와 약자의 아픔에 당혹해하던 그의 영혼의 근육은 점점 굳어지고, 자유로이 날아다니던 상상력은 사라졌으며, 조직이 요구하는 방향으로 대체되어 비정한 논리와 기획력으로 강화되고 날카로워졌을지도 모르겠다. 그는 실적과 성과라는 무거운 돌을 어깨에 지고 하데스 정상에 반복해 오르는 우리 시대의 시시포스였음이 틀림없다.

불필요한 걱정이었다. 그가 여전히 대기업이라는 검투장 속에 있었던 십 수 년 전, 『도시의 바람』이라는 그의 산문집이 출간되면서 나의 불필요한 걱정이 앞섰음을 고백하지 않을 수 없었다. 그 후 나는 블로그를 통하여 그의 눈에 비친 작은 틀의 세상 이야기를 접했고, 오늘에 이르러 '자신의 이야기를 전하고 싶어 했던' 그의 소망이 이루어진 것을 감격해야 하지 않을 수 없다.

최근 대기업 갑질이 우리 사회를 경악하게 했고, 미투 운동이 사회전체를 강타하고 있다. 기업주와 그 가족, 대학교수, 군 조직의 상급자, 심지어 성직자들까지 일상화되고 제도화된 폭력의 가해자가 되어, 학교·군대·대학·직장, 심지어 종교 기관에 이르기까지 우리 삶의 터전은 합법적인 폭력 기구로 변해갔다. 마치 흰개미 떼가 나무속을 갉아 먹어 버리듯, 폭력에 우리 사회는 점점 무감각화 되어 방향성을 잃어가고 있었다. 작품 속에서 나타나듯 문제의 심각성은 폭력에는 성역이 없다는 점이다. 유사 이래로 성역이었던 삼한 시대의 소도 그리고 그리스 시대의 신전과 같은 현대의 종교적 피난처마저도 베이비붐 세대가 성장하고 성인이 된 이후에도 폭력과 갑질로부터 신성 영역은 아니었다. 작가가 경험했거나 목격했음이 틀림없는 그 시절의 장면 가운데 성당에서 일어난 폭력과 성직자의 갑질은 봉사와 국민의 의무, 결혼이라는 순수성마저 짓밟으며 막다른 골목에 이른 폭력 현상의 한계를 예견했다.

이 작품의 시대적 배경이 된 1960년대부터 지금까지 우리 사회의 폭력에 노출된 사람들은 작가가 미셸 푸코의 말을 빌려 표현한 것처럼 '표면적으로 자유롭게 살아가듯 보이지만, 내면은 온갖 통제와 규율에 조련된 순한 죄수'의 모습으로 변해 있었다. 갑질로 변질한 잔인한 폭력은 사회 전체에 전염되었고, 폭력의 피해자는 또 다른 폭력의 가해자로 변질하여 갔다. 우연의 일치일까? 군에서 겪었던 상급자에서 하급자에게, 하급자가 다음 하급자에게 가해진 폭력의 습관들은 마치 전염병처럼 기업주부터 간부를 거쳐 일반 사원에게까지 정확하게 사회로 전수되고 말았다. 이렇듯 성역 없이 국가와 재벌이라는 괴물이 만든 제도와 폭력에 속수무책으로 조련되고, 양면 칼날과 같은 고속 성장과 이기주의가 만든 폭력의 그늘 속에서 우리를 대변하는 박철수 씨는 김수영 시인의 시 「풀」에서처럼 바람보다도 더 빨리 눕고, 바람보다도 더 빨리 울고, 바람보다 먼저 일어나는, 잡초처럼 살아갈 수밖에 없음은 필연이기도 하다.

우리 사회에 나타난 이러한 폭력의 사회적 현상은 결국 풍선 효과에 의해 폭발하고 말았다. 폭력의 강도가 세어지고 만연될수록 그 피해자로 대변되는 우리 주변의 많은 '박철수 씨'에게서 행복을 앗아가고 점점 더 죽음으로 몰아가는 심각성이 있다. 타인의 아픔에 '눈물'로써 응답할 수 있는 이들은, 성공·가부장제도·힘·목표와 성과 등으로 왜곡되고 맹수가 이글거리는 정글에서 영양과 같은 먹잇감에 불과한 '능수능란'하지 못한 사람들이었다. 작중 주인공인 박철수 씨가 '종살이'로 표현된 20년 가까운 대기업 근무기간 동안 한순간도 행복하지 않았다는 고백과, 희망 없이 고통스럽게 살아가는 일보다 죽음이 더 나을 것이라는 생각은 깡마른 불임의 나무로 변해가는 낯선 자신을 발견했다는 아픈 고백이다. 낯선 자신을 발견한 그의 사고는 폭력으로 일그러지고 마치 '집단최면'으로 무감각해진 우리 사회의 '표면'을 이질적으로 느끼며 그 '이면'에 대한 통찰로 다가가게 만든다.

작품을 통해 나타난 끊임없는 자신에 대한 이러한 낯선 고백이 실존적 한계상황에 직면하여 새로운 삶에 대한 존재론적 변화를 꿈꾸는 희망으로 재탄생되는 과정은 주목할 만하다. 작가는 인간이 살아가는 데에서 가장 중요한 일은 "한 인간이 다른 한 인간을 사랑하는 일"이며, 바로 이러한 사랑이 "우리 삶을 행복의 나라 한가운데에 존재"(소단락 38)하게 한다고 고백한다. 그런 의미에서 본다면 작가가 통찰한 폭력과 그 이면에 있는 힘의 논리·우월적 지위·성장제일주의 및 경제적 여건이라는 변화는 한 인간으로서의 진정한 존재론적인 변화가 아닌, 우리를 집단최면으로 이끌 수 있는 사이비 변화이다. 우리가 사는 사회 곳곳에서 확대 재생산되는 폭력성은 그러한 표면적 환경의 변화에 집단 체면이 걸린 사회 단면에 대한 작가의 깊은 통찰에 의해 고발되고 있다. 작가는 이러한 사이비 변화가 인간과 그 사회의 근본적인 변화에 기여하기는커녕, 절망의 문화와 죽음의 문화로 이끌게 됨을 강조하고 있다.

작품을 통해 이어지는 작가의 '기억'은 특별한 의미를 지닌다. 이 기억행위들은 아픔으로 점철되어 있지만, 일찍이 체험했던 인간과 사회 및 세상에 대한 작가의 낯선 거리감을 유지하는 힘이 된다. 이를 통해 대상을 구속하거나 지배하는 것이 아니라, 생명을 불어넣고 소생시키는 사랑의 힘으로 승화된다.

어느 늦은 봄으로 기억한다. 작가와 함께 섬진강을 따라 걷다 쌍계사에 묵었던 적이 있다. 그날 사하촌 식당 한쪽에서 은어와 참게탕에 곁들인 소주는 일행을 비몽사몽 한 상태로 만들었다. 분명한 기억은 아니지만 오십대를 향하던 친구가 말했다. 낮잠 한숨 잔 느낌인데 벌써 이렇게 흘렀구나.

인생 별것 아니다. 술을 마신 식당에서 산장으로 돌아오는 길에서는 도란 도란 이야기 소리가 흐릿한 달빛과 함께 흘렀다. 마치 꿈처럼.